英美文学与作品赏析研究

殷丽莎 ◎ 著

吉林出版集团股份有限公司

图书在版编目（CIP）数据

英美文学与作品赏析研究 / 殷丽莎著. — 长春 ：
吉林出版集团股份有限公司，2022.9
ISBN 978-7-5731-2170-7

Ⅰ．①英… Ⅱ．①殷… Ⅲ．①英国文学－文学欣赏②
文学欣赏－美国 Ⅳ．①I561.06②I712.06

中国版本图书馆 CIP 数据核字（2022）第 172957 号

英美文学与作品赏析研究

著　　者	殷丽莎
责任编辑	郭亚维
封面设计	林　吉
开　　本	787mm×1092mm　　1/16
字　　数	220 千
印　　张	10
版　　次	2022 年 9 月第 1 版
印　　次	2022 年 9 月第 1 次印刷
出版发行	吉林出版集团股份有限公司
电　　话	总编办：010-63109269
	发行部：010-63109269
印　　刷	廊坊市广阳区九洲印刷厂

ISBN 978-7-5731-2170-7　　　　　　　　　　　定价：68.00 元

前　言

　　英美文学作为全球文学影响最为深远的文学之一，它引领了全球文学的潮流与发展。英美文学语言作为文学的重要载体和部分，其审美性和艺术性对英美文学的艺术发展有着深刻的影响，那么对英美文学语言的审美和艺术价值进行相关的分析与探究也就较为关键了。本书在一开始阐释和分析了英美文学艺术的发源，进而分析了英美文学的发展现状和特点，从而反映了其中的文学内涵，最后简要并深刻地讨论了其语言的审美和艺术气质。

　　为了提高对英美文学的认识，加强中西方语言文化交流，汲取西方文化精华，取长补短，促进我国文化快速发展。本书笔者对英美文学发展过程进行了简要论述，深入分析了各个发展时期的文学发展特色，进而了解不同历史背景下的英美国家文学发展状态和英国民众的精神生活状态。

　　文学是社会生活、人类情感的另类表达形式，它源于生活，是人们精神生活的升华。英美文学同样反映了不同时期的英美人民的心理情感和生活状态。本文以英美文学为出发点，深入分析了不同时期英美人民群众的生活态度和精神生活层次，以便于增进东西方文化交流，使东西方能够互通有无，更好地推动我国经济文化发展，加快我国伟大复兴的步伐。

　　综上所述，使我们对英美文学有了初步的了解和认识，不同时期的文化反映的是当时人们的生活状态和精神面貌，只有通过不断了解世界先进大国的文化发展过程，才能够在保证我国社会经济快速发展的同时，更好地减少社会负面情绪的产生，有效抑制社会不良现象的发生，为社会主义现代化建设打下坚定的心理基石。

目　录

第一章　英美文学发展简史 ·· 1

　　第一节　英国文学简史 ·· 1

　　第二节　美国文学简史 ·· 15

第二章　英美文学的分类 ·· 23

　　第一节　散文文体 ·· 23

　　第二节　小说文体 ·· 34

　　第三节　诗歌文体 ·· 39

　　第四节　戏剧文体 ·· 47

第三章　英美文学翻译研究 ·· 51

　　第一节　文学翻译概述 ·· 51

　　第二节　英美散文翻译 ·· 60

　　第三节　英美小说翻译 ·· 73

　　第四节　英美诗歌翻译 ·· 84

　　第五节　英美戏剧与影视剧翻译 ·· 97

第四章　当代英美文学语言艺术 ·· 111

　　第一节　英美文学作品语言美 ·· 111

　　第二节　英美文学作品的语言运用 ·· 113

　　第三节　英美文学作品中的模糊语言 ·· 115

　　第四节　英美文学语言的审美性和艺术性 ·· 119

　　第五节　语言学意象化的英美文学范式 ·· 123

第五章　当代英美生态文学 ·· 127

　　第一节　英美生态文学中的回归主题 ·· 127

第二节 英美文学中的生态批评认识 ……………………………………… 128

第三节 英美文学课程生态课堂建设 ……………………………………… 130

第四节 跨文化视域下英美文学教育生态模式 …………………………… 133

第五节 教育生态学的高校英美文学教学模式 …………………………… 137

第六节 生态语言学视域下英美文学教育 ………………………………… 140

第六章 当代英美文学作品的理论研究 ……………………………………… 146

第一节 英美文学作品中的模糊语言 ……………………………………… 146

第二节 英美文学作品中的比喻修辞艺术 ………………………………… 148

第三节 英美文学作品与电影之间的关系 ………………………………… 151

参考文献 ……………………………………………………………………… 154

第一章 英美文学发展简史

第一节 英国文学简史

英国文学源远流长，经历了一个长期、复杂的发展演变过程。在这个过程中，文学本体以外的各种现实的、历史的、政治的、文化的力量对文学产生了很大影响，文学内部遵循自身规律，经历了盎格鲁—撒克逊、文艺复兴、新古典主义、浪漫主义、现实主义、现代主义等不同的历史发展阶段。

一、古代英国文学（5 世纪初 –11 世纪）

如同世界上许多民族的文学一样，英国最初的文学也不是以书面形式存在，而是以口头形式传诵的。在古英语文学中，英格兰岛的早期居民凯尔特人及 5 世纪入侵的盎格鲁、撒克逊和朱特人，起初都没有留下书面文学，主要为凯尔特人创造的口头文学。这些故事与传说经口头流传，并在讲述中不断得到加工、扩展，最后才有写本。公元 5 世纪时，原住北欧的盎格鲁、撒克逊和朱特三个日耳曼部落侵入英国，创作了游吟诗歌。盎格鲁—撒克逊人的史诗《贝奥武甫》是古英语文学中最具影响力的作品，也是中世纪时整个欧洲最早用当时的一种民族语言写成的长篇诗作。《贝奥武甫》讲述主人公斩妖除魔、与火龙搏斗的故事，具有神话传奇色彩。这部史诗取材于日耳曼民间传说，随盎格鲁—撒克逊人传入英格兰。现存最早的抄本于 8 世纪初叶出自不知名的英格兰诗人之手。当时的英格兰正处于从中世纪的异教社会转向以基督教为主导的新型社会过渡的历史时期，因此，《贝奥武甫》还在一定程度上反映了公元 7、8 世纪英格兰社会生活的风貌，呈现出新旧生活方式的混合，兼有氏族社会时期的英雄主义与封建社会时期的理想，既体现出异教的日耳曼文化传统，又带有基督教文化的印记。《贝奥武甫》被认为是英国的民族史诗，是英国最早的文学作品，它与法国的《罗兰之歌》及德国的《尼伯龙根之歌》并称为欧洲文学的三大英雄史诗。

公元 5 世纪末期西罗马帝国陷落之后，欧洲结束了古典时代，进入中古时代和漫长的中世纪。6 世纪末到 7 世纪末，由于肯特国王阿瑟尔伯特皈依基督教，该教僧侣开始以拉丁文著书写诗，其中以盎格鲁—撒克逊神学家和历史学家比德所著《英国人民宗教史》最有历史和文学价值。阿尔弗雷德大帝后来将该书从拉丁文翻译成古英语，成为历史上用古英语进行翻译和创作散文的第一人，被誉为"英国散文之父"。除此之外,他还翻译了古罗马哲学家波伊提乌以柏拉图思想为理论依据的名著《哲学的慰藉》。阿尔弗雷德对英国文学最重要的贡献,是在他的指导下开始编写并且在他死后由他人继续编写的《盎格鲁—撒克逊编年史》。该编年史记载了从9世纪中叶到1154年的英国历史,包括有关盎格鲁—撒克逊和朱特人的英雄史诗《贝奥武甫》和《朱迪斯》,以及一些抒情诗、方言诗、谜语和宗教诗、宗教记叙文、布道词。从中可以清楚地看出古英语向中古英语的演变,是英国文学史上第一部重要的散文著作,其简洁明快的散文风格对后世作家产生很大影响。

二、中世纪英国文学（1066 年 –15 世纪末）

（一）概论

公元 1066 年,居住在法国北部的诺曼人在威廉公爵带领下横渡英吉利海峡,打败了哈罗德国王,成为英格兰的统治阶层。诺曼人占领英格兰后,封建等级制度得到强化,法国文化占据主导地位,法语成为宫廷和上层封建贵族社会的语言。这一时期文学开始流行模仿法国的韵文体骑士传奇。传奇文学专门描写高贵的骑士所经历的冒险生活和浪漫爱情,是英国封建社会发展到成熟阶段的一种社会理想的体现。在整个中世纪,亚瑟王及其绿衣骑士们的传奇故事不断出现在史书或文学作品里,第一个把亚瑟王传奇故事收集起来并使之初具某种系统的是杰弗里。约 1154 年,诗人韦斯在杰弗里的影响下,以法文形式写了《不列颠人的故事》一书,该书在半个世纪以后又成为诗人莱亚曼的长诗《不列颠》(Brut) 的译本,这是用英文写成的,他是说法语的诺曼底人征服英国后第一位用英文写作的著名诗人。此后的《高文骑士与绿衣骑士》最有艺术价值,被认为是英国文学的先祖,作品以亚瑟王和他的属下一个"圆桌骑士"的奇遇为题材,歌颂勇敢、忠贞、美德,这一时期风行浪漫传奇形式的文学。

14、15 世纪的中古英语文学更具多样性,除了法国乃至意大利的种种因素对这一时期的文学有重要影响以外,还因英国内部尚未形成集中统一的文学而呈现出诸多地域色彩。在北部和西部地区,用古英语的口头韵诗体写成的寓言依然盛行,其中最著名的是威廉·兰格伦的《农夫皮尔斯》(Pierce the Ploughman,一译《农夫彼得之梦》),他把教堂语言和概念化为俗人能理解的形象和比喻,用天堂、地狱和生活的寓言,用梦幻的形式和寓意的象征,写出了 1381 年农民暴动前后的农村现实,笔锋常带严峻的是非之感。作品以中世纪梦幻故事的形式探讨人间善恶,讽刺社会丑行,表达对贫苦农民的深切同情。作品结构十分散漫,但富有独创性,是集玄幻、有趣、感情真挚于一体的好诗,与乔叟温文尔雅的风范不同,其用韵比较粗俗,是后世流行的头韵用法。此外,浪漫传奇作为这其间的一种主要文学样式,是中世纪骑士精神的产物。《高文爵士和绿衣骑士》以亚瑟王与其圆桌骑士的传奇故事为题材,歌颂勇敢、忠贞等美德,是中古英语文学中最为精美的作品之一。传奇文学专门描写高贵的骑士所经历的冒险生活和浪漫爱情,体现了英国封建社会发展到成熟阶段的一种社会理想。另外,中古英语时期，口头文学也占有一席之地，民间抒情诗以及讲述历险故事的民间歌谣是这一时期下层人民喜闻乐见的文学样式。总之，15世纪并不生产文学性很强的诗歌，而主要是一个民谣的伟大时代。许多流传下来的最好的英格兰韵文和苏格兰民谣都使用的是15世纪的语言，民谣的内容涉及恋爱故事、类似于罗宾逊的奇迹探险、人物传奇等等，与中世纪盛行的叙事诗及浪漫传奇有着明显的联系。民谣对英国的文学产生了重要的影响，具有真正诗歌一样的魅力。

（二）主要代表人物及作品

1. 乔叟

乔叟是中古英语文学最重要的代表人物，也是英国文学史上出现的第一位大诗人。乔叟以其诗体短篇小说集《坎特伯雷故事集》和其他长短诗集成为英国文学重要的奠基人，被认为是英国文学史上除莎士比亚之外最重要的文学大师，同时他也是这一时期最优秀的译者。乔叟之前的英国文学更多地隶属于历史，而非艺术，但乔叟的出现改变了这一现状，他如一颗耀眼的星在平庸的英国文学界脱颖而出，其横溢的才华使它出类拔萃、鹤立鸡群。此时期国王查理第二当政，以法语为高雅身份的象征，甚至在一定程度上蔑视英文，当时英语被视为一种不登大雅之堂的粗俗语言，致使当时大多数英格兰文人用拉丁语或法语创作。乔叟以诗人敏锐的目光，从属于中古英语的伦敦方言中发现其旺盛的生命力，无论翻译或创作，都坚持以这种语言为表现工具并把它提高为英国文学语言。因此，乔叟有"英国诗歌之父"之称，是英国文学史上现实主义奠基人和为文艺复兴运动开路的伟大诗人，乔叟的出现标志着以本土文学为主流的英国书面文学历史的开始。

乔叟首创英雄诗行，即五步抑扬格双韵体，对英诗韵律做出了很大贡献。他的不朽名作诗体短篇小说集《坎特伯雷故事》是从许多源头获取灵感，但又在一条主线下统一起来的故事集。这部作品包括"总引"、二十一个完整故事、三个残篇、"结语"和故事之间的"引言"和"尾声"。该书以去坎特伯雷朝圣为线索刻画了三十位来自英国的香客，他们中有骑士、修士、修女、修道院长、托钵修士、教士、商人、海员、学士、律师、医生、地主、磨坊主、管家、店铺老板、伙房采购、自耕农、厨师、法庭差役和卖赎罪券的教士等，这些人几乎涵盖了英国所有社会阶层和各类主要行业，同时故事的体裁也几乎囊括了当时所有的体裁，既有高雅的宫廷爱情传奇、虔诚的圣徒传，也有粗俗不堪的市井故事、宗教寓意的说教故事、布道词，以及动物寓言等，因此，英国著名诗人德莱顿认为该书具有"上帝的丰富多彩"，是中世纪晚期英国社会的缩影。乔叟的文笔精练优美，流畅自然，他的创作实践将英语提升到一个较高的文学水平，他的作品是中世纪用英语写作的代表，推动了英语作为英国统一的民族语言的进程。

乔叟通晓拉丁语、意大利语和法语，曾翻译、改编了《特罗伊勒斯和克西达》《骑士的故事》《富兰克林的故事》《法庭差役的故事》和《大学生的故事》。此外，他还翻译了《玫瑰传奇》《贞洁的女人传奇》和波伊乌提的全部作品。为此，法国诗人德尚(eustace Deschamps) 将乔叟誉为"翻译大师"。乔叟的翻译为英语翻译打开了广阔的前景，并为确立英语成为文学语言，对英国文学的发展做出了卓越的贡献。如果没有乔叟大胆而富有创造性的实验与探索，英语语言的成熟和英语文学的繁荣还得推迟相当长一段时期，而莎士比亚等伊丽莎白时代那些杰出的文学家们的成就，恐怕也得大打折扣。

2. 高尔

高尔也是中世纪英国文学的一个代表人物，他的作品不管是在语言上还是思想上都能与乔叟相媲美。高尔是一个沿袭传统的韵文诗人，他用法语、拉丁语和英语写作，但是他不注重诗歌的音乐性。他的代表作有《沉思之镜》《原野的呼声》《恋人的自由》等作品，其中《沉思之镜》是用法文写的一首长诗;《原野的呼声》是用拉丁文写的古典挽诗对句体的一首长诗，《恋人的自由》是用英文写的一首长诗。《恋人的自由》(confession mantis=Confession of a Lover) 模仿宗教忏悔的体裁，共八卷及引言一篇，大体上使用的是每行八音节双行押韵体，近三万四千行。在引言里，高尔旧调重弹，侈言世风日下，除了祈祷与忏悔之外无可救药，他笔锋一转，谈到爱情。五月一天清晨，林中散步，邂逅维诺斯与丘比特。丘比特不理会他，维诺斯看他是困于情场中的人，便把他交付给她的祭司"天才"，令他在祭司面前忏悔，申述他在爱情上所犯的过失。"天才"便教导他七大罪及其补救之道，并且施用到爱情方面，谈到每一项目便讲一个或一个以上的故事作为实证 (exemplum)，一共讲了一百多个故事，故事来源有古典的也有中古的。最后维诺斯再度现身，举起镜子让他照照他的华发，让他知道他已年迈，不宜与她再谈情说爱，令他离去她的宫廷。这一部作品是用一个简单的结构连缀起若干故事，高尔的文笔是流畅的，中间不乏好的诗句，但过于正式，缺乏幽默且忽略了人物描写的细腻情节，因而显得枯燥。

3. 马洛里

陶玛斯·马洛里是十五世纪散文作家的巨擘，他的《亚瑟之死》(LeMorte d'Arthur) 成了亚瑟传奇中最有影响力的一部作品。《亚瑟之死》是玛洛利留下来的唯一作品，而且是他在狱中之作。此书所述包括亚瑟王的诞生，毕生经过，与其作为，以及他的高贵的圆桌武士之冒险事迹，寻获圣杯的经过，以至终于悲惨的全部死去，永离尘寰。因此，以《亚瑟之死》作为书名显然是不恰当的，全书之名应按马洛里自己的卷末题记所云："亚瑟王及其高贵的圆桌武士之故事"(The Book of King Arthur and of his noble knights of the Round Table)，但此书流传至今，一直被称为《亚瑟之死》。《亚瑟王之死》使众说不一的零散故事终于规范化，从而形成一部记述自亚瑟王出世至他遁居仙岛为止的完整故事体系，也使这部书成了后世作家引用亚瑟王故事的摇篮。亚瑟王的故事在不同程度上反映了当时的各种社会影响，体现出人们的各种愿望与理想。在英国古代史上名震一时的亚瑟王和他的气概豪迈的圆桌骑士们，为后世遗留下一些蕴涵深刻的传奇故事。随着时间的流逝，这些传奇故事浸染了一种神话色彩，与古希腊神话和基督教圣经一同形成英美文学的三支伏流，对英美文学产生了深远影响。《亚瑟王之死》词句优美，今天读起来依然通俗易懂，成为英国小说的雏形。

三、近代英国文学（16 世纪——18 世纪初）

（一）伊丽莎白时代暨文艺复兴时期的英国文学

伊丽莎白时代正值文艺复兴。文艺复兴的文化和学术开创了现代的自然研究和自然科学，也开启了文学创作的新气象。此时的英国是一个文学高峰的时代，文学创作可谓百花竞艳、万紫千红，而最突出的是诗歌和戏剧。

1. 诗歌

怀亚特和萨里首先揭开了伊丽莎白时期的文学序幕，二人从意大利为英语带来了一种新鲜的形式。怀亚特翻译并模仿彼特拉克的短诗，为英国的诗歌开辟了一个优良的传统，他还尝试着用其他韵律方式创作。他的爱情抒情短歌，以感情真挚，语言自然见称。萨里以其《伊尼德》译本将最初的无韵诗——即后来莎士比亚和密尔顿的十行诗——带进了英国文学。

西德尼集诗人、小说家、批评家、宫廷人士、军人于一身，是十六世纪最有声望的作家之一，被誉为最能代表这一时代之理想的高雅之士 (ideal gentleman)。西德尼的一生都奉献给了诗词，他的短诗感情相当真挚，而真诚的感情正是文学中最重要的价值所在。西德尼工于十四行诗，并且使之成为英文诗的自然形式。十四行诗在当时是非常流行的诗体，高雅的绅士和专业的诗人学习剑术一样，热衷于学习十四行诗的创作。其中一些十四行诗注重形式，极具优雅的格式，而另一些则是富含热情的佳作。西德尼第一部英文体十四行诗系列《阿斯特洛和斯普拉》(Atrophel and Stella)，对莎士比亚产生了重要影响。另外，西德尼最具代表性的作品主要有三部：《阿凯地亚》(Arcadia)、《阿斯脱菲与斯苔拉》(Astrophel and Stella)、《诗的辩护》(The apologue for petrie)。其中，《阿凯地亚》是一部具有时代特征的作品，莎士比亚的《李尔王》(King Lear) 一剧中的情节即来源于此。散文之中掺入了不少诗歌韵语，约有八十首之多。主要的故事是关于两对情人的悲欢离合，而故事的发展和琐细情节的穿插却极为繁复，开卷几页是写牧人的浪漫故事，随后就荡开文笔，写到海难，写到乡绅之家，写到国家大事，写到国王宫掖，牧人成了配角，每卷末的牧歌 (eclogue) 成了插曲。武侠冒险与谈情说爱的成分在书中平分秋色，而西德尼兴之所至还要利用各个机会大作其政治哲学的文章。总之，此书性质并不单纯。在文学方面，极充实缛丽之能事，句子长，里面有过多的直喻隐喻和奇思幻想，有过多的拉丁语法，有过多的描写与刻画，使得现代一般读者可能无法卒读。但是这全是当时的人所最喜爱的东西，西德尼用那样的文字写那样的题材是很自然的一回事。

斯宾塞是继乔叟之后第一个运用绝妙的概念和技巧处理艺术主题的英国诗人，被兰姆称为"诗人中的诗人"。他翻译和创作了许多歌颂爱情和女王的诗歌。1579 年斯宾塞发表了他的《牧人日记》，这在英国诗歌史上是一件具有重大意义的事件。它宣告了一流诗人的诞生，紧接着问世了《短诗集》和精品寓言长诗《仙后》(The Faerie Queen)。《仙后》既有人文主义关怀，也有新柏拉图主义的神秘思想，还带有清教伦理和资产阶级爱国情绪，情节结构和人物塑造仿古罗马史诗和骑士传奇文学。赛宾塞备受推崇的原因不仅因为他的诗中蕴含的力量，还在于他对韵律、节奏和形象具有无可企及的天赋。即使不能通读《仙后》(除了诗人、学者和考据者，没有人能够通读)，只要随意翻开任何一章，都能够遇到像古代挂毯般璀璨的诗句。那些"陈旧的语调和过时的言辞"曾被同时代的人所诟病，却为他的辞章平添了许多色彩。此外，斯宾塞还是一位非常高产的诗人，他的作品还有《牧羊人日志》(TheShepherd Calendar)、《达芙娜依达》(Daptmaida)、《情诗集》(amoretto)、《婚礼颂》(Epithalamion) 等多首诗或诗集。琼森生前在英国文学史上享有的威望是无人可比的，他是稍晚于莎士比亚被同时代的其他诗人誉为"歌之王"的大诗人。他擅写社会讽刺诗剧，是当时最遵守古典观念的剧作家，经常指责其他剧作家只懂迎合"低俗客"的鄙陋趣味。琼森擅长使用喜剧来谴责罪恶与愚行，使得许多人称他的剧本为纠正喜剧 (corrective comedy)。他的诗歌不仅有优美的形式和精当的遣词，而且蕴含着优雅的感情和雅致的热情。或许因为琼森的博学多识使他的悲剧略显沉重迟缓，但是在他的歌谣中，他的博学犹如被优雅有力的翅膀载着自由飞翔，他的声音如云雀般清脆动听。琼森对于古典诗歌所做的贡献，对他自己的诗歌以及追随他的人的诗歌产生了全面的影响，这些皆源于琼森从不盲目因袭古人，他学习古人并能取其精华为我所用。琼森深受贺拉斯、卡特拉斯、马西阿尔的影响，将其视为楷模，同时他也敬佩罗马的诗人，相信他们对艺术对称美的要求，让英国诗歌具有重要意义。伊丽莎白时代的诗歌有流于怪诞的危险，琼森则借助自身的权威使诗歌虽然有规则却不生硬，考究却不因袭传统，清晰却不流于俗泛。此外，琼森在戏剧方面也是成绩斐然。他的剧作《人人高兴》嘲弄了那个时代的弊端，是一部非常有力度的"风俗喜剧"。他的学者风范在悲剧《西亚努欺斯的覆灭》和《卡塔林的阴谋》中有所体现，在这两个剧本中，琼森没有卖弄文学，但剧中的悲剧感却是深刻的。琼森的罗马剧在人物的塑造和语言的运用上丝毫不逊色于莎士比亚。他的罗马剧《蹩脚诗人》是莎士比亚和其他诗人都无法写出的。在整个 17 世纪，琼森的名声和威望都在莎士比亚之上。

邓恩是玄学派诗歌的代表人物。玄学派诗歌的特点是采用奇特的意象和别具匠心的比喻，糅细腻的感情与深邃的思辨于一体，以善于表达活跃躁动的思绪和蕴含哲理而独树一帜，但其语言质朴而且口语化。玄学诗派在诗歌艺术上独辟蹊径，对现代主义诗风产生过很大影响。邓恩作为权威人物与琼森风格迥然相异，他是一个含糊的、注重内省、不遵守诗歌韵律的人，而琼森在言谈举止上都是一个古典主义者，虽然很少受到约束，却仍然注重诗歌的形式。邓恩是最具原创性的英国抒情诗人之一，其诗歌代表了英国 17 世纪玄学派诗歌的巅峰成就，他的代表作有《挽歌与讽刺诗》(The Elegiesand Satires)、《歌谣与十四行诗》(The Songs and Sonnets)。由于他的模糊性和神秘性使得人们很难更好地了解他。他在青年时代写过许多恋歌和讽刺诗，后来他成为一名著名的传教士，并把写诗的热情转移到宗教诗的创作上。邓恩的诗作的音律往往参差不齐，格律不严，多数情况下，他的诗篇之所以美妙是因为他的热情。但他也能够写出和约翰逊一样格律齐整的诗篇。

弥尔顿的一生跨过了整个17世纪的四分之三，他是他那个时代的文坛巨匠，也是继莎士比亚之后主要的英国诗人。他以炽热的感情、美丽的想象、优美的语言使17世纪英国无韵体诗歌达到一个新的美学高度。雪莱在《诗辩》中将弥尔顿与荷马、但丁并列称为三位伟大的史诗诗人。在英国资产阶级革命中，弥尔顿担任克伦威尔政府的拉丁文秘书和共和国国会议员，先后写下了《论出版自由》(Areopagitica)、《科马斯》(Comus)、《为英国人民声辩》(Pro populi anglican Defensio) 等遒劲有力的政论文参加斗争，为英国资产阶级革命的正义性辩护，使整个欧洲为之震惊。继而创作《沉思的人》(Penseroso)、《快乐的人》(L' Allegro)、《利西达斯》(Lycidas) 等足以使他在英国抒情诗中占有重要地位的精致美妙的短诗。其中《利西达斯》是他最感人的诗篇，这是哀念逝去的朋友的挽歌，与雪莱的《阿多尼斯》和丁尼生的《怀念》并称为英国文学中的三大哀歌。弥尔顿晚年在双目失明的情况下以惊人的毅力创作了三部伟大作品:《失乐园》(Paradise Lost)、《复乐园》(Para-dise Regain) 和《力士参孙》(Samson agonists)。其中《失乐园》丁的《神曲》，还不如说它更像古典作品本身。《失乐园》是弥尔顿根据《创世纪》中寥寥数言的故事，创作出来的具有十二个篇章的宏大的无韵诗。《失乐园》的语言非常优美以至于它被奉为诗歌艺术的范本，其结构、表达方式、繁多的隐喻和象征又使它带有了异教的色彩。由于诗人的才情缺乏自省精神，而使得有些语句单调枯燥以外，就整篇诗作而言，《失乐园》仍不失为"雄壮的文体"。

2. 戏剧

16世纪的后半叶，英美文学中最繁荣的是戏剧。英国戏剧起源于中世纪教堂的宗教仪式，取材于圣经故事的神秘剧和奇迹剧在"十四五"世纪英国舞台上占有主导地位，随后出现了以抽象概念作为剧中人物的道德剧。到了16世纪末，戏剧进入全盛时期。

马娄是莎士比亚之前最重要的戏剧家，他冲破旧的戏剧形式的束缚，创作了一种新戏剧，成为新剧的先驱。他的剧作歌颂知识，财富和无限的个人权利，反映了新兴资产阶级力图摆脱封建束缚以求发展的强烈愿望。他短暂的创作生涯共留下六部剧作，《迦太基女王狄多》(与托马斯·纳什合作)、《帖木儿大帝》(上、下部)、《浮士德博士的悲剧历史》《马耳他岛的犹太人》《爱德华二世》和《巴黎大屠杀》。不过马娄的声誉主要取决于《帖木儿大帝》《浮士德博士的悲剧历史》和《马耳他岛的犹太人》这些以一个主人公为中心的悲剧。其中《帖木儿大帝》的重要性不仅在于它是马娄的成名作，而且在于它吹响了"英国文艺复兴时期戏剧革命的第一声号角"。在这部剧作中，作者第一次成功地将无韵的素体诗运用于人物的对白。全剧分上下两部，第一部讲述帖木儿如何战胜一个又一个敌人，从默默无闻的牧羊人首领成为亚洲最有权势的征服者的过程，第二部则重在展示他在面对不可抗拒的死亡时的悲哀。马娄笔下的帖木儿是独特的文艺复兴式想象的产物。他目空一切，具有将整个世界置于自己控制之下的决心和勇气，永无止境地追求个人意志的实现。虽然帖木儿最终孤苦伶仃地死在心上人的墓前，但是他试图颠覆一切现存秩序的壮举，却将文艺复兴时期得到高度提升的人的主体性发挥到了极致。该部作品被琼森誉为"马娄伟大的诗章"。莎士比亚是欧洲文艺复兴时期英国最伟大的剧作家和卓越的人文主义思想的代表，他以奇伟的笔触对英国对建制度走向衰落和资本主义原始积累的历史转折期的英国社会做了形象、深入地刻画。他的创作按思想和艺术的发展分为三个时期：历史剧和喜剧时期、悲剧时期和传奇剧时期。莎士比亚的历史剧是在 16 世纪 80 年代流行于英国戏剧舞台上的编年史剧发展而来的。这种历史剧的产生与广受欢迎有两个重要的客观原因，一是现实政治的需要，再就是当时大量历史著作的出版。前者为其产生提供契机，后者则为其产生提供依据。莎士比亚主要的历史剧包括反映从百年战争中期到玫瑰战争结束之间近一个世纪英国历史的两组四部曲。第一组是由《亨利六世》上、中、下三部和《理查三世》组成，再现了英国历史上著名的玫瑰战争的全过程。第二组由《理查二世》《亨利四世》上、下部和《亨利五世》组成，叙述了从理查二世登基到亨利五世去世近半个世纪的英国君主荣辱兴衰的历史。其中，最出色的是《亨利四世》上、下部。该剧主要表现了亨利登上王位之后国内的政治纷争与战乱。但是，值得注意的是，《亨利四世》的主人公并不是亨利四世，而是他的儿子哈尔王子。可以说，使得《亨利四世》有别于莎士比亚其他历史剧的根本就在于，它展示了似乎玩世不恭的哈尔王子转变成令人尊敬的哈里国王的过程。剧中的故事情节沿着两条平行的线索发展，一方面是宫廷中的权力之争，另一方面是平民社会的日常生活。哈尔王子则是这两条线索之间的一种联结。《亨利四世》的另外一个重要艺术手法是使喜剧的诙谐幽默与历史剧的严肃形成对比，从而使之比莎士比亚的其他历史剧能给观众带来更多的艺术享受。

莎士比亚喜剧的代表作有《仲夏夜之梦》《威尼斯商人》《皆大欢喜》和《第十二夜》。其中，最具代表性也最广为人知的喜剧作品是《威尼斯商人》。这部喜剧以古代传说为基础，巧妙地将两个原本互不相干的故事缝合起来，使得它们完美地合为一体并呈现出一个充满浪漫主义气息的幻想世界。剧中除夏洛克之外的所有人物都是这个世界的享有者，公正、宽容、友谊是他们的主要价值观和行为准则，明显具有文艺复兴时期人文主义者理想化的倾向。尤其是鲍西娅，她集财富、智慧和美貌于一身，被认为是莎士比亚笔下最成功、最完美的人物之一。

莎士比亚悲剧中最为人称道的是四大悲剧《哈姆莱特》《奥瑟罗》《麦克白》和《李尔王》，其中尤其是《哈姆莱特》，不仅代表着莎士比亚本人戏剧创作的最高成就，而且还被视为整个文艺复兴时期文学创作的顶峰。在这些作品中，莎士比亚虚构的是无常、凶险、充满死亡的悲剧世界，表现以主人公的死亡而告终的人间灾难。除四大悲剧之外，莎士比亚创作的爱情悲剧《罗密欧与朱丽叶》也是他最受欢迎的剧作之一。该剧不仅具有其早期喜剧《爱的徒劳》和《仲夏夜之梦》中的那种有时显得做作的抒情风格，而且在人物刻画方面标志着剧作家艺术上的成熟。该剧取材于亚瑟·布鲁克的抒情长诗《罗米尔与朱丽叶的悲剧》，当然故事的源头还可以追溯到更早的时候。另外，值得注意的是，与莎士比亚后来的悲剧不同，罗密欧与朱丽叶的悲剧是命运所致而不是由人物性格的悲剧缺陷所引发。尽管两个情人存在自身的弱点，但最终毁掉他们的是他们所面临的社会条件。

莎士比亚传奇剧创作于剧作家戏剧生涯的最后阶段。他用娴熟的艺术手法将喜剧因素与悲剧因素糅合在一起，借用传统的浪漫传奇的形式，创作出《泰尔亲王佩力克里斯》、《冬天的故事》、《奥瑟罗》、《辛白林》等四部以圆满的结局化解悲剧性矛盾冲突的传奇剧。其中，《暴风雨》是最为人称道的一部，论者一般认为，该剧是莎士比亚总结自己一生的压卷之作，表明了剧作家用道德感化的方式改造人类社会的愿望。

韦伯斯特的《马耳费公爵夫人》恐怖而令人心碎，所蕴含的感情非常强烈，以至于冲破了诗和韵律的束缚。兰姆评价道：《马耳他公爵夫人》中描绘了一种令人混乱的庄严肃穆的哀伤情感。"韦伯斯特的另一部力作《维多利亚·科隆波拉》，讲述一位美丽的女子，她所到之处必会带去死亡和灾难。这部剧作对于死亡和毁灭的冥想，阴森恐怖，呈现了一种病态，但是却达到了和希腊悲剧或者莎翁悲剧相媲美的程度。

（二）詹姆斯王朝期间的英国文学

詹姆斯王朝时期也称王政复辟时期，指共和时期后 1660 年王政复辟后的文学。许多现代的典型文学形式包括小说、传记、历史、游记、新闻报道等在这一时期开始成熟。当时，新的科学发现和哲学观念以及新的社会和经济条件开始发挥作用，还出现了大量以政治、宗教为内容的小册子文学。

王政复辟后，新古典主义使文学风气为之一变。这一时期，文坛最受欢迎的作家是班扬，他的《天路历程》被视为英国近代小说的开端。作品采用梦幻的形式讲述宗教寓言，但揭开梦幻的面纱，展现在读者面前的是 17 世纪英国社会的一幅现实主义图景。作品用朴素而生动的文字和寓言的形式叙述了虔诚教徒在一个充满罪恶的世界里的经历，对居住在"名利场"的上层人物作了严重的谴责。这里有清教主义的回响，而作品的卓越的叙事能力又使它成为近代小说的前驱。虽然叙事写得十分真实，但技巧上却是采取寓言形式，这是一种新散文，这是班扬作为本时期重要的散文家所做的贡献。

这种新散文，实际也是写实小说这一新的文学样式的先驱。18 世纪写实小说兴起，不能不说班扬有很大的文学贡献。这一时期，英国抒情诗的代表人物有德莱顿和蒲柏。德莱顿驰骋文坛，集桂冠诗人、散文家、剧作家于一身，曾一度左右伦敦文坛，成为叱咤风云的人物。德莱顿在英国文学史上成就非凡，以至于他的名字成为他所处文学时代的代名词。由于他对押韵对句定型的贡献而成为 18 世纪英国诗坛的鼻祖，成为诗歌和散文真正的革新家。他的《戏剧论》以及其他论文是英国文学批评史上和英诗体著作中划时代的作品。德莱顿之后的世纪是散文的时代，而他则是开山鼻祖。他的重要作品是《一切为了爱情》(All for Love)。蒲柏是一位以讽刺诗见长的伟大诗人，善于用庄重华贵的语言形式表现滑稽可笑的生活内容。他的诗以精雕细琢、优美动听悦耳、诗体变化纷呈著称，特别是英雄双韵律诗，成为当时人们学习的样板。代表作有《书信》和《讽刺》。

复辟时期的君主对文学的重视，在很大程度上推动了诗歌艺术的发展。"桂冠诗人"这一王室御用诗人称号，就始于詹姆斯一世。德莱顿、华兹华斯、丁尼生等人都曾被授予这一称号。这一时期的诗歌创作，除了邓恩为代表的玄学派，主张诗歌描写爱情、田园生活与宗教感情，强调诗人个人的内心感受，以意象奇幻取胜，还有骑士派的诗作，主张诗歌以爱情为主题，宣扬及时行乐。这些诗人与戏剧家、散文家的共同创作为王政复辟时期的文坛吹来了一股清风。

（三）启蒙时期的英国文学

18 世纪社会的相对稳定和启蒙主义思想的传播，使英国文学出现新的盛况，写实小说的兴起，相继涌现一批作家和作品。启蒙时期的重要作家有笛福、斯威夫特、菲尔丁等，他们既是启蒙运动的思想家，也是启蒙文学家。他们把文学创作看成是宣传教育的有力工具，致力于反映人民大众的日常生活，描写普通人的英雄行为和崇高精神，深刻揭露封建社会腐朽与黑暗，甚至暴露资产阶级的缺点。

笛福是 18 世纪英国现实主义小说的奠基人，有英国"小说之父"之誉，第一部小说《鲁滨孙漂流记》(Robinson Crusoe) 是流传最为广泛的英文作品，也是英国近代小说的开山之作和现实主义小说的创始之作。斯威夫特的《格列佛游记》(Gulliver's Travels，1726) 中寓含的讽刺力量是英国文学或者其他任何文学都无法企及的。这部作品一直吸引着各类读者，除了一般普通读者欣赏其情节的奇幻有趣，其讽刺的犀利深刻外，历史学家看出了当时英国朝政的缩影，思想家据以研究作者对文明社会和科学的态度，左派文论家摘取其中反殖民主义的词句，甚至先锋派理论家把它看作黑色幽默的前驱。菲尔丁的作品善写广阔的社会背景，巧于运用讽刺，对当时英国上层社会进行了深刻讽刺。他的小说代表了 18 世纪英国现实主义小说的最高成就，是现实主义小说的进一步发展，并且是英国文学史上第一个比较系统提出现实主义小说理论的作家。菲尔丁因其书信体小说、散文体史诗、第三人称叙事等小说创作的突破被誉为"英国小说之父"。理查逊继承了笛福的现实主义传统，同时，他又特别注重人物的感情描写，从而产生了现代小说一种新的文学类型——感伤主义文学，他的书信体小说《帕米拉》(Pamela) 即是这一体裁的代表作。他擅长用一系列书信讲述一个连续的故事，从而创立了英国的"书信体小说"。他的书信体小说描写家庭生活，刻画人物内心活动，推动了浪漫主义运动在 18 世纪末的兴起。斯特恩是感伤主义文学主要代表，宣扬感情的自然流露，强调个人和社会的不可协调，认为文学的主要任务是描写人的内心世界和变化无常的情绪。因此对当时小说的模式感到不满，义无反顾地进行革新，在《项狄传》(The Life and Opinions of Tristram Shandy) 中打破传统小说的框架结构，摒弃以时间为顺序的创作方法，以一种全新的小说文本来描述主人公内心世界。《项狄传》被认为是"世界文学中最典型的小说"。评论家指出 20 世纪小说中的意识流手法可以追溯到这部奇异的小说。斯特恩的文学实验为英国小说艺术增添了新活力，开后世现代派小说先端，可谓英国最早的实验性写作的大手笔。

18 世纪的诗歌创作也是一派繁荣景象，不仅有世纪初的蒲柏和汤姆逊在创作，就是一些散文名家，如斯威夫特、约翰逊、哥尔德斯密斯和蒲柏，也善于写诗。葛雷也是这一时期重要的诗人。他的诗作中以《墓园挽歌》最为著名，该诗发表后引来诸多仿作，一时形成所谓"墓园诗派"。

《墓园挽歌》因为凝结了一个时期中的某种社会情绪，加之以完美的形式表达了这种情绪，在一定程度上解决了如何革新旧传统的问题而具有较高的艺术价值，因而被誉为英国 18 世纪甚至英国历来诗歌中最好的诗人。

四、现代英国文学（18 世纪 –1960 年）

（一）浪漫主义时期的英国文学

英国浪漫主义文学的主要成就体现在诗歌和散文上。作为浪漫主义文学的典型代表，它们表现出一些共同的特征。首先，着重抒发对理想世界的热烈追求，有很强的抒情色彩。浪漫主义的繁荣与作家对社会现实的失望有关，因此特别重视对个人理想的描绘，表现主观世界，抒发强烈的情感。其次，崇尚自然，歌颂自然。浪漫主义作家在卢梭"回归自然"口号的影响下，致力于对自然景物的描写。但与古典主义不同的是，浪漫主义诗人强调的是充满野性的自然界，旨在从中去获取在人类社会难以获得的对人性的认识。这种自然情结产生于浪漫主义诗人对工业化进程的忧虑，它诉诸情感和想象，反对理性对自然天性的束缚和扭曲。再者，重视中世纪民间文学，提出"回到中世纪"的口号，从中世纪民间文学中学习灵活自由的表达方式及风格特点，汲取民族民主因素的养分，作为自己创作的借鉴和楷模。此外，在艺术表现手法上，浪漫主义作家喜欢运用热情奔放的语言、瑰丽的想象、夸张的手法、大胆的幻想、怪异的情节、鲜明的形象，将神话色彩和异域情调与普通的日常景象交织在一起，形成对比。在格律方面，浪漫主义诗歌是英国文学史上第二个"诗歌的黄金时代"，对世界文学的影响极为深远。

这一时期，浪漫主义诗歌的代表人物有华兹华斯、柯尔律治、拜伦、雪莱、济慈等，它们以各自不同的方式丰富和阐释了"几乎无限多样性的浪漫主义的主导原则"。尤其是拜伦、雪莱、济慈三大诗人将浪漫主义推向高潮，把浪漫主义诗歌带入一个更为广阔的境界。拜伦、雪莱、济慈三人各有特色，但都忠于法国革命的理想。拜伦是出于对暴政的反感和叛逆，因此他的诗作表现出追求自由、反抗压迫的精神，注重揭露现实。其作品以东方叙事诗和拜伦式英雄著称于世，最显著的艺术特点是辛辣的讽刺，锋芒指向 18 世纪末 19 世纪初欧洲广阔的社会人生，而把讽刺、叙事、抒情三者融为一体，才是他独特才能的突出表现。拜伦的讽刺诗《审判的幻想》被誉为"英国文学史上最成熟、最完整的政治讽刺诗之一"。雪莱是着眼于未来的理想社会,他的诗风自由不羁,惯用梦幻象征手法和远古神话题材。雪莱的浪漫主义理想是创造一个人人享有自由幸福的新世界,他注重对未来的描绘,并试图在创作中描述对人类远景的看法,被恩格斯称为"天才的预言家"。济慈具有资产阶级民主思想,他向往古代希腊文化,幻想在"永恒的美的世界"中寻找安慰。他的诗篇被认为完美地体现了西方浪漫主义诗歌的特色,成为欧洲浪漫主义运动的杰出代表。

这一时期,在散文方面有开创历史小说新领域的司各特和开创风俗小说天地的奥斯汀等人的创作。司各特创作的历史小说内容涉及从"十字军"东征起,经过17世纪英国资产阶级革命到18世纪君主立宪时期为止的历史事件。司各特擅长在艺术虚构的同时引入历史真实的细节,情节曲折,富有传奇色彩,从而使得他的小说成为18世纪和19世纪英国文学现实主义和浪漫主义两种不同趋向的完善和发展,为他赢得了"西欧历史小说之父"的声誉。司各特的去世标志着英国浪漫主义的结束。奥斯汀的作品不触及重大社会矛盾,而是以女性特有的观察力,以女性作家特有的敏锐和细腻刻画英国乡村中产阶级的生活和思想,描写她周围的小天地,尤其是绅士淑女间的婚姻爱情风波,富有戏剧冲突,深受读者欢迎。她的小说突破了18世纪末19世纪初的"感伤小说"和"哥特小说"模式,展现了当时尚未受到资本主义工业革命冲击的英国乡村中产阶级的日常生活和田园风光,在英国小说史上具有重要意义,深受当代批评家的重视。

(二)维多利亚与现实主义时期的文学

维多利亚时代的英国小说主要以现实主义为特征。作为整个欧洲现实主义文艺思潮的一部分,维多利亚时代的现实主义小说表现的是普世意义上的生活经验。实际上,其关注、描写乃至预期的读者对象都是中产阶级,表达的是中产阶级的价值观。现实主义最基本的特征是真实地描写现实,小说家往往采用编年史式的叙述结构、单一的叙述视角和写实的手法,刻意营造一种照相式的逼真。在维多利亚小说家中,狄更斯、萨克雷、勃朗特姐妹、乔治·艾略特、特罗洛普、哈代等人是杰出的代表,他们直面社会现实,表现出强烈的使命感、道德感和忧患意识,将笔触伸向社会的方方面面,描绘出一幅幅维多利亚时代社会生活画卷,塑造出众多栩栩如生的人物形象。他们的作品不仅包含丰富的思想和社会内容,还使得现实主义小说的写作技巧达到炉火纯青的地步。除了现实主义主流以外,维多利亚时期的小说还呈现出多样化发展态势。除以罗伯特·史蒂文森为代表的新浪漫主义小说家表现出对冒险和异域风情的浓厚兴趣之外,廉价犯罪小说、侦探小说也都红火一时。

此外,这一时期的诗歌几乎与小说平分秋色。作为对19世纪初期浪漫主义感情泛滥的反驳,维多利亚时代的诗歌表现出凝重、典雅的诗风。该时期可以称为大诗人的只有丁尼生和勃朗宁,他们不仅以充满使命感和忧患意识的叙事尝试挑战同时代的小说家,而且还以技艺精湛的短诗传世。

（三）批判现实主义文学

19世纪七八十年代后期出现了哈代、高尔斯华绥等巨匠，他们运用社会心理小说和社会讽刺剧等形式，对资本主义社会的政治、道德、宗教和文化等方面作了淋漓尽致地揭露和批判，这便是批判现实主义文学。批判现实主义作家们以手中的笔反映工业资产阶级发展后的社会生活，揭露了资本主义社会人与人之间的冷酷关系和资产阶级的伪善。英国19世纪的批判现实主义小说，是文学成就最高的文体，因为小说一直是中产阶级最喜欢的文类，它的形式较有弹性，除了呈现现实生活的情况外，也提供一个想象的世界。小说中的道德寓意也多符合中产阶级读者的期盼，人性本善，善有善报，恶有恶报。作者也多批判有钱人为富不仁，对穷人给予同情。哈代是维多利亚时期的最后一位小说家，他的小说一直以故乡多塞特郡和该郡附近的农村地区作为背景，早期作品描写的是英国农村的恬静景象和明朗的田园生活，后期作品明显变得阴郁低沉，带有悲观情绪和宿命论色彩，其主题思想是无法控制的外部力量和内心冲动决定着个人命运，并造成悲剧，代表了19世纪末20世纪初英国以"幻灭"为主题的小说创作。代表作有《德伯家的苔丝》和《无名的裘德》。康纳德是一位承前启后、伟大而深刻的作家，被誉为英国的文学语言大师，他的创作处于现实主义和现代主义交替的时代。他继承了英国小说创作的优秀传统，又在许多方面大胆开拓，表现出鲜明的现代主义特征。他的小说展示了西方扩张主义转型的历史过程，并对此进行反思，其主要作品"为最杰出的维多利亚小说与最出色的现代派作家提供了一个过渡"。进入19世纪的后30年，英国小说依然活力不衰，题材范围继续扩大，有梅瑞狄斯、劳瑟福德、莫里斯、吉卜林等代表人物。小说的艺术性也有新发展，如詹姆斯和康拉德等都十分讲究小说艺术。梅瑞狄斯的文采，勃特勒的犀利，莫里斯的以古朴求新鲜，吉卜林的活泼和嘲讽，都使英国小说更加丰富多彩。

（四）现代主义文学

在1910年至1940年的30年间，英国文坛发生了巨大变化，一时流派林立，理论更迭，五花八门的实验主义作品竞相问世。一批追求革新的作家争先恐后地登上文坛，以标新立异的艺术手法反映着现代意识和现代经验，英国文学史上迎来了又一个辉煌的黄金时代。这便是半个世纪之后才被人们认识和接受的现代主义文学思潮。这一时期的重要作家有福斯特 (E.M.Forster，1879-1970)、萧伯纳 (George Bernard Shaw，1865-1950)、高尔斯华绥 (John Galsworthy，1867-1933)、叶芝 (WilliamButler Yeats，1865-1939)、奥威尔 (George Orwell，1903-1950)、戈尔丁 (William Golding，1911-1993)、艾略特 (T.s.Eliot，1888-1965)、劳伦斯 (David Herbert Lawrence，1885-1930)、乔伊斯 (James Joyce，1882-1941)、吴尔芙 (Virginia Woolf，1882-1941) 以及曼斯菲尔德 (Katherine Mansfield，1888-1923) 等人。他们对资本主义社会的政治、道德、宗教和文化等方面做了淋漓尽致地揭露和批判，表现出强烈的社会责任心和对极权主义威胁的忧虑。同时，用敏感的笔触发掘人物内心深处细微的变化，揭示出人生欢乐与痛苦的真情。

此外，战后英国小说创作出现了一个令人瞩目的现象——妇女作家的崛起，她们的创作不仅有从女性视角去表现当代妇女在男权社会所受的压抑以及女性自我意识的觉醒一面，还有回避女性自我意识，以非性别化的作家身份去观察世界、表现生活一面。主要代表人物有莱辛 (Doris Lessing，1919-1994)、斯帕克 (MurielSpark，1918-1996) 和默多克 (Iris Murdoch，1919-1999) 等人。其中，莱辛是战后英国最杰出的妇女作家，她的作品带有强烈的现实主义倾向和鲜明的时代特色，立足于人和社会，反思当代政治和文化思潮，并从不同的角度反映出人和社会的真实状况。

五、当代英国文学

第二次世界大战结束后，英国文学并没有因为战争的破坏出现真空。在小说方面，一些在战前已经成名的作家如沃、格林、伊丽莎白·鲍温等笔耕不辍，继续推出有影响的作品。到了 50 年代，戈尔丁成为文坛新宠，他的《蝇王》以探讨人性的本质为主题，用象征主义的手法表达他对西方社会悲观主义的看法。这一时期，还出现了一批"新现实主义"小说家，他们的特点是用新的主题和题材表现传统观念中发生的变化。金斯利·艾米斯、韦恩和布赖恩等所谓"愤怒的青年"小说家在作品中发泄他们对英国社会等级森严、贫富不均状况的愤懑。这些小说家的作品虽然展示了 50 年代英国社会的真实状况，但在艺术上并没有什么创新。进入 60 年代，实验主义开始在英国兴盛起来。福尔斯在《法国中尉的女人》中革新传统的小说观念和叙述技巧，成为英国最为著名的实验主义小说家。当时积极从事小说形式实验的重要作家包括威尔逊、德雷尔、伯吉斯等人。他们的努力使得 60 年代成为"最富创造性、最生机勃勃的年代"。在"后现代主义思潮"冲击下，这一时期的 B·S·约翰逊、安·奎因、和加布里尔·贾希乔维希等作家都以极大的热情进行着小说形式的创新。不过这些作家的形式革新只是喧闹一时，他们的作品因过于偏离传统而难以传世。

60、70 年代以来，女性小说家的队伍随着女权主义运动的发展迅速壮大，莱辛、默多克、斯帕克、拜厄特、德拉布尔、布鲁克纳等是其代表人物，她们当中有些人同时还属于实验主义小说家的队伍，可见女性作家的革新意识与男性作家相比丝毫也不逊色。80 年代以来，新一代英国小说家迅速成长，其中的佼佼者有马丁·艾米斯、斯维夫特、艾克罗伊德、巴恩斯和麦克尤恩等人，他们各具特色的创作将英国小说带入了一个极富创造性的时代。这一时期另外一个令人瞩目的现象是少数族裔小说家异军突起，他们富有特色的表现素材和手段，给英国小说创作注入新的活力，其中尤其以拉什迪、石黑一雄和奈保尔成就最大，被并称为"英国文坛移民三雄"。

60 年代以后，英国诗坛呈现出多元化趋势，没有出现过大的文学运动，诗人的创作个性更加突出。这种多元化表现为诗歌流派纷呈、地方性诗人群体的涌现、女性诗人和少数族裔诗人的崛起，以及诗歌日益走向大众。当代北爱尔兰诗歌是 20 世纪末英国诗歌中最重要的组成部分。希尼的诗歌在描写北爱尔兰乡村生活风物的同时，探索物质与精神的交流和融会，具有鲜明的民族色彩和纯美的语言风格。

英国的戏剧在战后初期总体上呈现一种不景气的局面。直到50年代，贝克特的《等待戈多》和奥斯本的《愤怒的回顾》的创造又重新拉开英国戏剧新高潮的序幕。这两位剧作家的创作分别代表50年代英国戏剧的两个主要方向：即荒诞戏剧和写实主义戏剧。品特于50年代登上剧坛，在将近半个世纪的时间里，创作了不少优秀作品，奠定了战后英国戏剧最重要剧作家的地位。60年代以来，英国戏剧已经摆脱传统戏剧体裁的束缚，斯托帕德善于用滑稽、闹剧的手法表现严肃的思想，谢弗的剧作着重用视觉形象和声效形式来烘托人物间和人物内心的冲突。韦斯克、邦德、黑尔、格里菲斯等人的剧作关注现实社会和政治，取得了可喜的成绩。

第二节　美国文学简史

美国文学与英国文学虽然都是英语文学，但它仍有着自己的特点。首先，美国文学并不像英国文学那样源远流长，经历了长期、复杂的发展演变过程，它几乎是和美国自由资本主义同时出现，因而较少受到封建贵族文化的束缚。其次，美国文学与英国文学各有自身的精神风貌，这是由于美国早期人口稀少，有很多未开发的土地，为个人理想的实现提供了很大的可能性，使美国人民有着不同于英国人民的性格特征。这种性格一方面体现在美国人民富于民主自由精神，个人主义、个性解放的观念较为强烈，这在文学中有突出的反映，一方面也体现在英国作家敏感、好奇，往往是一个浪潮未落，另一浪潮又起，日新月异，瞬息万变，作家们永远处在探索和试验的过程之中。20世纪以来，许多文学潮流起源于美国，给世界文学同时带来积极的与消极的影响。还体现在许多美国作家来自社会下层，这使得美国文学生活气息和平民色彩都比较浓厚，总的特点是开朗、豪放。再次，内容庞杂与色彩鲜明是美国文学的另一特点。美国是一个多民族的国家，移民不断涌入，各自带来了本民族的文化，这决定了美国文学风格的多样性和庞杂性。美国文学发展的过程就是不断吸收、融合各民族文学特点的过程。同时，个性自由与自我克制、宗教主义与实用主义、激进与反动、反叛和顺从、高雅与庸俗、高级趣味与低级趣味、深刻与肤浅、积极进取与玩世不恭、明快与晦涩、犀利的讽刺与阴郁的幽默、精心雕琢与粗制滥造、对人类命运的思考和探索与对性爱的病态追求等倾向，不仅可以同时并存，而且形成强烈的对照。从来没有一种潮流或倾向能够在一个时期内一统美国文学的天下。

一、近代美国文学（1590—1810)

（一）殖民地时期的文学（1590—1750)

殖民时期主要是印第安人和早期移民两支文化。印第安人是北美洲的土著居民，当欧洲人发现新大陆的时候，他们仍处于原始公社制度各种不同的阶段。印第安人在向大自然的斗争中创造了自己的文化，主要是民间口头创作，包括神话传说和英雄传说。由于他们没有文字，这些传说后来才得以整理问世，并启发了后世美国作家的灵感。最初的殖民地文学在很大程度上是宣传性作品，它们出自殖民者之手，出版地点主要在英国，其目标读者也是包括英国在内的欧洲大陆的人们。这些作品记录殖民者横渡大西洋的经历，描述"新"大陆的地理环境，着力渲染美国广袤的土地和丰饶的自然资源，详细叙述当地印第安人的情况，希望引起英国政府和商人投资开发的兴趣，并吸引更多的人参与投资进程。此后，清教徒为寻找宗教自由来到新英格兰建立了殖民地，他们所信仰的宗教信念为此后美国整个民族意识和文化的发展产生了深远的影响。因此，这一时期虽然是美国文学的初始阶段，但其多元化的风格已初露端倪，大体上可以分为殖民地叙事文学、殖民地叙史文学、殖民地清教文学、殖民地诗歌、殖民地其他散文五大类。第一位美国作家是史密斯，他的作品是关于新大陆的报告文学《新英格兰记》，诞生于弗吉尼亚。美国诗人诞生于 17 世纪，主要有布雷德福德、温斯罗普、布拉兹特里特和泰勒 (Edward Taylor，1645-1729)。诗歌在这一时期有不少创作，但清教思想的影响使得作品多以叙述真实事件的形式，显得冗长乏味。此外，在独立革命之前，以记录反映个人经历为主的日记、书信、游记等文学作品甚为流行。这些看似简单的叙事文学抒写了作者对美洲殖民生活的感想，生动地再现了北美殖民地的种种社会风貌。

（二）独立革命时期的文学 （ 1750-1810)

独立革命时期是美国民族文学开始形成的时期。独立革命期间充满反抗与妥协之间的尖锐斗争，迫使作家们采取政论、演讲、散文等简单而又犀利的形式投入战斗，这些无畏的战士为了战斗的需要不断锤炼自己的语言艺术。此时期的诗歌也具有强烈的政治性，大量的革命歌谣出自民间。不过，在北美殖民地人民争取独立的岁月里，政治成为社会生活的中心舞台，那些有影响的作者都不是专业作家，而是独立革命的战士和参加者。

独立革命时期的美国文学不同于殖民地时期处处反映清教精神，而具有浓烈的政治论辩风格，均带有强烈的政治色彩。独立时期在整个美国文学史上具有极为特殊的意义，斗争中产生了大量的革命诗歌和散文，造就了美国头一批重要的散文家和诗人，为日后美国文学的独立发展创造了基本前提。有小说家和戏剧家们努力从历史和文化上说明美国的辉煌传统，与弗瑞诺等人在诗歌领域的爱国主义精神相呼应，力图缔造美国的民族文学。当然，这一时期的美国文学仍带有浓厚的欧洲风格。

二、现代美国文学（ 1810-1945)

美国独立后，真正意义上的美国文学开始经受磨炼、形成。作家们汲取欧洲浪漫派文学的精神，对美国的历史、传说和现实生活进行描绘，一些以美国为背景、美国人为主人公的作品开始出现，美利坚民族内容逐渐丰富和充实起来，民族文学开始诞生。自此以后的 100 余年间，美国文学蓬勃发展，先后经历了浪漫主义、现实主义和现代主义文学等几个明显的发展阶段。

（一）美国浪漫主义文学

1. 早期浪漫主义时期的文学

早期浪漫主义代表人物有欧文 (Washington Irving，1783-1859 年)、库珀 (James Fenimore Cooper,1789-1851 年)、坡 (Edgar allan Poe,1809-1849)、布莱思特 (William Cullen Bryant，1794-1878 年)、朗费罗 (HenryWadsworth Longfellow,1807-1882) 等人。其中，欧文是美利坚合众国建立后的第一个美国职业作家，他的创作打破了美国对英国文化的依附，成为美国文学的先驱，开创了美国的浪漫主义文学运动，被称为"美国文学之父"。欧文熟知殖民地时期的逸闻掌故，虽然旅居欧洲多年，但其作品的场景都在美国，因此他的创作致力于发掘北美早期移民的传说故事。在他的小说中，"美国文学"这一概念第一次浮出水面。

欧文致力于发掘北美早期移民的传说故事，开创了美国短篇小说的传统，但是，作为美国文学史上第一个发掘与表现美国历史和风土人情的作家，他却认为美国缺乏文学创作的素材，因而面向欧洲寻找他的写作灵感。这种观念在库珀那里也得到了印证。库珀是美国文学的奠基人之一，他认为美国自然单一，人民性格天真，历史短暂平和，从而缺乏文学创作所需要的素材。他指出，弥补这种遗憾的途径之一是到历史中挖掘无尽的宝藏。因此，库柏的散文作品也是关于英国田园式生活的，包括他的札记、政论。坡是第一位在小说和诗歌领域都取得显著成就的美国作家，他的作品触及了前人很少涉及的心理学领域，并且将神秘、幻想等元素融入小说创作之中。他的创作不同于那些满怀乐观向上时代精神的作家，色彩较为阴暗，但他在诗歌、短篇小说和理论批评方面达到了新的水平，标志着美国民族文学的多样性和在艺术上的发展。他的创作被欧洲文学界誉为诗歌和小说创作风格的开拓者。布莱恩特是第一位赢得杰出诗人荣誉的美国人。他创作了大量象征美国独立和民主政治的诗歌，与欧文开创美国散文新时代一样，布莱思特开创了美国诗歌的新时代。评论家阿诺德称其诗作为"语言最完美、最简洁的诗歌"。朗费罗致力于介绍欧洲文化和浪漫主义文学，一生创作了大量抒情诗、歌谣、叙事诗和诗剧，有"革命诗人"之称。同时，他还是第一个扬名海外的美国诗人。

2. 先验主义与后期浪漫主义文学

19 世纪 30 年代以后是后期浪漫主义的创作，其理论是先验主义，代表人物有梭罗 (Henry David Thoreau，1817-1862)、爱默生 (Ralph Waldo Etnerson，1803-1882)、霍桑 (Nathaniel Hawthorne，1804-1864 年)、迪金森 (EmilyDickinson，1830-1886)、麦尔维尔 (Herman neville，1819-1891)、惠特曼 (Walt Whitman,1819-1892)、罗威尔 (James Russel Lowell，1819-1891) 及荷尔默斯 (Oliver Wendel Holmes，1809-1894) 等人。其中，迪金森与惠特曼被称为19世纪美国最伟大的两位诗人。迪金森的诗作充满灵性和智慧，结构精巧，深入心灵，与当时的美国社会格格不入，很多诗作都以死亡为主题，并带

有揶揄的意味。主要作品是《艾米莉·迪金森诗集》(ThePoems of Emily Dickinson)。惠特曼是美国现代文学开创者之一，他以丰富、博大、包罗万象的气魄反映了广大劳动群众在民主革命时期乐观向上的精神。他歌颂劳动，歌颂大自然，歌颂物质文明，歌颂"个人"的理想形象；他的歌颂渗透着对人类的广泛的爱。诗人以豪迈、粗犷的气概蔑视蓄奴制和一切不符合自由民主理想的社会现象。英国小说家劳伦斯曾评价惠特曼说："他是第一位向人类的灵魂高于肉体的陈词滥调开炮的人"。他那种奔放不羁的自由诗体，同他的思想内容一样，也是文学史上的创新，产生了广泛的影响。

（二）美国现实主义文学

19世纪下半叶的美国文学受到欧洲文学思潮的影响，产生出具有美国特色的现实主义。美国现实主义的大本营是美国文学的中心波士顿，代表人物是当时的文学泰斗豪威尔斯。由于美国自身的文化和文学传统，美国的现实主义表现得更加多元化。这个时期是美国文学建立自己文学身份的时代，在小说、诗歌等方面开始逐渐形成了美国文学的特征。

1.小说创作的高潮

19世纪下半叶是美国小说获得大发展的时期，在这个时期，以马克·吐温为代表的美国小说家用小说的形式树立了美国的文化形象，和惠特曼、迪金森一起奠定了美国文学的根基，使美国文学第一次具有和欧洲文学传统不同的文学身份。南北战争之后美国小说转向现实主义，强调可信性和真实性。这个时期是美国小说最有活力的时期，不仅作品数量剧增，其内容题材也反映了社会生活的方方面面。而且，现实主义作家们也表现出了不同的风格。马克·吐温代表了西部边疆现实主义的高峰，恰到好处地融合了地方色彩小说和民间传说的幽默，反映的现实最朴实原始。相反，詹姆斯的心理现实主义往往使读者进入主人公的大脑来观察他的思维。豪威尔斯采用的则是英国式的现实主义，并且已经不时显露出自然主义的痕迹。克莱恩、诺里斯和德莱塞的自然主义反映了原始资本主义过渡到垄断资本主义给社会造成的触目惊心的后果，他们在批判的力度、描写的深度上都远胜于同时代的现实主义小说家。

2.诗歌的新发展

19世纪开始后的很长一段时间里，美国文学仍然受到英国和欧洲文化的左右，诗歌也不例外。美国诗人和小说家一样，一直思考着如何在形式和内容上表现他们所面临的新世界。布赖恩特在世纪初提倡真正"美国"式的诗歌理论和实践，十几年后，爱默生在《美国学者》中进一步发挥了这种主张，在《论诗人》中指出了新世界诗人的特点和做法。爱默生的主张显然影响了惠特曼，惠特曼的革命性在于他用诗歌形式树立起一个美国和美国人的形象。另一个足以代表美国精神的诗人是迪金森。"她是美国诗人中成功地联系起19世纪抒情诗歌——坡、麦尔维尔、爱默生的传统——和惠特曼所倡导的自由体诗歌的第一人"。威廉斯认为她和惠特曼代表了19世纪美国心灵拓荒最高的才智。但是，他们的风格却迥然不同，惠特曼是大河滔滔，骄阳当空；迪金森则是小桥流水，月明星稀。惠特曼大气磅礴，更多关心的是宏观世界；迪金森细致入微，更多注重的是微观世界。正如斯托弗所说："惠特曼的诗歌是通过他持续的、为了包罗万象而向外冲刺的努力而取得的，而迪金森的诗歌是通过她迅疾零散的洞察而取得的。"然而，作为当时美国精神的代表，他们却有着一个鲜明的共同点，即在诗歌艺术的追求上执着勇敢，在任何时候都不会趋时媚俗，宁可遭受占主流地位的保守诗人、评论家、编辑、出版社乃至读者的误解、讽刺、嘲笑，甚至抨击，都毫不妥协地与传统的诗歌美学决裂，表现了一个创新者所具备的胆略和气魄。这也是世界上独领风骚的大诗人所具备的基本气质。

此外，和地方色彩小说一样，这一时期出现了数量颇多的地方色彩诗歌，比较有代表性的就是西部诗歌。由西部开发所产生的西部精神曾被认为是蓬勃向上的美国民主精神的体现。哈特的诗歌曾经风靡一时，却也给美国诗坛带来一股清风。

3. 戏剧的进一步发展

现实主义出现之前的百多年间，风靡美国戏剧舞台的是情节剧。情节剧继承浪漫主义传统，倚重剧情的跌宕起伏，而人物大都类型化、脸谱化，剧作家只在惊奇神秘、情感宣泄上下功夫。这种剧对现实的反映流于表面，很少顾及人物心理刻画，对剧本艺术本身也疏于发掘。内战之后，尤其是 19 世纪 70 年代之后，这一现象得以改变。戏剧更加注重演出效果和强调事先的总体策划，为满足现实主义戏剧的需要，演出时常常使用具体真实的道具，一些特殊的效果如大火、洪水等要求更加逼真。此外，在早期现实主义的影响下，剧作家们逐渐摆脱情节剧的俗套，转向美国本土的社会现实，寻常百姓的日常生活，以及大众化的生活语言，表现"未被美化的真实"。对欧洲浪漫主义戏剧传统的摆脱也是美国剧作家逐渐本土化的过程，表现在他们对美国社会现实的关注。

（三）美国自然主义文学

到 19 世纪 90 年代，在欧洲现实主义与自然主义文学的影响下，一批新兴的作家从许多方面反映社会消极的一面，自然主义的思潮开始风行。克兰 (Ste-phen Crane，18 71-1900) 是自然主义代表作家，他的长篇小说《街头女郎梅姬》(Maggie：A Girl ofStreets) 是美国第一部自然主义小说，很多细节都取自贫民窟的真实生活，使用了贫民窟的语言，逼真地反映了美国大城市最底层人们的生活状况。他的第二部小说《红色英勇勋章》(The Red Badge of Courage) 被称为美国的第一部反战小说，同时，该作品也被视为克兰的代表作。诺里斯 (Frank Norris，1870-1902) 也是美国自然主义重要的作家，他追随左拉和自然主义派的榜样，强调遗传和环境在人生中起决定性的作用，竭力主张小说家的责任就是描写在自然环境影响下的寓言式的人物。他的作品促进了美国自然主义流派的形成，其中最出色的是《小麦史诗》(The Epic of the Wheat) 三部曲中的第一部《章鱼——一个加利福尼亚的故事》(The Octopus)。此外，自然主义流派的重要作家还有伦敦 (Jack London，1876-1916)、德莱塞 (Theodore Dreiser，1871-

1945)、凯瑟(Willa Cather, 1873-1947)、威廉斯(William Carlos Williams, 1883-1963)等人。这些作家都对美国文学的成熟做出了贡献。总之，20世纪初这段时期因其文学题材之丰富、内容之新颖、技巧之大胆创新，被人称之为美国文学的"第二个文艺复兴时期"。尤其是20世纪20年代是美国文学史上伟大的十年，占有独特的地位。大量的文学作品，充分地反映出时代的精神面貌，值得后世传颂。

（四）美国现代主义文学

美国文学经过19世纪中后期的"文艺复兴"之后迅速走上了民族文学的发展道路，并且一直保持了良好的发展态势，不断推陈出新。时至20世纪初，它已经成为世界文学不可忽视的一支生力军。开始逐渐影响世界文坛。自20世纪开始，美国进入了一个新的发展时期。在国际性的"现代主义"文艺运动影响下，各种文学样式纷纷登场，出现了各种流派并立的局面。

1. 美国现代诗歌的发展

美国诗歌在19世纪末20世纪初基本上处于沉寂时期。随着两位划时代的诗坛巨擘迪金森和惠特曼的相继去世，美国诗坛被一些模仿英国浪漫主义末流诗歌的"风雅派"所垄断。美国诗歌的不景气局面持续了相当长的一个时期，好在还有一些诗人比较倾向于诗歌意象和表现形式的革新，他们的诗歌革新举措和1912年门罗创办的《诗刊》共同触发了一场新诗运动，从而结束了美国诗歌的沉寂期。从此，一批新诗人纷纷登上美国诗坛，开创了美国现代诗歌的传统。个性化的诗歌创作，是这一时期的突出特点。各种诗歌派别如"垮掉派"、"黑山派"、"纽约派"、"具体派"、"自白派"和"新超现实主义派"纷纷出现。这些派别各有主张，但其共同点是企图摆脱艾略特的"非个性化"的影响。新一代的诗人直抒胸臆，突出个人因素，具有一种"现时性"。他们强调美国特色，不再视伦敦为英语诗歌中心；他们干预政治，不再以超然物外而自傲；他们反对权力机构，蔑视传统规约，他们的诗歌描写吸毒、性爱（包括同性恋）、精神分裂与对自杀的眷恋。这一切，可以看作是西方机械化、标准化、非人性化的社会的一种反叛。

在这段被称为文艺复兴大写新诗的历史时期，美国诗歌最大的收获之一是艺术形式的百花齐放：象征派、印象派、未来派、超现实主义诗、日本俳句、五行诗、多音散文诗、散文诗、新吟游诗和跳跃幅度大而诗行破碎的自由诗等。它们不但构成了新诗的新范式，而且提供了新诗的多样化的新方法，表现了新诗的创造性和活力，从而把新诗提高到了空前的地位。新诗的贡献在于它在风格上做出了许多革命性变化，这种变化的成果依然被后现代派诗人所接受、所使用，尤其他那经济、具体、通俗口语、悖论的艺术手段依然被当代诗人所运用。新诗的另一个突出的成果是把自由诗体作为主要的艺术形式确立了下来。

此外，由于门罗的倡导，《诗刊》抛弃了一切成见，注意提携新人，一时成了介绍不知名诗人的作品，促进诗歌运动的重要媒介，也为美国诗歌培养了一批诗歌新秀。

这一时期著名的诗人有艾略特 (Thomas Stearns Eliot，1888-1965)、庞德 (Ezra Pound，1885-1972)、弗罗斯特 (Robert Frost，1874-1963)、桑德堡 (Carl Sandburg，1878-1967)、卡明斯 (E.E.Cummings，1894-1962)，威廉姆斯 (WilliamCarlos Williams，1883-1963) 等人。他们分属于不同的流派，但共同点是都致力于表现现代资本主义社会中越来越突出的人的异化，并或多或少流露出彷徨和悲观的情绪。

2. 美国现代小说的发展

第一次世界大战爆发前，美国文化界普遍是一片欢乐的景象。美国文化的中心从具有浓厚清教传统的波士顿转到了芝加哥和纽约，这一转变有力地推动了美国文化的进一步地开放，也标志着美国文化界开始摆脱清教的严格束缚。在这一转变过程中，不仅欧洲的现代主义思潮纷纷流进美国，而且国内形成了新的政治团体和艺术团体，发展了一种放荡不受约束的新文化。这个时期的美国文学一方面出于激动和喜悦回应新的社会进程，因而引吭高歌，对新世纪作别样的礼赞；另一方面又保持了一种颓废的怀疑态度，认为一种新的使人类丧失人性的社会力量正日益冲击和改变着美国人的生存环境及昔日的观念和偶像，因而显得格外的冷峻与沉郁。

欧洲现代主义思潮的传人给美国青年们带来了巨大的影响，他们在尊崇和仿效欧洲现代主义文化的同时强烈地渴望欧洲文明。然而，残酷的战争击碎了他们的精神支柱，在情感上受骗的同时也对前途丧失了信心。他们自我放逐，被称为"迷惘的一代"。主要代表人物有海明威、菲茨杰拉德等。他们旅居欧洲，并在吮吸了欧洲现代派的文学滋养后发展了各自的风格。他们所取得的举世瞩目的艺术成就使 20 世纪 20 年代成为美国有史以来小说创作最辉煌的时期，大大促进了美国现代主义文学的繁荣。与此同时，美国南方的一部分小说家也对战后美国做出了应有的反应。在他们的作品中滋生了一种怀旧情绪，留恋一种文明秩序和道德传统，因此被称为"逃逸派"作家。当时活跃在南方的女作家波特虽不属于这一派，但以其独树一帜的创作在美国小说史上留下辉煌一笔。而 1930 年，刘易斯首次夺得了诺贝尔文学奖，成了举世瞩目的美国小说家，更是结束了美国文学被蔑视的局面，也标志着美国文学已经完全走向了全世界。然而，随后爆发的经济危机却又将美国民众推向了绝望的边缘。一些正直的作家拂去 20 世纪 20 年代失望和迷惘的尘埃，将个人的哀愁转向对社会问题的探讨。他们在目睹了经济危机造成的种种社会弊端之后开始接触马克思主义、社会主义。一部分进步作家开始设想一种可以代替资本主义的新的社会秩序，于是"左翼文学"应运而生。"左翼"小说家的出现又使美国小说沿着更加激进的道路发展。他们同其他小说流派一道共同构筑了 20 世纪三、四十年代色彩斑斓的美国小说世界。

3. 美国现代戏剧的发展

美国戏剧在进入 20 世纪后迎来了其发展的"黄金时代"。现代主义在戏剧方面的代表人物是被誉为"美国戏剧之父"的奥尼尔，他的剧作受到象征主义、表现主义和弗洛伊德主义的影响。奥尼尔是新戏剧运动的主流，他对美国社会的合理性表示怀疑，在题材和技巧上为美国戏剧开辟了一条全新的道路，创造了美国现代的悲剧。他用现实主义白描手法，寻找自我、反映人类的孤独。在欧洲先锋派文艺思潮的影响下，他又用象征主义手法写了《琼斯皇帝》《毛猿》《上帝的儿女都有翅膀》等，在更为广阔的背景下表现了现代美国生活的那些被扭曲了的心灵。当20世纪20年代意识流方法在小说中广泛应用时，奥尼尔也开始探索如何把这种方法用在戏剧舞台上，写有《奇异的插曲》和《素蛾怨》，都获得了成功。奥尼尔是位严肃的剧作家。他对戏剧创作有明确的认识，"戏剧就是生活"，戏剧反映生活，揭示生活的本质并传达给观众。奥尼尔的剧作涉及美国社会生活的不少侧面，他不直接写社会冲突，而侧重写这些冲突对人内心的影响以及因此而导致的悲剧。除奥尼尔之外，这一时期的杰出剧作家还有安德森、莱斯、海尔曼、怀尔德等人。在他们的戏剧思想影响下，美国出现了一系列紧扣时代脉搏，不受商业化倾向左右的高品位戏剧作品。这些剧作不仅注重艺术性，而且注重思想性。

三、当代美国文学

当代美国文学在题材内容和文学种类上更为丰富多样。从诗歌和戏剧看，虽然没有大师级杰作，但大量的作品也构成了绚丽多彩的场面。诗坛既有先锋派与新形式主义诗歌的新旧并举，又有日记体与抒情系列的诗歌长短并存。戏剧仅以现实题材而论，就广泛涉及政治、社会、家庭、种族、理想等多个方面。至于小说，如英国评论家马尔科姆·布雷德伯里 (Malcolm Bradbury) 所说："已经成为由各种不同声音朝多个方面呼吁的组合。"在这个"组合"中，现实主义长篇在蓬勃发展，由"极简派"小说代表的短篇发展到了一个新阶段。处于潮落阶段的后现代派小说，又与其他形式文学共同衍生出如"电脑小说"一类新型作品。妇女小说重在借助现实主义以外的手法来探索女性的自我建构。此外，除了少数民族小说展示出辉煌外，科幻小说的发展也令人瞩目。这一时期科技的高度发展激发了人们对科幻小说的兴趣。同时，科技领域的日益复杂化和专业化也促进了科幻小说水平的提高。相较于早期科幻作品，这一时期的科幻小说内容更丰富，更吸引人，风格更多样。虽然仍有人不重视科幻小说，但它们已作为一种文学类型进入了文学的"主流"。这些作品从各个不同的侧面反映出一种美国社会生活和文化心理状态。

此外，创作主体也呈现出多元化趋向，少数民族文学异峰突起是其显著特点之一。这次少数民族作家群的崛起具有全方位态势，既不仅黑人作家，其他如印第安和华裔作家也取得了前所未有的成就。他们不再以被排斥者身份向白人讲述"自己的"故事，而是力求从有别于白人的角度与白人一起讲述"美国的故事"。在他们的作品中，对民族情感、民族文化的弘扬，对自我建构、历史和世界的关注取代了单纯的社会反抗意识。应该说，这一时期的少数民族文学是以不曾有过的积极主动姿态，用自己灵活多样的艺术形式和手法、深厚的历史文化意蕴丰富、影响了美国文学，为之带来了活力、生机与新的方向。

第二章　英美文学的分类

第一节　散文文体

一、英美散文发展历史

英美散文史分期既然是研究其演变的历史，那么首先就应该当作一门历史去考察，遵循历史学原则，贯彻有关历史分期的方法。英美散文作为英、美文学的一大分支，与英、美文学史一样，有自身发展的历史，是一门"依据时间而变迁"的学科，因此研究英、美散文的翻译，首先便是了解英、美散文发展的历史。只有了解其历史，才能把握其创作及风格特点与语言文化特色，正确解释某一特点时期的散文内容、风格及特点，在翻译实践中，在讨论如何翻译时才具有针对性。并且处于不同分期阶段的散文创作总是受到历史事实或现象的制约，呈现出不同特征和面貌。因此，对于具有史学意义的散文发展史研究来说，历史发展的分期问题至关重要，

（一）英国散文发展历史

1. 古代英国散文 (5 世纪初 -11 世纪)

在古英语文学中，英格兰岛的早期居民凯尔特人和其他部族没有留下书面文学作品。直到 6 世纪末，基督教传入英国，出现了宗教文学，僧侣们开始用拉丁文写书。其中比德用拉丁文写所著的《英国人民宗教史》(731 年) 既有难得的史实，又有富于哲理的传说，受到推崇，并译成了英文，英国散文的历程由此开始。这种以拉丁文书写散文的风气在英国延续了数个世纪，散文大都用拉丁文写，或是从拉丁文翻译成英文，主要的内容是历史与宗教方面的，比如摩尔用拉丁文写的《乌托邦》，特里维莎翻译的《世界全史》和《物之属性》等。此后，丹麦人入侵，不少寺院毁于兵火，学术凋零。至 9 世纪末，韦塞克斯国王阿尔弗雷德用古英语翻译了比德的拉丁语著作《英国教会史》、波伊乌提的《哲学的慰藉》以及《圣经·诗篇》。阿尔弗雷德还大力振兴学术，组织一批学者将拉丁文著作译为英文，并鼓励编写《盎格鲁—撒克逊编年史》(Anglo Saxon Chronicle)，这是一部伟大的古英语散文著作，是用英国当地语言写史的开始，也是英国散文创作的真正起点，它所开创的散文传统甚至影响到了马洛、黎里、弥尔顿以及培根等散文大师。

2. 中世纪英国散文 (1066 年 -15 世纪)

中世纪散文经历了 11 世纪至 15 世纪的漫长历程，在这个时期，散文主要用于传记，如圣·玛格丽特 (St Margaret)、圣·凯瑟琳 (St Katharine)、圣·朱丽安娜 (St juliana) 传记以及修女指导书籍《安克林·鲁利》(Ancrene rile)。散文写作的这种传统一直盛行到 15 世纪，如佩科克 (Reginald Pecock) 的《镇压者》(The Repressor，1455)。这一时期，更为重要的是翻译奠定了散文的基础。英国文学的丰饶最开始获益于对外国文学的翻译和吸收。1066 年诺曼人入侵，带来了欧洲大陆的封建制度。此后，翻译的散文逐渐多起来。

比如早期的散文作家和翻译家特烈维沙，他翻译过自然科学百科全书。他用散文体翻译，译笔朴素有力，有时译得直，有时译得活。他说："在一些地方，我用单词对单词，主动式对主动式，被动式对被动式，词序也原封不动。但在另一些地方，我必须改变词序，并用主动式译被动式，由被动式译主动式。有的地方，我必须给某个词附加说明，以解释词的含义。尽管作了这些改动，意思却保持不变。"

因此他的翻译开辟了世俗散文的新天地，同时也奠定了英国散文的基石。特烈维沙被认为是他所属那个时代最伟大的翻译家，1609 年詹姆斯国王版本的《圣经》的序言里写道："早在理查德二世的时期，约翰·特烈维沙就已经把福音书翻译成英语。"随后他为柏克莱伯爵将《圣经》中的几个部分翻译成法语，包括《启示录》，这一部分被他的赞助人刻在了柏克莱城堡教堂的天花板上。他很可能是约翰·威克利夫 (John Wycliffe) 所组织翻译的《圣经》早期版本的撰稿人之一。在翻译艺术上，特烈维沙也为后世留下了珍贵的遗产。他在翻译《圣经》的时候，简单而生动，不像是在翻译《圣经》，更不像威克利夫的风格。许多他所用的词现在仍然在使用，例如表示剧院和地方两个词：theatre，place。

3. 近代英国散文 (1500 年 -18 世纪初)

近代散文经历了文艺复兴、伊丽莎白、王朝复辟等重要时期。阿农曾说："诗歌是古时的黄昏，散文则是近代的黎明。"表明近代是散文发展的一个重要时期。在此期间，经过 16 世纪体式的确立到 17 世纪小品文的诞生，散文经过了磨炼和实验，最终以成熟的文体出现在英国文学之中。

4. 现代英国散文 (18 世纪 -1954 年)

（1）新古典主义时期的散文。18 世纪被称为英国文学史的"散文世纪"，散文在这个时代是如此优美，以至于遮盖住了诗歌的光芒。众多的散文大师诞生在这个时代，散文也得到了广泛的运用，而且各类散文作品竞相发展：报刊中有艾蒂生和斯梯尔，文学批评中有约翰逊，传记中有鲍斯威尔，哲学中有休谟，政治中有伯克，历史中有吉本，美学中有雷诺兹，经济学中有史密斯。

（2）启蒙主义时期的散文。启蒙是 18 世纪欧洲的一种影响极大的进步思潮。由于资产阶级取得政权后，需要对旧时代过来的人民进行教育，使之足以胜任历史所赋予的使命，这样，散文的发展成了时代的需要。除此之外，还由于启蒙主义者崇尚理性，理性成了一切的标准，所以这是一个缺乏激情的时代，不是产生伟大的诗篇而是诱发以说理为主的散文的时代。而读者也似乎更喜欢散文，因为它比诗更能全面地反映时代的风貌。启蒙运动带来了英国散文的新发展，散文家们表现出了启蒙主义精神，他们既推进了散文艺术又开拓了散文创作的新领域。

（3）工业革命时期的散文。英国资产阶级革命胜利后，原始资本积累更加迅速。18世纪下半叶，在工业生产中出现并开始使用机器，标志着工业革命的开始。工业化的大生产给大自然和农村的传统生活带来了破坏，也带来了人际关系上的冷酷和丑恶，这便导致散文创作中感伤主义抬头，接替古典主义的散文创作。感伤主义是一种情感气氛，其核心便是一种悲天悯人的同情心。感伤主义在文学的题材、体裁和艺术手段等方面开辟了新的天地，创造了建立在人的个人家庭和生活的冲突上的心理小说和"流泪喜剧"等文学样式，并将日记、自白、书简、游记、回忆录等形式运用于小说创作。代表作家有斯特恩、汤姆逊、扬格、葛等。政治与经济哲学上有休谟、斯密和穆勒。他们的理论体文章包括哲学、科学、美学、政治学、经济学之类文章，被称为"知识分子散文"。

（4）浪漫主义时期的散文。19世纪是英国散文发展的新阶段，也是英国散文发展的一个关键时期，无数影响世界的散文大家诞生并成长在这个时代之中。浪漫主义是大异于18世纪的优雅含蓄的一种新文风，其散文多注重文笔的优雅，把散文推向"美文"的境界。华兹华斯和柯尔律治发表《抒情歌谣集》再版序言，作为浪漫主义宣言标志着浪漫主义的诞生，他们也写下了杰出的散文，如《华兹华斯诗歌的缺点》(Defects of Wordsworth's Poetry)。

（5）维多利亚(1819年-1901年)时期的散文。19世纪50-70年代，是英国自由贸易资本主义发展的鼎盛时期，更是大帝国高峰时期，英国率先完成工业革命，科学、文化、艺术出现繁荣的局面。维多利亚时代的散文读起来极具美感，因为19世纪正是英国散文大家的时代。在散文创作上，有吉辛和布莱克默等。

（6）现实主义散文。在现实主义注重再现客观现实图景所遵循的艺术原则下，散文提倡客观地观察现实生活，按照生活本来的面貌来进行精确地创作。

（7）批判现实主义散文。批判现实主义是欧洲19世纪文学艺术领域占主导地位的文艺思潮，代表作家有狄更斯，他的作品关心社会上的重大问题，笔调幽默风趣，真实的细节与诗意的气氛相结合，加上他对语言的莎士比亚式的运用，使其作品为英国散文艺术做出了独特的贡献。另有萨克雷，他以文雅的笔法讽刺上层社会的贪婪和欺诈。马克思论英国的狄更斯、萨克雷等批判现实主义小说家时说："他们用逼真而动人的文笔，揭露出政治和社会上的真相；一切政治家、政论家、道德家所揭露的加在一起，还不如他们揭露得多。"并称当代欧洲作家里萨克雷是第一流的大天才。

（8）写实主义散文。写实散文侧重于描绘客观现实生活的精确的图画，而不是直接抒发自己的主观幻想和情感。同时也注重在深入细致地观察、体验现实生活的基础上，对客观事物加以典型化，强调从人物和环境的联系中塑造典型性格。代表作家有本涅特、威尔斯、高尔斯华绥、萨基等。

（9）多元风格的散文创作。19 世纪末英国散文创作异彩纷呈，现实主义与实验主义交错重叠，妇女作家和少数外籍作家异军突起，使英国散文艺术呈现出多元化发展的趋势。如散文家和文艺批评家布罗克著有《现代散文集》。

（10）现代主义 (1918 年 -1945 年) 散文。英国散文创作自 20 世纪开始进入了现代主义时期。现代派在描写现代人的心理方面有自己的独到之处，并在表现手法上确有不少重大突破。吴尔芙在《对当代文学的印象》谈到 20 世纪文学创作时，指出由于社会生活和文学观念的变化，在 20 世纪对新出现的作品往往难以做出准确估价，甚至褒贬之间差距很大，这是 20 世纪文学中的特殊问题。她认为由于 20 世纪文学创作处于试验阶段，不可能出现纪念碑式的鸿篇巨制，只有一些精彩的"断章残篇"能够流传后世，但它们可以起到一种铺垫作用，为未来的杰作作出准备。

5. 当代英国散文

毛姆是 20 世纪英国最伟大的作家之一，其创作丰富，题材多样，作品受法国自然主义影响，著名的有自传体小说《人类枷锁》、长篇小说《月亮和六便士》，散文作品有回忆录《总结》《作家笔记》和《回顾》等，都以其清新的风格和优美流畅的文字著称。毛姆论散文与风格的文字，本身也是优美的散文。毛姆对文风有着深刻的认识，他在《清楚·简洁·和谐》(Lucidity.Simplicity.Euphony) 一文中对风格作了精辟的阐述，许多思想和观点很有价值。他认为："你要是能写得清楚、简洁、和谐而又生动，那就到了炉火纯青的地步，可以与伏尔泰相媲美了。"

（二）美国散文发展历史

1. 近代美国散文 (1500 年 -18 世纪)

美国散文诞生于英属北美殖民地时期。1608 年，史密斯 (Captain John Smith, 1580-1631) 借用书信的形式，发表了一篇关于新大陆的报告，实为报告文学散文，题目为《新英格兰记》，其大部分内容为"殖民地第一次在弗吉尼亚开辟以来发生的各种事件的真实介绍"。他在描写美国的作品中囊括了主题、事件、人物、地点、神话传说和想象等。这一切构成了美国文学的基本要素。这部书被称为是第一部用英语写作的美国文学作品，被很多人如饥似渴地阅读，史密斯也因此成为第一位美国作家。1612 年，史密斯又写了《弗吉尼亚——一个乡村的描述》。此后他一共出版了 8 部作品，多是描述新英格兰以及他的财富。当时的读者多是清教徒，他们能够接受书中真实事实的部分，而对书中过于花哨和浮夸的描述极为反感。认为史密斯对事实缺乏成熟的思考，似乎只是神话和历史。史密斯之后，在南部和中部殖民地区也涌现出了一批新的作家，他们为 18 世纪的美国文学做出了伟大的贡献，形成了美国文学的理性时期和革命时期。其中包括科顿 (John Cotton.1585-1652)，他所写的数部有力的清教徒理论书籍，反映了清教徒关注权力和威信胜于民主；还有威廉姆斯 (Roger Williams，1603-1683) 写有《开启美国语言的钥匙》一书，内容是研究印第安语言的。

在北美殖民地人民争取独立的岁月里，政治成为社会生活的中心舞台，使得散文发挥了它应有的作用，也促进了散文创作。比如爱德华兹著有《自述》和《神圣事物的形影》(Images or Shadows of Divine Things)，这些著作传达了他的信仰，那就是，上帝通过把自身扩散到时间和空间中而创造了世界；山石、树木花草、飞禽走兽以及人，都是上帝自身的体现；人作为上帝的一部分而具有神圣性质；在人的灵魂和大自然中，神圣的上帝无处不在、无所不容；世间的一切都是精神的体现。而随着1781年独立革命战争的结束，美国散文创作发生了重大变化。自19世纪初的100余年间，美国文学蓬勃发展，经历了浪漫主义、现实主义和自然主义等几个明显的阶段，散文也清晰地走着这条道路。

（1）早期浪漫主义散文。伴随着政治上的独立，文化开始独立，民族文学开始诞生。这一时期涌现出富兰克林(Benjamin Franklin，1706-1790年)、亨利(Henry，1736-1799年)、潘恩 (Thomas Paine，1737-1809)、杰弗逊 (Thomas Jefferson，1743-1826年)、弗瑞诺 (Philip Freneau，1752-1832年)、坡 (Edgar Allan Poe，1809-1849)、库珀 (James Fenimore Cooper，1789-1851)、欧文 (Washington Irving，1783-1859) 等一大批优秀的创作者。他们的文章行文质朴无华却字字击中要害，都为战斗的需要锻炼了自己的语言艺术。虽然这些有影响的散文写作者不是专业作家，而是独立革命的战士和参加者，但作为革命文人仍然写出了激励人民热情的散文杰作。这便造就了美国首批重要的散文家。

富兰克林是美国第一位重要的散文作家。这时期他的重要作品是《自传》，书中详细地叙述了自己的奋斗历程，记载了他自己严格要求自己的事迹。富兰克林的经历是典型的"美国成功故事"，是"美国梦想"实现的雄辩证明。他用清晰、幽默的文体传播科学文化，激发自力更生的精神，他的爱国热忱和关于自学、创业的言论，对于美国人民的人生观、事业观和道德观产生了深远的影响。富兰克林的作品体现了一个启蒙主义者的思想观点，显示了一个新兴资产阶级代表的立场、学识和风度，不少人把他视为实现"美国梦"的楷模。他的散文流畅清晰、言简意赅、朴素精妙，很明显是受到I8世纪英国散文家爱迪生 (Addison) 和斯迪尔 (Steele) 的影响。

美利坚合众国建立后的第一个美国职业作家欧文就是一位著名的散文家。在他的《睡谷传说》(The Legend of Sleepy Hollow) 中的一段：

It was,as I have said,a fine autumnal day ; the sky was clear and serene,and nature wore that rich and golden livery which we always associate with the idea of abundance.The forests had put on their sober brown and yellow,while some trees of the tenderer kind had been nipped by the frosts into brilliant dyes of orange,purple,and scarlet.Streaming files of wild ducks began to make their appearance high in the air ; the bark of the squirrel might be heard from the groves of beech and hickory nuts,and the pensive whistle of the quail at intervals from the neighbouring stubble—field.

林纾的译文是：

沉时为萧晨，秋色爽目：蓊苍穹，四面黄绿，曲绘丰稔之状。林叶既赭，时亦成丹，夜来霜气浓也。夜鸳作群，横互天际而飞；松鼠盘枝，啧啧作声。金橘之根，鹌鹑呼偶，时时趋出树外。

对照译文，林以亮在《翻译的理论与实践》中做了这样的评价："这不是'意译'与'直译'的问题，这更不是'信、达、雅'的问题，而是翻译者的人生观和对文学的境界的体会和理解力的问题。"从人生观和文学修养上评价译文，本是不错。不过欧文字的雅洁流畅和简练缜密却能从林纾庄重雅致的桐城笔调中露出不少消息。

（2）中期浪漫主义散文。南北冲突时期，散文依然是最重要的创作形式。这时期的代表作就是布莱特利的散文集《幸福时光》(Hour in the Sun)。

2. 现代美国散文 (18 世纪 -1960 年)

现代散文最大的变化是改变了写作方式。莱维 (Matthew Levy) 在《消费性写作》中反对传统的生产性写作 (productive witting)，即所有的写作都有一个共同的过程，有一种千篇一律的"产品"。而"消费性写作"不讲究写作过程，选材取材也不受限制，注重读者的感受，具有"消费观点"，读者需要什么就写什么。这种写作有点像超现实主义，不需要有经历或体验方面的常规。它讲究的是接受理论，注重读和写的关系。这种模式的倡导者认为，写作是一种神秘的和美学的文本消费，而不是一种肮脏的工业生产过程。

3. 当代美国散文

散文创作的当代性既体现在风格、语言、形式上的原创，也包括思想和精神的价值。具体地说，就是用作品对历史和现实的社会文化问题、对人的生存状态进行深刻的反思。在风格上，散文的现代性既有反传统、语言转型、情感的直接流露一面，更有社会改革的宏大背景，体现当代散文的后现代主义风格。这样的风格既有西方现代艺术的目标，又有"后殖民"的国际文化语境。主要作家有梅勒 (Norman Mailer)、凯勒 (Helen Keller)、卡森 (R.Carson)、波兰德 (Hal Borland)、怀特 (Edward Brooks White)、萨尔顿 (May warton) 等等。主要作品有兰瑟姆的批评著作《新批评》《世界的躯体》；卡森的《海风下》《寂静的春天》《海之边》；波兰德的《大解冻》；萨尔顿的自画像文集《我认识的一只凤凰》、回忆录《梦幻的作物》以及日记等。

怀特是当代美国最优秀的散文作家，有散文集《天天都是星期六》《这儿就是纽约》《我罗盘上的方位》以及《散文选》等多部。怀特的散文有的描写乡村生活，有的再在现田园景色和自然风光，抒情真挚，夹叙夹议，文笔优美。比如他的《再度游湖》(Once More to the Lake) 写得情景交融，意境优美。《散文与散文家》是其《散文选》的前言，以风趣的语言阐述了他对散文的看法。

二、"散文"的英语表达

"散文"在英语中有两个词可以表达：一个是"prose"，一个是"essay"。"prose"指广义的散文，相对韵文 (verse) 或诗歌 (poetry) 等讲究韵律的文体而言，包括文学体裁中的艺术散文和非文学体裁中的实用散文，除诗歌之外的一切非韵文体裁诸如小说、戏剧、传记、政论、文学批评、随笔、演说、游记、日记、书信等等。可见，

prose 作为范围更加宽泛的散文，包括了小说性散文 (fictional prose) 和非小说性散文 (nonfictional prose)，自然也包括 essay。黑格尔《美学》及苏联什克洛夫斯基的《散文理论》中所论散文即如此。从这个意义上看，"prose"是自有书面语创作以来始终不间断的语言活动，历史悠久，成就斐然。而"essay"指的是较狭义的散文，它在内容上指那些由一件小事生发开去，信笔写来，意到笔随，揭示出内中微言大义的文章，也指议论时政、评价文学现象的气势恢宏、洋洋洒洒的政论和文论。这些文字大多以严肃的论题，犀利的笔触和雄辩的论证为其特点，一般译为"随笔"。随笔散文历史较短，虽然西方随笔的起源，在古希腊和罗马时代即以正式和非正式的作品形式存在，像那些反对偶像崇拜和抨击教条的作品都是，但直到法国蒙田赋予这一名称，且以深沉、直率和恳切的文章为私人随笔创立了标准，才确立了这一文体。

三、散文的特征

所谓特征，指的是一事物区别于其他同类事物的质的规定性，是共性与个性的统一。散文作为一种独立的文学体裁，作为一个集合概念，一方面其特征应是所有的散文个体所共有的，具有普遍性；一方面应是其他文学品类所没有的，具有独特性。

（一）散文的文体特征

散文的特性主要表现在以下三大方面：

1. 讲究真情实感

散文的传统一般是说真话，叙事实，写实物、实情。因此散文多写真人真事，真景真物，而且是有感而发，有为而作。"真挚地表现出自己对整个世界独特的体验与感受，这确实是散文创作的基石。"散文中抒写最多的是作者的亲身经历，表达的是作者所见所闻，所感所触，富有个性与风采的生命体验与人生情怀。散文是作者发自内心的真情倾诉，是作者与读者之间一种推心置腹的交谈。

2. 选材广泛

散文选择题材有广泛的自由。生活中的某个细节、片段、某个侧面均可拿来抒写作者特定的感受与境遇，而且凡是与某一主题相关的材料，也均可拿来使用，因此散文所表现出来的内容是异常丰富多彩的。与其他文学体裁相比，散文选择题材几乎不受什么限制。比如，缺乏集中矛盾冲突的题材难以进入戏剧，缺乏比较完整的生活事件与人物形象的题材难以进入小说，而散文则不受这些方面的约束。事无巨细，上至天文地理，下至社会人生，小到花鸟虫鱼、身边琐事，大到民族命运、历史巨变，均可作为散文题材。但是，散文的题材普遍是从总体而言的，具体到一篇散文来说它的内容却是一定的、单一的，并不表现为"形散"。

3. 文体结构自由

一切文体都是没有固定章法的，而是贵在创新。开头结尾，层次段落，过渡照应，这些东西如果一味追求章法，就毫无艺术可言了。散文的创作更是如此，散文的创作不像小说创作那样，要塑造人物形象，设计故事情节，安排叙事结构，也不像戏剧创作那样要突出矛盾冲突，要讲求表演的动作性。散文可描写，可议论，可抒情，灵活、随意是它最为鲜明的长处。不过，散文的结构尽管没有严格的限制和固定的模式，但其创作上的灵活、随意并不意味着散乱无序，其选择题材与抒情表意需紧紧围绕一根主线展开，这便是人们常说的散文需"形散而神不散"。也就是说，运笔自如，不拘成法，散而有序，散而有凝。

（二）散文的语言特征

与其他文学样式相比，散文没有太多的技巧可以利用，因此在艺术表现形式上，主要依靠语言本身的特点。散文语言的特点主要体现在以下几个方面。

1. 节奏感强

散文向来讲究节奏感，在语音上表现为声调的平仄或抑扬相配，无韵有韵的交融，词义停顿与音节停顿的融合。在句式上表现为整散交错，长短结合，奇偶相谐。整句结构整饬，使语义表达层次分明，通顺畅达；散句结构参差不齐，使语义表达显得松散、自然。长句结构复杂，速度缓慢，可以把思想、概念表达得精密细致；短句结构简单，速度迅捷，可以把激烈活泼的情感表现得尤为生动。并且，奇偶相谐则使整散句式、长短句式经过调配后在行文结构上显得错落有致，在表情达意上显得跌宕起伏。

2. 简洁练达

林语堂曾说过："简练是中文的最大特色。也就是中国文人的最大束缚。"简洁的散文语言一方面可以传达出作者所要表达的内容，另一方面还能高效地传递出作者对待人情物事的情感与态度。它不是作者雕饰苛求的结果，而是作者平易、质朴、纯真情感的自然流露。散文语言的练达既指措辞用语运笔如风，不拘成法，随意挥洒，又指作者情感表达得自由自在，酣畅自如。学者林非论及散文语言时指出："如果认为它也需要高度的艺术技巧的话，那主要是指必须花费毕生艰巨的精力，做到纯熟地掌握一种清澈流畅而又蕴藏着感情浓度和思想力度的语言。"简洁与练达相辅相成，共同构建出散文语言艺术的生命线。

3. 口语化与文采化

散文一般都是写作者的亲身经历与感受，作者用自己的姿态、声音、风格说话，向读者倾诉，与读者恳谈，从而彰显出娓娓道来的谈话风格与个性鲜明的口语化特征。"口语体"的散文语言因其平易质朴而显得自然，因其便于交流而显得亲切，因其富于个性化而显得真实。但是，"口语体"的散文语言并非意味着没有文采，不讲文采，它往往有"至巧近拙"的文采。散文家徐迟认为："写得华丽并不容易，写得朴素更难。也只有写得朴素了，才能显出真正的文采来。越是大作家，越到成熟之时，越是写得朴素。而文采闪烁在朴素的篇页之上。"

四、散文的类别分析

根据英语散文发展的脉络，散文通常被分为正式散文和非正式散文两大类。现代散文题材广泛，内容涉猎市井生活、社会历史、政治斗争、人物速写、绘景议事等方方面面。表现形式不拘一格，可为杂文、小品文，亦可为随笔或报告文学等。而散文主要具有记叙、描写、说明、议论四大功能。

（一）记述

记叙文，顾名思义，记述本人的亲身经历或作者所见所闻的奇闻异事，所记之事或为新近的事，或为陈年旧事。同时包括何时、何地、何人、何事等要素，但记叙文并非单纯地讲故事，而是通过叙述故事将自己的感受与体验传达给读者，使其如临其境，在不知不觉中体味其中甘苦，接受作者对人生乃至对社会的见解。翻译时一定要译出原作的笔调和作者的个性。如史蒂文森的《骑驴旅行》(Travels with a Donkey)，叙述自己一段亲身经历，记叙中流露出自己对世界、对人生乃至对政治的看法，描述的虽是细微的事物，却反映了深刻的社会现象。我们以其中的一段为例：

记叙中流露出自己对世界、对人生乃至对政治的看法，描述的虽是细微的事物，却反映了深刻的社会现象。我们以其中的一段为例：

In a little place called Le monaster,in a pleasant highland valley fifteen miles from LePuy,I spent about a month of fine days.monaster is notable for the making of lace,for drunkenness,for freedom of language,and for unparalleled political dissension.There areadherents of each of the four French parties-Legitimists,Orleanists,Imperialists,and Republicans—in this little mountain-town；and they all hate,loathe,decry,and calumniate each other.Except for business purposes,or to give each other the lie in a tavern brawl,they have laid aside even the civility of speech.This a mere mountain Poland.In the midst of this Babylon I found myself rallying-point；every one was anxious to be kind and helpful to the stranger.This was not merely from the natural hospitality of mountain people,nor even from the surprise with which I was regarded as a man living of his own free will in Le monaster,when he might just as well have lived anywhere else in this big world；it arose a good deal from my projected excursion southward through the Cevennes.A traveler of my sort was a thing hitherto unheard of in that district.I was looked upon with contempt,like a man who should project a journey to the moon,but yet with a respectful interest,like one setting forth for the inclement Pole.All were ready to help in my preparations；a crowd of sympathizers supported me at the critical moment of a bargain；not a step was taken but was heralded by glasses round and celebrated by a dinner or a breakfast.

译文：在位于中央山脉 15 英里以外的风景宜人的高原山谷中，有一个名叫蒙纳斯梯尔的小地方。我在那里消磨了大约一个月的晴朗日子。蒙纳斯梯尔以生产花边、酗酒无度、口无遮拦和空前绝后的政治纷争而闻名于世。在这个山区小镇里，法国四大党——正统派、奥尔良党、帝制党与共和党亦都各有党徒。他们相互仇恨，厌恶，攻击，诽谤。除了谈生意，或者在酒馆的口角中互相指责对方说谎之外，他们说起话来一点不讲文明。这里简直是个山里的波兰。在这个巴比伦似的文明之都，我却成了一个团结的中心。所有人都急切地想对我这个陌生人表示友善，愿意帮忙。这倒不仅是出于山区人民的天然好客精神，也许是因为大家惊奇地把我看成是一个本可以住在这一个大世界的任何一个地方，却偏偏自愿选中蒙纳斯梯尔的人。这在很大程度上因为我计划好了要向南穿过塞文山脉旅行。像我这样的旅行家在全区内简直是一个从未听说过的怪物。大家都对我不屑一顾，好像一个人计划要到月球旅行似的，不过又带有一丝敬重和兴趣，就像我是一个即将出发到严寒的北极去冒险的人。大家都愿意帮助我做各种准备；在讨价还价的关键时候，一大群同情者都支持我。在采取任何步骤之前都要先喝一顿酒，完了之后还要吃一顿晚饭或早饭。

（二）描写

在散文构建中，描写是一种将感知转变成言语的艺术。所有的描写都涉及两大要素：一是所见所闻之景物是何模样，二是所言之人的举止言行、外貌形象。在描写过程中，抒情浓烈，一切被描写的对象都是作者情怀的外在体现。作品写景为的是创造气氛，寄托作者的心境，抒发作者的情怀，写物为的是托物言志，寄寓自己的精神与志趣，写人为的是凸显形象，表达作者对生活的感受和认识。

比如高尔斯华绥的《开满鲜花的荒野》(The Flowering Wildness)：

She looked swiftly round the twilit room.His gun and sword lay ready on a chair!One supported disarmament,and armed children to the teeth!His other toys,mostly mechanized,would be in the schoolroom.No，there on the window still was the boat he had sailed with Ding,its sails still set，and there on a cushion in the corner was "the silver dog",aware of her but too lazy to get up.

原文的细节描写就是为了揭示女主人公观察事物细致入微的性格。"No"后面用两个"there"引导的分句，说明女主人公视线的转换。

（三）说明

说明文具有很强的实用性，在散文中占有很大比重。说明文通常直接或间接地回答 How(如何) 和 Why(为何) 两类问题。因此，主题的展开靠的是逻辑分析而非时空铺陈。说明文的主题可以是人、事、物或某种观点概念，无论是什么内容，作者需要的是思考、阐释、分析、说理。并且为了将问题说明并使人信服，作者通常采用比较、对照、类比、分析、假设、推断、阐述因果等手法谋篇布局。故此，说明文通常结构严谨、措辞精当、逻辑缜密。这是译者必须关注的重点。

说明笔法就某一主题来进行阐述和发挥，其结构严整，逻辑力强，文字精确。如纽曼主教的《绅士的界说》(Definition of a Gentleman)：

Hence it is that it is almost a definition of a gentleman to say he is not who never inflicts pain.This description is both refined and,as far as it goes,accurate.He is mainly occupied in merely removing the obstacles which hinder the free and unembarrassed action of those about him ; and he concurs with their movements rather than takes the initiative himself. His benefits may be considered as paralled to what are called comforts or conveniences in arrangements of a personal nature ; like an easy chair or a good fire,which do their part in dispelling cold and fatigue,though nature provides both means of rest and animal heat without them.The true gentleman in like manner carefully avoids whatever my cause a jar or a jolt in the minds of those whom he is cast—all clashing of opinion,or collision of feeling,all restraint,or suspicion,or gloom,or resentment,his great concern being to make every one at their ease and at home.He has his eyes on all his company ; he is tender towards the bashful,gentle towards the distant,and merciful towards the absurd ; he can recollect to whom he is speaking ; he guards against unseasonable allusions,or topics which may irritate ; he he is seldom prominent in conversation,and never wearisome.He makes light of favors while he does them,and seems to be receiving when he is conferring.He never speaks of himself except when compelled,never defends himself by a mere retort ; he has ears for slander or gossip,is scrupulous in imputing motives to those who interfere with him,and interprets everything for the best.He is never mean or little in his dilutes,never takes unfair advantage,never mistakes personalities or sharp sayings for arguments,or insinuates evil which he dare not say out.

显而易见，这是一篇典型的说明文，在这篇文章中既为绅士下了一个简短、精炼的定义，又从各个方面具体来列举其表现，并且二者密切呼应。

（四）议论

议论文与说明文的相同之处在于两者都含有分析推理，但最大的不同也在于推理，说明文中的推理是为了阐释说明主题，而议论文中的推理则是为了得出结论，为了说服他人或读者。因此，议论文中的核心部分——推理由演绎和归纳两部分构成。总体而言，演绎是由普通到特殊案例的推演，由此得出特殊结论；而归纳则是由特殊案例总结归纳出普遍规律。

两者的结合通常可收到较为理想的效果。比如，英国哲学家罗素的名篇《老之将至》(How to Grow Old) 写道：

Some old people are oppressed by the fear of death.In the young there is a justification for this feeling.Young men who have reason to fear that they will be killed in battle may justifiably feel bitter in the thought that they have been cheated of the best things that life has to offer.But in an old man who has known human joys and sorrows,and has achieved whatever work it was in him to do,the fear of death is somewhat abject and ignoble.The best way to overcome it—so at least it seems to me—is to make your interests gradually wider and more impersonal,until bit by bit the walls of the ego recede,and your life becomes increasingly merged in the universal life.An individual human existence should like a river-small at first,narrowly contained within its banks,and rushing passionately past boulders and over waterfalls.Gradually the river grows wider,the bank recede,the waters flow more quietly,and in the end,without any visible break,they become merged in the sea,and painlessly lose their individual being.The man who,in old age,can see his life in this way,will not suffer from the fear of death,since the things he cares for will continue.And if,with the decay of vitality,weariness increase,the thought of rest will be not unwelcome.I should wish to die while still at work,knowing that others will carry on what I can no longer do,and content in the thought that what was possible has been done.

罗素劝导老年人不要害怕死亡，以自己为例，提出个人的感受："知道别人会继续我未竟的事业，再想到我已竭尽了所能，也就感到心满意足了。"这样用自己的心愿来打动读者，亲切感人，于情于理，更具说服力。

第二节　小说文体

一、小说发展历程

（一）中国小说发展历程

关于中国小说的起源，众说纷纭、莫衷一是，至今仍然没有定论。中国古代文艺理论史中，关于小说的认识经过了几个典型的发展阶段。代表性的有这样几种：《庄子·外物篇》中最早出现"小说"一词，"饰小说以干县令，其于大达亦远矣。"此处的"小说"与"大达"相对，指的是琐碎的言谈、无关政教的小道理。东汉班固的《汉书·艺文志》中认为："小说家者流，盖出于稗官，街谈巷语、道听途说者之所造也。"这种观点认为：古代皇帝为了解民情风俗，让稗官在民间搜集各种故事或传说，并在途中问清楚这些传言的褒贬倾向，稗官将这些"街谈巷语"、"道听途说"的民间故事和传说记录下来，并整理成书面文字，呈给上级，这就是最初的小说。班固关于小说的记载影响了后世很多人，但是班固所记载的"小说"侧重于"稗官"对故事或传说的记载，并没有准确反映出小说的概念。唐代著名史学家刘知几在其《史通·杂述》中提出小说是"史氏流别"的观点，同时他认为《吕氏春秋》、《淮南子》、《晏子春秋》、《抱朴子》等散文多以叙事为宗，认为这些诸子散文含有小说因素。鲁迅在《中国小说史略》中则提出中国小说起源于神话，鲁迅这一论断在学术界极具权威性和影响力，很长时间以来，在小说起源问题上都是一种占主导地位的观点。也许是因为鲁迅在文学上的地位很高，鲁迅提出这个观点后，一般文学史、相关小说史论著等等都采用这个观点。

比如 70 年代北京大学中文系编写的《中国小说史》认为中国小说最早的起源，是"上古时代的，神话传说"。另外，关于小说的起源，也有学者认为，中国的小说起源于中国的史传。中国小说的正式形成应该是在唐代 (公元 618-907)，其标志就是唐传奇的出现。唐传奇在情节结构、人物刻画方面更为成熟，是中国小说成熟的标志。在唐朝以前的小说形态也不可忽略，其主要有以下几种形态。

1. 古代的神话

女娲造人、神农氏尝百草、夸父逐日等神话，这些神话有的与中国历史的起源发展相联系，有的展示出古代中国人与自然做斗争的面貌，含有很大虚构和幻想成分。

2. 诸子散文和史传

春秋战国时期的诸子散文中有很多情节完整的故事，并初步刻画了一些人物形象。最后是汉代的史传文学。比如创作于西汉时期的《战国策》在记载战国时的政治局面中，穿插了"画蛇添足""南辕北辙"等现在仍广为流传的寓言故事。

3. 志怪小说

魏晋南北朝时期的志人志怪小说，这段时期的志人志怪小说不仅记载了当时的奇闻轶事，对后世小说也产生重要影响，如明朝小说家罗贯中的《三国演义》就受到志人志怪小说的影响。

4. 宋元话本

宋代话本反映的主要是市民的意识形态，说话的底本自然是书面的，捏合"髓意点染"等都是有意识地创作虚构。宋元话本是当时的"说话"（讲故事）人演讲说故事所用的底本，分为"短篇小说"和"长篇讲史"两种。这些话本多用接近口语的白话写成；发扬了志怪、传奇等古代小说的优良传统，在思想性和艺术性上都有突出成就；作品的描写对象扩大到社会各阶层。宋元话本是在唐宋说话艺术的基础上形成的最早的白话小说，它的产生是中国小说史上的一件大事，标志着中国小说进入了一个崭新的发展阶段，对明清章回小说的发展有重要影响。

到明清时期，中国的古典小说发展到顶峰，出现了四大名著:《红楼梦》《三国演义》《水浒传》《西游记》。近代后，中国的小说在西方影响下，艺术手法多种多样，题材也逐渐丰富。

（二）西方小说的历史渊源

西方文学受古希腊神话的巨大影响，几乎各个文学形式都可以追溯到希腊神话。希腊神话中的故事不仅情节完整，还有生动逼真的人物形象。《荷马史诗》中也有大量故事存在，比如赫拉克勒斯建立了十二件大功的故事，伊阿宋夺取金羊毛的故事等等。公元前 6 世纪的寓言故事和历史散文都对西方小说的形成有重要影响，如《伊索寓言》、《希腊波斯战争史》等。除此之外，这个时期还有长篇小说的雏形，即以古罗马作家阿普列尤斯的《金驴记》为代表的小说。在此之后，欧洲小说的发展趋于缓慢，直到 14 世纪文艺复兴兴起后，西方小说正式形成，并且快速发展起来。

14世纪前期，薄伽丘的《十日谈》采用了框架结构和短篇小说的形式，掀起短篇小说创作的高潮。西班牙文艺复兴小说的顶峰塞万提斯的《堂吉诃德》是一部现实主义巨作，对西方后来的现实主义创作有重大影响。经过文艺复兴的召唤，西方的文学进入一个新的发展时期，此后出现了风格多样的创作流派，有些流派的创作风格影响很大。虽然17世纪和古典主义时期主要成就是戏剧，但仍有著名的小说创作：德国作家格里美尔豪森的《痴儿西木传》，班扬的寓意小说《天路历程》等等。18世纪文学和启蒙运动中的冒险游历小说作品很多，比如丹尼尔·笛福的《鲁滨孙漂流记》、斯威夫特的《格列佛游记》等，之后19世纪出现了浪漫主义小说、批判现实主义小说，20世纪的现实主义小说，现代主义小说等，涌现了大批著名的作家和具有世界影响的小说作品。

综上所述，中西方小说的源头都可以追溯到神话传说，并且在后来的发展中逐渐完善。中国小说发源很早，但在后来的发展中，在艺术手法方面没有重大突破，而西方小说在创作方面不断标新立异。所以，中西方在19世纪末、20世纪初开始频繁交流后，中国在西方的影响下，在小说创作方面积极吸取西方的创作手法，尤其是1978年中国实行改革开放政策后的小说，极为丰富多样，出现了各种形式的小说，比如"寻根小说"、"新历史小说"、"意识流小说"等。

二、小说的类别

"小说"一词最早见于《庄子·外物》："夫揭竿累，趣灌渎，守鲵鲋，其于得大鱼难矣，饰小说以干县令，其于大达亦远矣。"但鲁迅认为《庄子》所用的"小说"一词指"琐屑之言，非道术之所在，与后来的小说固不同"。东汉初年，桓谭在《新论》中提及小说："小说家合丛残小语，近取譬论，从作短书，治身理家，有可观之辞。"恒谭此语为小说下了定义，并承认其是一种文体，但与今天"小说"的定义存在一定的差异："一种叙事性的文学体裁，通过人物的塑造和情节、环境的描述来概括地表现社会生活。一般分为长篇小说，中篇小说和短篇小说"。所谓长篇、中篇和短篇是就篇幅而言的。小说除了可以按照篇幅来分类，还可以按照文艺流派和题材进行分类。

就文艺流派而言，小说又可分为现实主义小说、浪漫主义小说、意识流小说和哥特式小说等不同流派。但不管是哪类小说，通常都具备"情节"、"人物"和"场景"三大要素。长篇小说因容量大、情节比较复杂，通常涉及开端、发展、高潮、逆转和结局五个阶段。复杂的情节自然会涉及众多的人物，因此，不同人物的语言特色也千差万别。就其话语的语体等级而言，可以是高等级，亦可以是低等级的。也就是说，可以是高雅华美的语言（如李汝珍的《镜花缘》），也可以是朴实无华的语言，（如以赵树理为代表的山药蛋派的作品）；而就其话语多样性而言，小说令其他文学体裁难以望其项背。

如果就题材而言，小说则是通常分为历史小说，社会小说和传记小说。历史小说的中心人物、事件和背景都源于历史，有很高程度的史学性，如司各特的《艾凡赫》(Ivanhoe)，狄更斯的《双城记》(A Tale of Two Cities)，罗贯中的《三国演义》等。社会小说强调社会和经济状况对人物和事件的影响。社会小说时常蕴含显性或隐性的社会变革的主题，如 H.B. 斯托夫人的《汤姆叔叔的小屋》(Uncle Tom's Cabin)，斯坦培克的《愤怒的葡萄》(The Grapes of Wrath)，吴敬梓的《儒林外史》等。传记小说系指记载演义人物真实事迹的小说，比如罗马尼亚作家雷安格的小说《童年的回忆》，D.H 劳伦斯的小说《儿子与情人》(Sons and Lovers)，金敬迈的小说《欧阳海之歌》等。

对于长篇小说而言，其可以包括所有其他文学体裁的话语形式，而其他体裁则不可能使用小说的所有表现形式。以长篇小说《红楼梦》为例，其中不仅有叙述，对话，而且还有散文，戏曲，同时还包括了诗、词、曲、赋等多种表现形式。

因此，小说的翻译对译者提出了极高的要求：小说翻译要求译者不仅能翻译散文、对话，而且能翻译诗、词、曲、赋，不仅能赏识典雅华美之辞，而且能辨析粗俗龌龊之言。不同等级的词语在塑造小说人物形象时有不同的功能与作用，这一点对小说作者固然重要，但对小说译者更为重要。

三、小说的特征

小说讲究相对完整的故事情节，注重刻画人物形象，常用背景交代和环境描写来反映社会现实，表达作者的思想感情。

（一）小说文体特征

小说与情节叙述、人物刻画、环境描写紧密相连。这里就从这几方面分析一下小说的基本特征。

1. 情节完整连贯

情节"是一种把事件设计成一个真正的故事的方法。"情节是按照因果关系组织起来的一系列事件。情节也是小说生动性的集中体现。与戏剧情节、叙事诗与叙事散文的情节相比，小说因其篇幅长、容量大，不受相对固定的时空限制，可以全方位地描绘社会人生、矛盾冲突、人物性格，其情节表现出连贯性、完整性、复杂性与丰富性的鲜明特点。

2. 人物刻画细致入微

人物描写是小说的显著特征，也是小说的灵魂。诗歌、散文可以写人物也可以不写人物，但小说必须写人物。着重刻画人物形象是小说走向成熟的标志。小说的容量较大，描写人物不像剧本那样受舞台时空的限制，也不像诗歌那样受篇幅的局限，更不像报告文学那样受真人真事的约束，它可以运用各种艺术手段，立体地、无限地、自由地对人物进行多角度、多侧面与多层次的刻画。小说可以具体地描写人物的音容笑貌，也可以展示人物的心理状态，还可以通过对话、行动以及环境气氛的烘托等多种手段来刻画人物。

3. 环境描写充分具体

小说中的环境主要包括人物活动的历史背景、社会背景、自然环境和具体生活场所。小说中的环境描写具有多方面的功能：它可以烘托人物形象，突出人物性格，通过环境描写，可以交代人物身份，暗示人物性格，洞察人物心理；它有助于展示故事情节，通过环境描写，可以随时变换场景，为故事情节的展开提供自由灵活的时空范围；它可以奠定作品的情感基调，具有象征等功能。比如，灰暗或明亮的环境描写可营构出作品沉闷压抑或欢快舒畅的情感基调。小说享有的篇幅与时空自由，使其可以充分发挥环境描写的艺术功能。

（二）小说的语言特征

在所有文学体裁中，小说的语言是最为接近大众语言，但又有区别于大众语言的方面，它是在大众语言基础上的审美艺术升华。其特点主要体现在这样几个方面：

1. 叙述视角

小说，通俗地说就是讲故事，因而小说语言就是一种叙述故事的语言。传统的小说理论注重小说的内容，最关心"讲述的是什么故事"，主要研究小说中故事的构成要素，即情节、人物、环境。现代的小说理论则关心"怎样讲述故事"，研究的重心转向小说的叙事规则和方法及叙事话语的结构和特点。一般而言，小说中的"叙述者"可以采用第一人称，也可以采用第三人称。19世纪及其以前的传统小说基本上采取两种叙述视角：一种为作者无所不知式的叙述；另一种为自传体第一人称式的叙述，即用第一人称按"我"的观察进行叙述。现代小说创造了从作品中某一人物的视角叙述故事的技巧，即让作品的一切叙述描写都从这个角色的观察和认识出发。不同的叙述视角会产生不同的审美艺术效果。

2. 形象与象征

小说语言通常不是通过抽象议论或直述其事来表达内容，而是通过使用意象、象征等方法来形象地说明事理，表达思想观点和情感。小说语言利用形象的表达方式对关键场景、事件以及人物等进行具体、细致、深入地描绘，给读者以身临其境的感受，让读者从中去感知、体会与领悟。小说描绘具体的人物与有形的事物，在语言的运用中往往以具象表现抽象，以有形表现无形，从而让读者在潜移默化中受到感染。小说中经常用到象征这一文学手段。象征可以说是小说的灵魂所在，它并不明确或绝对地代表某一观念或思想，而是以启发、暗示的方式激发读者的想象来表情达意，其语言上的特点是以有限的语言表达丰富的言外之意与弦外之音。

小说通过运用形象和象征来启迪暗示，来表情达意，这大大增强了小说语言的文学性与艺术感染力，也就成为小说语言的一大特点。

3. 讽刺与幽默

"形象和象征启发读者沿着字面意义所指的方向去寻找更丰富、更深入的含义，讽刺则诱使读者从字面意义的反面去领会作者的意图。"讽刺是指字面意义与含蓄意义的对立，善意的讽刺，通常会产生幽默的效果。讽刺可以强化语篇的道德、伦理等教育意义，而幽默则有助于增强语篇的趣味性，两者在功能上虽有差异，但又可融为一体，合二为一。讽刺与幽默可以通过语气、音调、语义、句法等各种手段加以实现，其产生的审美效应主要由作者所创造的情境语境来决定。小说语言中讽刺与幽默的表现形式多种多样，它们是表现作品思想内容的重要技巧，也是构成小说语言风格的重要因素。

4.词汇与句式

小说语言中的词汇选择与句式安排是作家揭示主题和追求某种艺术效果的主要手段。小说语言中的词汇在叙述和引语中有不同的特点。叙述中所用的词汇通常趋于正式、文雅，有着较强的书卷味。引语来自一般对话，但又有别于一般对话，它承载着一定的文学审美价值。小说中的引语"首先要剔除一般对话中开头错、说漏嘴、由思考和搜索要讲的话所引起的重复等所用词汇和语法特征。"小说语言中的句式一方面具有模式化的特点，如排比、对称、反衬等，另一方面有些句式又会与常用句式"失协"。不同的句式会产生不同的审美艺术效果，作家正是通过创造性地运用不同的句式，来实现其创作意图的。比如，运用圆周句可以创造出悬念的氛围；而运用松散句可以取得幽默、讽刺或戏剧性等各种效果；运用一连串并列的短句可以显示一个连续而急速的过程；运用长句可以表现一个徐缓而沉思的过程等等。与其他文学体裁相比，小说受到的篇幅限制较小，从而享有更为充分的自由来选择与调配各种句式，为艺术的表情达意服务。

第三节　诗歌文体

一、诗歌的社会作用

诗歌，以极为凝练的语言表达人们或豪放，或细腻的感情。有些诗歌记录了人类历史发展中的重大事件，有些诗歌则是个人感情的浅浅吟唱。自古以来，无论是有着五千年灿烂文明的中国，还是历史悠久的西方，诗歌都是在人们需要的时候出现了。人类文明的起源几乎都与劳动生产密不可分，在劳动过程中人们随意表达自己的心声，而不必依靠文字记录，这就使得诗歌成为所有文学形式中起源最早、历史最悠久的一种形式。并且，诗歌作为一种最为古老的文学形式，具有不可估量的作用。孔子作为我国杰出的思想家、教育家曾总括过诗歌的社会功用。

子曰："小子何莫学夫诗？诗可以兴，可以观，可以群，可以怨；迩之事父，远之事君；多识于鸟兽草木之名。"（《论语·阳货》）因此，兴、观、群、怨是孔子对于诗歌艺术社会功用的概述。

孔子的所谓"兴"不同于诗歌创作手法"赋""比""兴"中的"兴"。兴、观、群、怨中的"兴"读平声,"赋""比""兴"中的"兴"读去声,表达不同的概念。兴、观、群、怨中的"兴"表达的是"起"的意思,是指对道德情感的激活。《论语·泰伯》:子曰:"兴于诗,立于礼,成于乐。"这里的"兴"也是用'起'的意思,讲的是人格培育过程:诵习诗歌,使人奋起,产生向上的志向;熟悉和遵循礼制,使人在社会上能够安身立命;最后,在诗歌、舞蹈、音乐的结合中,在艺术与伦理、与礼仪的结合中,使人格达到成熟和完善。"在所有的艺术创作中,诗歌与音乐是最需要激情的,因此,诗人与音乐家往往会在其作品中唤起曾经体验过的情感,并将其化作诗句和旋律,用以传递这种情感,使读者和听众也能体验到相同的情感。这便是移情,艺术上也称共鸣。

对于"观"的理解,班固理解为"盖以别贤不肖而观盛衰焉",即"了解诗人的个人之志,并进而窥察该国政治、外交等方面的治理盛衰"。郑玄注为"观风俗之盛衰",朱熹注为"考见得失"。可见"观"的词义是"观察","考察"。在孔子看来,诗歌、音乐等艺术不仅能够展示诗人、艺术家的心理、情感,也能反映当时群体的心理、情感,社会风俗的盛衰。这与《礼记·王制》中所说的天子"命大师陈诗以观民风";和《汉书·艺文志》所云:"故有采诗之官,王者之所以观风俗,知得失,自考正也。"完全一致。

"群",作为动词,是合的意思。《荀子·非十二子》有"群天下之英杰"之说。孔子的"诗可以群"指的是人可以通过赋诗来交流与沟通彼此的想法,从而协调人际关系,国家内部可以团结起来,国与国之间可以联合起来。比如叔孙豹赋《鹊巢》(《召南》),奉承赵孟善于治理晋国;杜甫的《梦李白》《天末怀李白》;毛泽东的《蝶恋花·答李淑一》、《七律·和柳亚子先生》等等均有同声相应、同气相求的诗人之间相互了解、增进友谊之意。

"诗可以怨"意指诗歌可以用来发泄怨恨、排解忧愁。孔安国将"怨"解释为"刺上政也",意思是说诗可以用来针砭时弊,确认了诗的批判作用。社会的不公需要批判,民众的忧烦必须疏散,否则会积淀成不稳定因素。"诗可以怨"一则是给当政者的警示,而另一方面也不失为一种统治策略,让不安定因素在诗歌等文学艺术中得以释放、化解。

二、诗歌的文体特征

诗歌作为文学的一种形式,具有其他文学形式的普遍特征,都是语言的艺术,都反映人们的思想感情,都具有感染力等。但是,诗歌也有跟其他文学形式不同的地方,其主要表现在以下几个方面。

(一)形式独特

诗歌区别于其他文学形式最为显著的外部特征是分行以及其构成的诗节、诗篇。诗歌的分行并非随意而为,而是颇富理据性的。一般来说,除非是散文诗,诗歌都是分行排列的。一首诗由并列的诗行组成,若干诗行组成一个诗节,若干诗节形成一个整体。传统的诗歌,在形式上要求比较严格。中国的律诗、绝句都有非常工整对仗的结构特点，每一诗行都有具体的字数规定，都有一定的韵脚安排，具有非常严整的形式结构。英国的十四行诗、英雄双韵体等，也都具有固定的形式特点，对音步的数量和格律的要求都非常严格。分行具有突显意象、创造节奏、表达情感、彰显形象、营构张力、构筑"图像"、创造诗体等多种功能。诗歌的诗行包括煞尾句诗行和待续句诗行。前者指一行诗就是一个语义完整的"句子"；后者又叫跨行，是指前一行诗语义还未完结而转入下一行表述的"句子"。诗歌最为直观而独特的外在造型美与建筑美是由这两类诗行构建而成的。

（二）格律鲜明

诗歌具有鲜明的格律要求。诗歌的格律是诗歌最显著的特点。传统诗歌，经过长期的发展，形成了形式多样的诗体形式。比如，中国有五言律诗、七言律诗，绝句和古体诗等；英国诗歌有民歌体、十四行体、英雄双韵体、斯宾塞体、颂歌体、以及自由诗等，不一而足。而在这些诗体形式中，都有一整套内在的格律。比如，莎士比亚十四行体由十四行抑扬格五音步的诗行组成，四句一个诗节，分成三个诗节，最后两句作结，一般的韵脚安排是：abab dcd efef gg；英雄双韵体是由两句对偶的抑扬格五音步的诗行组成，适用于长篇史诗；斯宾塞体是九行一句的诗体形式，前八行为抑扬格五音步，第九行为抑扬格六音步，每节诗的韵式结构是：ababbcbcc。

（三）结构跳跃

相比较于其他的文学式样，诗歌篇幅通常相对短小，往往有字数、行数等的规定，而要想在有限的篇幅内表现无限丰富而广泛的生活内容，诗歌往往摒弃日常的理性逻辑，遵循想象的逻辑与情感的逻辑。在想象与情感线索的引导下，诗歌常常由过去一跃而到未来，由此地一跃而到彼地，自由超越时间的樊篱，跨越空间的鸿沟。但是这种跳跃性并不会破坏诗歌意义的传达，相反会大大拓展诗歌的审美空间。

诗歌跳跃性结构的呈现形态，随诗人所要反映的生活和表达的思想感情变化而变化。诗歌跳跃性的结构形态多种多样，有过去、现在与未来之间的时间上的跳跃，有天南地北、海内海外空间上的跳跃，有两幅或多幅呈平行关系的图景构成的平行式跳跃，有由几种形成强烈反差的形象组成的对比式跳跃等等。有时结构的跳跃也体现于诗人的思维空间，比如济慈的《Ode to Autumn》。

Ode to Autumn

I

Season of mists and mellow fruitfulness,

Close bosom-friend of the maturing sun；

Conspiring with him how to load and bless，

With fruit the vines that round the thatch-eaves run；

To bend with apples the moss'd cottage—trees,

And fill all fruit with ripeness to the core；

To swell the gourd,and plump the hazel shells，

With a sweet kernel；to set budding more，

And still more,later flowers for the bees，

Until they think warm days will never cease，

For Summer has o'er-grimm'd their clammy cells.

II

Who hath not seen thee oft amid thy store?

Sometimes whoever seeks abroad may find；

Thee sitting careless on a granary floor，

Thy hair sort-lifted by the winnowing wind；

Or on a half-reap'd furrow sound asleep，

grows'd with the fume of poppies,while thy hook；

Spares the next swath and all its twined flowers.

And sometimes like a gleaner thou dost keep，

Steady thy laden head across a brook；

Or by a cyder—press,with patient look，

Thou watchet the last oozing hours by hours.

III

Where are the songs of Spring?Ay,where are they?

Think not of them,thou hast thy music too，

While barred clouds bloom the soft-dying day，

And touch the stubble-plains with rosy hue；

Then in a wailful choir the small gnats mourn，

Among the river wallows,borne aloft；

Or sinking as the light wind lives or dies；

And full-grown lambs loud bleat from hilly bourn；

Hedge-crickets sing；and now with treble soft

The red-breast whistles from a garden-croft；

And gathering swallows twitter in the skies.

秋阳杲杲，果实累累，葡萄藤下，打谷场上，收割一半的田间，诗人的思绪正在秋天的时空里徜徉，却突然发问：春之歌在哪里？它们在何方？(Where are the songs of spring?Ay,where are they?)思维突然跨过夏天，由秋天跳回春天。自古文人多悲秋，诗人在最后一节里出现许多不祥的词语，如 barred clouds,dying day,rosy hue,wailful choir,mourn,sinking,dies 等，这或许是因为诗人预感自己来日不多的哀叹（济诗此诗作于 1819 年 9 月 19 日，距其逝世不足一年半时间）。

（四）注重韵律

韵律有广义和狭义之分。广义的韵律是对诗歌声音形式和拼写形式的总称，它包括节奏、押韵、韵步、诗行的划分、诗节的构成等；狭义的韵律是指诗歌某一方面的韵律，如押韵、韵步等，它们可以单独被称作韵律。狭义的韵律有助于增强诗的节奏感，它和节奏一起共同服务于诗作情感的抒发与诗意的创造。

（五）表述凝练

佳酿为五谷之精华，诗歌乃语言之结晶，诗歌的语言是日常语言的提炼和浓缩，是日常语言的创新。它要求能精选生活材料，抓住感受最深、表现力最强的自然景物和生活现象，用极其概括的艺术形象达到对现实的审美反映。诗歌反映生活的高度集中性，要求诗歌选词造句、谋篇布局必须极为凝练、精粹，用极少的语言或篇幅去表现最丰富而深刻的内容。名诗佳作能以只言片语容纳高山巍岳，宇宙星空，似奇特的晶体，显耀万千景象。"大漠孤烟直，长河落日圆"中的"直"与"圆"若脱离诗句，极其平常，但嵌在诗句中，极具张力，仿佛强大的电流短路，立刻释放出耀眼的火花，迅即激活读者的想象空间。这便是诗歌的魅力。诗歌的魅力凝聚于诗歌的焦点，即"诗眼"。诗眼犹如芯片和浓缩铀，具有极大的能量和信息量，通常是诗人"炼意""炼句""炼字"的结果。古人常说，"诗以一字论工拙"，如"红杏枝头春意闹"（宋祁:《玉楼春》）中的"闹"字，"春风又绿江南岸"（王安石:《泊船瓜洲》）中的"绿"字，"云破月来花弄影"（张先:《天仙子》)中的"弄"字，"穿花蝴蝶深深见，点水蜻蜓款款飞"（杜甫:《曲江二首》之二）中的"穿"字和"点"字，皆因一字而成千古名篇，为后人铭诸肺腑。炼辞得奇句，炼意得余味，"炼字"、"炼句"、"炼意"三者密不可分，诚如刘勰所言:"夫人之立言，因字而生句，积句而成章，积章而成篇。篇之彪炳，章无疵也；章之明靡，句无玷也；句之清英，字不忘也"（刘勰:《文心雕龙·章句》)。无字不成句，无句难成章，文章如此，诗歌更不例外。并且，古今中外，但凡名诗佳作都经过字句的锤炼。比如，意象派诗歌的代表作庞德的《地铁车站》第一稿有三十多行，最后浓缩到如下的两行：

The apparition of these faces in the crowd ;

Petals on a wet,black bough.

(Ezra Pound,In a Station of the Metro)

三、诗歌语言特点

清人吴乔在《围炉诗话》中说:"意喻之米，饭与酒之所同出，文喻之炊而为饭，诗喻之酿而为酒。"吴乔之喻恰如其分地点明了诗歌与其他文学体裁的不同：小说家、散文家和影视剧为人们提供的是"饭"，而诗人为人们奉献的则是"美酒"。

诗歌是语言的艺术。诗歌语言来自日常语言，遵循着日常语言的规范，但诗歌语言又有别于日常语言，常常偏离、突破日常语言规范，形成独特的"诗家语"。"诗家语"

的特点主要体现在以下几个方面：

（一）节奏感强

心脏跳动，肺腑呼吸，这是生命的节奏；冬去春来，月亮盈亏，潮水起伏，朝夕更迭，这是大自然的节奏。节奏无处不在，诗歌也不例外。并且，相比较于其他文学体裁，诗歌的节奏更加强烈有序。

诗歌中的节奏指的是其中的音节停顿的长短和音调的轻重抑扬、高低起伏与回环往复。节奏具有表情达意的作用，不过其作用往往是启示性和联想性的。在英诗中，节奏的基本单位是音步，音步的构成有抑扬格 (iambus)、扬抑格 (trochee)、扬抑抑格 (dactyl)、抑抑扬格 (anapaest) 等。英诗的格律不仅规定了音步的抑扬变化，同时也规定了每行的音步数。在汉诗里，节奏主要表现为平仄和顿。比如七律，每首八句，每句七字，共 56 个字。一般偶句押平声韵 (第一句可押可不押)，一韵到底。以毛泽东律诗《长征》中诗句"金沙水拍云崖暖，大渡桥横铁索寒"为例，其节奏用平仄表示则是：平平仄仄平平仄，仄仄平平仄仄平；其节奏用顿表达则是：二二二一,二二二一或二二三,二二三。

诗歌的节奏与音乐的节奏十分相似，而且作用相同。因此，我国古代诗歌大都可以入乐配唱。在音乐中，节奏是通过强音与弱音的周期性交替变化而形成的，它使乐曲产生起伏跳动、回环往复的旋律。而在诗歌中，节奏不仅使诗歌富于音乐性，使之优美动听，而且可以增强诗歌的表现力。比如格雷的《乡村挽歌》(Elegy Written in a Country Churchyard)

中的第一节：

The curfew tolls the knell of parting day,

The lowing herd wind slowly o'er the lea,

The plowman homeward plods his weary way,

And leaves the world to darkness and to me.

这首诗第一节中有规律的节奏模拟了傍晚的钟声和疲倦的脚步声。第四行的末尾连续三个非重读音节 (me 也不应读得太重) 烘托出乡村暮色中低沉、宁静的气氛。正如叶芝所言："节奏的作用是延长沉思的时间，这是睡与醒交融的时间，一边用变化来保持我们的清醒，一边用单调的感觉诱导我们到一种出神的状态，使我们的心智在其中从意志的压力下获得解放，从种种象征的姿态显露出来。"平仄相对、抑扬相反、轻重起伏、不断变化，这样诗歌就产生了曲尽其妙、余音绕梁的音乐效果。

（二）音韵谐美

通常情况下，我们品读诗歌会发觉其朗朗上口、和谐悦耳，让我们有这种感觉的原因主要有两个，一是因为诗的节奏明快 (基本都是四步扬抑格)，二则因为它音韵和谐，每节中的单行和双行都押韵，形成规律的 abab, dcd 韵。

英汉诗歌中押韵的形式多种多样。一般来说，英诗中押韵的单音节词应符合三个要求：第一，元音（不是字母）应相同；第二，如元音前有辅音，辅音应不相同；第三，如元音后有辅音，辅音应相同。比如，像 lie-high,stay-play,park-lark,light-height,bend-lend,first-burst. 这几个词都是押韵的。另外，如果两个音节以上的词要押韵，那么重读音节的元音和那个元音后的辅音及非重读元音（如果有的话）都应相同，比如：greet-deceit,shepherd-leopard,follow-swallow,capture-rapture,forgotten-rotten. 汉诗一般押尾韵，又叫韵脚，韵脚是诗人情感发展变化的联络员，有人甚至指出"没有韵脚（广义的韵），诗就会散架子的。"汉诗中按韵母开口度的大小，将尾韵分为洪亮、柔和和细微三级。诗歌中不同的音韵往往对应着不同诗情的表达与彰显。比如，响亮级的尾韵（如中东韵、江阳韵等）适合于表现豪迈奔放、热情欢快、激昂慷慨的情感；柔和级的尾韵（如怀来韵、波梭韵等）适宜表现轻柔舒缓、平静悠扬的情感；细微级的尾韵（如姑苏韵、乜斜韵等）可用来表达哀怨缠绵、沉郁细腻、忧伤愁苦的情感。

（三）反常化

所谓诗歌语言的反常化主要是指对语言常规的偏离和侵犯。"反常化"这一概念最早是由俄国形式主义者提出来的，这里借用来说明诗歌语言有别于日常语言规范的一面。诗歌语言的反常化是对现有标准语言与现有诗歌语言本身的变异。对前者的变异主要体现在语音、词汇、句法等方面，比如，语音上讲求韵律，突出音韵的诗性效果；词汇上打破常规，自由变化所用词语的词性或词义，甚至创造新词；句子上颠倒正常语序，也省略某些必要的句子成分。而对后者的变异主要体现在对诗歌已有的成规和惯例的改革和创新，比如创造新的韵律、新的意象、新的隐喻以及新的诗体等。通常情况下，诗歌语言反常化的目的是要取得新颖、独特、贴切的表情达意效果。就像新批评派的休姆所言，诗歌"选择新鲜的形容词和新颖的隐喻，并非因为它们是新的，而对旧的我们已厌烦，而是因为旧的已不再传达一种有形的东西，而已变成抽象的号码了。"诗歌语言的反常化所造就的种种变异，是以种种正常规范为背景参照的，它们服务于诗歌内容与情感的表达。

（四）意象

毫无凭借的、抽象的情感表达往往是苍白的、难以动人的，而诉诸具象的、经验的情感表达则往往能让人感同身受，体会强烈而深刻。这是诗人表情达意诉诸意象最基本的原因。所谓意象，"是寄意于象，把情感化为可以感知的形象符号，为情感找到一个客观对应物，使情成体，便于观照玩味。"例如，诗句 O, my leve's like a red, red rose(Robert Burns) 中，诗人对恋人热情的赞颂与深情的爱恋浓缩于意象 rose 之中，rose 的红艳象征着恋人红润靓丽的脸庞，rose 的鲜艳表征着恋人青春健康、活力四射，rose 的芬芳表征着恋人高贵的品格，典雅的仪态。

诗歌的语言更多是隐喻和象征，许多诗歌并不直接描写具体事物，而是强调抽象观念和感情的抒发。因此，在诗歌翻译中，意象的处理和象征语言的翻译是非常关键的。诗歌意象的种类很多，不同的意象种类，会引导读者从不同的视角与层面去感知与体味意象在诗作中特有的蕴义与丰富的审美内涵。比如，从心理学角度来看，意象可分为视觉的、听觉的、触觉的、嗅觉的、味觉的、动觉的、错觉的以及联觉的或称通感的意象。从具体性层次来看，可分为总称意象与特称意象。总称意象更具概括性、含糊性，也因而更具语义与空间上的张力；特称意象指向具体事物，更显清晰、明确。从存在形态来看，可分为静态与动态意象。静态意象往往具有描写性；而动态意象则常常具有叙述性。从生成角度来看，可分为原型意象、现成意象与即兴意象。诗歌表达丰富而深刻的蕴涵，除诉诸单个的意象之外，还需诉诸意象组合与系列呈示。意象组合与系列呈示构成的有机整体，既是诗歌创作的过程，也是诗作意境的呈现过程。意象组合与系列呈示的方式也多种多样，主要有并置、跳跃、相交、叠加等类别。比如，马致远的《天净沙·秋思》就会让读者产生很强烈的物移我情的美感体验。

> 枯藤老树昏鸦，
>
> 小桥流水人家，
>
> 古道西风瘦马。
>
> 夕阳西下，
>
> 断肠人在天涯。

几枝枯藤，多少昏鸦，是独木桥，还是石拱桥，又有几户人家等均是未知数，昏鸦栖于巢中，还是盘旋于树上，也不得而知，更为关键的是诗人所思何人，是亲人，还是故友，也无从知晓。凡此种种，并不是作者的疏忽大意，也非原作品的缺陷，而恰恰是作品的魅力所在，它对读者形成了强大的召唤力。清代著名学者叶燮曾经说过：诗之所至，妙在含蓄无垠，思之微妙，其寄托在可言不可言之间，其指归在可解不可解之会，言在此而意在彼，泯端倪而离形象，绝议论而穷思维，引人于冥漠恍惚之境，所以为止也。(《原诗》卷二内篇下)作为审美主体的读者，在物移我情的时候并非完全的被动，审美感觉敏锐的读者会主动地融入意境之中，将自己当下或曾经的心理、情感渗透到对自然景象的观照之中，去感知，去体验。正是因为"含蓄无垠"的诗意引读者入冥漠恍惚之境，在"可言不可言"与"可解不可解"之间寻幽探胜，翻腾跳跃，自由驰骋，不断超越，使其在诗情画意开创的艺术境界中失去重力，产生"天地人胸意，吁嗟生风雷。文章得其微，物象由我裁"(孟郊：《赠郑夫子鲂》)的游心太玄的感觉，从而完成品味、寻味、体味、玩味，回味之后仍有余味的审美体验。这便是幽远的诗歌意境所产生的审美效应。

另外，除了上述提到的诗歌语言的这些普遍特征以外，还要注意诗歌的个体语言风格。不同的诗人有不同的语言风格：有的诗人用词古雅，格律严整，意象鲜明；有的诗人用词平实，格律比较自由，思辨色彩强烈；有的诗人感情奔放，语言表达热烈激昂；有的诗人感情含蓄，语言表达婉转低沉。例如：英国古典主义诗人注重语言表达的高雅和优美，大量使用拉丁语和古希腊语，还喜欢使用典故，经常引用《圣经》或者古希腊罗马神话故事；而浪漫主义诗人，则大量采用民间语言，使用人们的日常表达方式，把民谣引入诗歌创作之中，改编民间故事，在叙事诗中抒发感情。在翻译的过程中，要对诗人个体的语言风格进行研究，进而掌握他的文体特点，尽量把他的诗歌风格翻译出来。

第四节 戏剧文体

一、戏剧的分类与性质

（一）戏剧的分类

戏剧是演员扮演角色、在舞台上当众表演故事情节的一种艺术形式。在我国，"戏剧"一词有广义和狭义之分，广义的戏剧是戏曲、话剧、歌剧的总称，狭义的戏剧专指话剧。戏剧是由古代各民族的民间歌舞、伎艺演变而来，后逐渐发展为由文学、表演、音乐、美术等各种艺术形式组成的综合艺术。戏剧按作品类型可分为悲剧、喜剧、正剧等；按题材可分为历史剧、现代剧、童话剧等；按情节的时空结构可分为多幕剧和独幕剧。

（二）戏剧的性质

现存文献在戏剧的性质上存在一定争议，具体表现为对戏剧体裁属于文学还是表演艺术的看法并不一致。学者苏姗·巴斯奈特 (Bassnett) 首先宣称，戏剧属于表演艺术，因为戏剧译本是为舞台演出服务的，所以在翻译过程中允许译者根据舞台演出的需求对译文进行适当的修改，无须对原文保持字斟句酌的忠实。但在后期的论著中，她放弃了原有的观点，将戏剧看作表演艺术"仅仅是译者篡改原作的理由"，认为"翻译应回到其起点，它的体裁从根本上说还是文学"。"戏剧"这个词本身就具有双重性，英语既可以用 drama 也可以用 theatre 来表达"戏剧"。drama 侧重对戏剧理论、戏剧文学和戏剧美学等的研究，而 theatre 着重有关表演理论的探讨。戏剧的双重性还在于戏剧处于文学系统和戏剧系统两个不同体系的交汇点。《四角号码新词典》中对"文学"的释义是：以语言、文字塑造形象、社会生活的艺术。基于此，在剧本创作或翻译完成的初期，戏剧就如同诗歌和小说一样，是符合文学艺术的定义的。但是，戏剧这一体裁本身具有特殊性，它的生命有两个阶段。在剧本的创作或翻译完成后，它还要走上舞台，通过演出将戏剧的情节传递给观众。

当戏剧文本走上舞台时，作者和受众的关系就发生了变化。换句话说，戏剧就是供读者阅读的文本，同时又是供演员演出的文本，让观众通过视听来感知、了解剧情和剧中人物。戏剧剧本具有阅读文本所要求的可阅读性及表演艺术所需的可表演性。所以说，文学性与可表演性是戏剧的特征，戏剧有两个生命，起初是文学，然后是艺术。二者是一个接续的整体，不可分割。一个优秀的戏剧译本，应兼备文学性与艺术性。

二、戏剧的基本特征

戏剧作品可以供人阅读，但其更主要的价值与作用是供舞台演出。戏剧作品演出的成败得失，既与其创作质量密切相关，也与演员在舞台上的演出效果以及服装、道具、布景、灯光、音响等的设计与配置紧密相连。戏剧主要具有以下特征：

首先，戏剧是现实生活的浓缩反映。戏剧作品主要用于舞台演出，而舞台演出只能在有限的时间（一般最多三个小时）和有限的空间（舞台）内面对观众完成。为了在有限的舞台时空内表现无限丰富而深广的社会生活内容，并始终吸引着观众的审美注意，剧作家必须把生活写得高度浓缩、凝练，用较短的篇幅，较少的人物，较简单的场景，较单纯的事件，将生活内容概括地、浓缩地再现在舞台上，以达到"绘千里于尺素，窥全豹于一斑"的效果。

其次，以台词来推进动作。剧本中的人物语言，即台词，是用来塑造人物形象，展示矛盾冲突的基本手段。台词包括对白（对话）、旁白和独白等基本表达形式，其中对话形式占据主导。剧本不允许作者出现，一般也不能有叙述人的语言，只能靠人物自身的语言塑造形象。离开了人物的台词，就没有了戏剧文学。这是戏剧有别于小说等艺术形式的地方。人物台词应具有引出动作和有利于引出动作的可能性，能够推进戏剧动作向前发展。

最后，戏剧具有紧张、冲突的情节。没有冲突就没有戏剧，构建戏剧冲突是戏剧作品的基本特征之一。所谓戏剧冲突，就是作品中所反映的矛盾和斗争，它包括人物与人物之间的冲突，人物与周围环境的冲突以及特定环境下人物自身的冲突。戏剧冲突应当集中、紧张、激烈，富有传奇性和曲折性，力求在有限的舞台时空内取得引人关注、扣人心弦、引人入胜，甚至出奇制胜的强烈艺术效果。戏剧冲突源自生活冲突与性格冲突，是对两者艺术的转化。生活冲突主要又是人的矛盾，是人的性格冲突的结果。因此，戏剧冲突既表现为外在的生活冲突，又表现为内在的性格冲突。

三、戏剧语言的特点

戏剧是一种特殊的文学形式，它的语言既有一般文学语言的共性，也有戏剧语言的特殊性。戏剧语言是戏剧的基本材料，是戏剧展开情节、刻画人物、揭示主旨的手段和工具。戏剧是"说"与"表演"的艺术，所谓说是指演员通过台词向观众传达戏剧内容并塑造人物个性。另外，戏剧表演要求在有限的时间和空间尽可能地展现人物个性、突出矛盾冲突，因而戏剧语言必须精炼。总体而言，戏剧语言具有以下特点：

（一）戏剧语言极具个性化特点

戏剧语言是塑造人物性格的重要手段，凡是性格鲜明的人物都具有个性化的语言。戏剧语言要符合人物特征。清代戏剧家李渔主张戏剧语言"语求肖似"，"说一人，肖一人，勿使雷同，弗使浮泛。"换而言之就是"言为心声"，人物的身份、职业、气质、性格不同，说出的话也不一样。要求人物语言要符合人物性格，要彼此各不相同。舞台上戏剧人物语言的个性化，表现在要符合其所处的时代、生活环境、身份和人生阅历，要反映他的心理活动和思想习惯，还表现在要揭示人物性格的发展变化。人物语言是个人的"口语"，而不是剧作者的代言，更不是千人一腔的模式化语言。个人的口语虽有大众化、生活化的特点，但并不会趋于简单化，每个人都有着鲜明的个性化艺术特色。

（二）戏剧语言具有动作性特点

戏剧 (drama) 一词在希腊语中即表示动作 (action)，因此，动作性是戏剧人物语言基本的特征，是人物语言戏剧性的体现。戏剧的动作性包括两个方面：一是指挥与对话相伴随的动作，如表情、手势、语调、内心活动等；二是指对话引起的行为，如因争执而厮打，合谋共商之后采取的行动等。人物语言的动作性，除能体现人物的性格，表达人物的思想感情之外，还能推动戏剧情节的发展，戏剧语言要启发演员的表演，同演出时人物的行动相配合，暗示和引起角色的动作反应，并推动戏剧情节的发展，为演员留下表演的余地。

（三）戏剧语言具有节奏性特点

戏剧语言要想在舞台上打动观众，就必须讲究韵律和节奏，这样演员读起来才能朗朗上口、铿锵有力，观众才能从对话中得到愉悦。戏剧的语言在听觉上要诉诸美感、起伏变化、抑扬顿挫，才能符合视听艺术的特点。比如：

Puck : How now spirit!Whither wander you?

Fairy : Over hill,over dale,

Through bush,through brier,

Over park,over pale,

Through flood,through fire.

I do wander every where,

Swifter than the moon's sphere ;

And I sever the fairy queen,

To dew her orbs upon the green.

The cowslips tall her pensioners be ：

In their gold coats spots you see ；

Those be rubies,fairy favours.

In those freckles live their savors ：

I must go seek some dewdrops here,

And hang a pearl in every cowslips'ear.

Farewell,thou lob of spirits ；I'll be gone ：

Our queen and all her elves come here aron.

(William Shakespeare,A Midsummer Night's Dream)

朱生豪译文：

迫克：喂，精灵！你飘到哪儿去？

小仙：越过了溪谷和山陵，

穿过了荆棘和丛薮，

越过了围墙和园庭，

穿过了激流和熠火：

我在各地漂游流浪，

轻快得像是月光：

我给仙后奔走服务，

尊环上缀满轻轻露。

亭亭的莲馨花是她的近侍，

黄金的衣上饰着点点斑痣；

那些是仙人们投赠的红玉，

中藏着一缕缕的芳香馥郁；

我要在这儿访寻几滴露水，

给每朵花挂上珍珠的耳坠。

再会，再会吧！你粗野的精灵！

因为仙后的大驾快要来临。

通常就语言形式而言，戏剧可分为诗剧和散文剧，上述例子属于诗剧，原文节奏明快、结构工整、抑扬顿挫、音韵和谐，具有典型的诗歌语言特色，易于上口，便于与演员动作协调一致。译文对原文的戏剧语言特色给予了高度关注，较好地体现了戏剧语言风格。

（四）戏剧语言具有简洁明晰的特征

戏剧作为表演艺术，有其独特的传播媒介。这个媒介不仅仅是纸张和文字，还包括舞台这一戏剧独有的场所。这就要求在演出过程中，演员必须做到在短暂的时间内对观众清楚、明白地表达剧情，所以剧本语言要简洁明了，从而避免重复、冗赘。

（五）戏剧语言具有抒情性特征

戏剧语言是剧中人物表达思想感情的媒介。戏剧语言有两种：一种是舞台提示性语言，用于简单说明戏剧中的时间、地点、人物动作和心理等；另一种是人物语言，即台词，用于塑造人物形象，展示矛盾冲突。戏剧语言的抒情性在不同类型戏剧作品中有着不同的体现。在以诗歌体写成的戏剧中，其抒情性体现在语言的诗韵、诗味等诗性特点上，中外戏剧中都有用韵文写成的戏剧。在以散文体写成的戏剧中，其抒情性体现在具有日常口语特点，经过润色提炼的散文化语言上，近代戏剧常用散文写成。戏剧语言的抒情性有助于丰富人物形象，推动情节发展，表现戏剧作品的诗意力量，它是戏剧人物舞台魅力的重要表现。

第三章 英美文学翻译研究

第一节 文学翻译概述

一、文学翻译含义

想要了解另一种语言的其他民族所居住的世界，以及该民族的文化，尤其是文学，只有通过翻译才有可能，这也是被世界各国各民族之间相互关系的全部历史所证实的。的确，如果认真地审视一个伟大民族的兴起、发展和兴旺，我们会发现，翻译艺术在民族精神的形式中占有突出的地位。

文学翻译历史悠久，在中国最早可追溯到公元前 1 世纪刘向《说苑·善说》里记载的《越人歌》，在西方可追溯到公元前大约 250 年罗马人里维乌斯·安德罗尼柯 (Livius Andronicus) 用拉丁文翻译的荷马 (Homer) 史诗《奥德赛》(Odyssey)。自从有了文学翻译以来，人们从未停止过对其进行思考与探索。时至今日，不少学者甚至撰写著作专论"文学翻译"。

由于古今中外不同学者的研究目的各不相同，因此会从不同角度对文学翻译进行诸多思考与探讨，从而得出不同的结论。

王向志认为文学翻译指的是将一种文学作品的文本语言信息转换成另一种语言文本的过程，它是一种行为过程，也是一种中介或媒介的概念，而不是一个本体概念。

在加切奇拉泽看来文学翻译是文学创作的一种形式，在这里它同原作在创作中要表现生活现实这一功能相似。译者按照自己的世界观反映自己选择的内容和形式浑然一体的原作中的艺术真实。

茅盾认为文学的翻译是用另一种语言，把原作的艺术意境传达出来，使读者在读译文的时候能够像读原作时一样得到启发、感动和美的享受。

郑海凌认为文学翻译是艺术化的翻译，是译者对原作的思想内容与艺术风格的审美把握，是用另一种文学语言恰如其分地完整地再现原作的艺术形象和艺术风格，使译文读者得到与原文读者相同的启发、感动和美的享受。

在钱钟书看来，文学翻译的最高标准是"化"。把作品从一国文字转变成另一国文字，既不能因语言习惯的差异而露出生硬牵强的痕迹，又能完全保存原有的风味，那就算得入了"化境"。

综上所述，我们可以看到，文学翻译不只是文学语言文字符号之间的转换，还是艺术表现形式与特质以及艺术形象和艺术风格的再现；它不只是语言信息的传递，还是社会文化观念的交流、沟通与融合；它不只是一种翻译行为过程，还是一种再创作的过程，甚至是一种艺术创作的过程；它不只是追求译文与原文的客观真实，还追求两者间的艺术真实、社会真实与同等读者接受效果。

二、文学翻译的标准

翻译标准是翻译理论的重要内容，是衡量和判断翻译质量的尺度，是翻译实践遵循的基本准则。传统翻译学和翻译学语言学派大都非常重视总结或制订一套指导和衡量翻译实践的标准。翻译标准不仅使我们能够拥有一个公认的尺度来判断翻译的质量，也让文学翻译者有章可循。三千年的翻译实践历程中，中外翻译史上都曾出现过一些著名的翻译标准或原则。

（一）西方翻译标准

西方学者有关翻译标准的论述肇始于公元前 1 世纪的西塞罗，他曾经在《最优秀的演说家》一文中谈及他对古希腊演说家伊斯金尼斯与狄摩西尼作品的翻译方法时指出："我不是作为翻译家，而是作为演说家进行翻译的。我所保留的是原文的思想与形式，或者人们所说的思想的'外形'，只不过我所用的语言是与我们语言的用法完全一致的语言。这样一来，我认为没有必要追求字对字的翻译，而应该保留语言的总体风格与力量。"

16 世纪法国翻译理论家多雷 (Etienne dolt) 在 1540 年《论如何出色地翻译》中列出了翻译基本原则 (guidelines)，他列出的五条翻译原则更具体、细化，具有较强的可操作性。

1. 译者必须熟知原文作者的含义与题材，尽管他可以随意澄清原文中模棱两可之处。

2. 译者应该精通原文与译文，不致损失语言的庄重。

3. 译者应该避免逐字翻译。

4. 译者应该尽量避免使用拉丁语派生形式或其他不常见的语言形式。

5. 译者应该熟练地运用词语的搭配与关系，避免出现晦涩之感。

18 世纪英国著名翻译理论家泰特勒在 1790 年《论翻译的原则》一书中提出的"翻译三法则"：第一，译文应该完全摹写原作的思想；第二，译文的风格与写作方式应该与原文的风格与写作方式相同；第三，译文应该与原作的行文一样自如。

泰特勒提出的判断"好的翻译"的标准与美国当代翻译家奈达的标准其核心是一致的，即同等效应 (或译为"产生共鸣")。奈达列出的翻译四项基本要求如下：

1. 言之成理 (making sense)

2. 传达原文精神风貌 (conveying the spirit and manner of the original)

3. 表达自然流畅 (having a natural and easy form of expression)

4. 产生共鸣 (producing a similar response)

除此之外，语言学派的翻译理论家们一直纠结于"对等"、"等值"之类的概念：比如雅各布森的"信息对等"；卡德福特的"形式对应"与"翻译等值"；奈达的"动态对等"和"同等效应"；纽马克的"对应效应"和科勒的"五类对等"等翻译标准。这些翻译标准或原则在各自的时代都曾经发挥过重要影响，推动了翻译实践和理论的发展。有些至今仍然是文学翻译者公认的行业标准。

（二）国内翻译标准

国内学者有关翻译标准的论述较有影响的可以追溯到唐代名僧玄奘提出的"既须求真，又须喻俗"，即"忠实、通顺"。这一准则至今对翻译实践仍有指导意义。

但是一百多年来，对我国翻译实践影响最深的还是严复提出的"信""达""雅"的翻译标准。"信达雅"三字几乎成了我国传统译论的代名词和金科玉律。"信""达""雅"源于 1897 年出版的《天演论·译例言》。严复开篇便道："译事三难：信、达、雅"。并对其作了较为详尽的解释：

"一、译事三难：信、达、雅。求其信已大难矣！顾信矣不达；虽译犹不译也，则达尚焉。海通以来，象寄之才，随地多有。而任取一书，责其能与于斯二者，则已寡矣！其故在浅尝，一也；偏至，二也；辨之者少，三也。今是书所言，本五十年来西人新得之学，又为作者晚出之书。译文取明深焉义，故词句之间，时有所到附益，不斤斤于字比句次，而意义则不倍本文。题日达旨，不云笔译，取便发挥，实非正法。什法师有云：'学我者病。'来者方多，幸勿以是书为口实也！"

"一、西文句中名物字，多随举随释，如中文之旁支；后乃连接前文，足意成句。故西文句法，少者二三字，多者数十百言。假令仿此为译，则恐必不可通，而删削取径，又恐意义有漏。此在译者将全文神理，融会于心，则下笔抒词，自善互备。至原文词理本深；难以共喻，则当前后引衬，以显其意。凡此经营，皆以为达；为达即所以为信也。"

"一、《易》曰：'修辞立其诚'。子曰：'辞达而已'。又曰：'言之无文，行之不远'。三者乃文章正轨，亦即为译事楷模，故信、达而外，求其尔雅。此不仅期以行远已耳；实则精理微言，用汉以前字法、句法，则为达易；用近世利俗文字，则求达难。往往抑义就词，毫厘千里，审择于斯二者之间，夫故有所不得已也，岂钓奇哉！不佞此译，颇贻艰深文陋之讥，实则刻意求显，不过如是。又原书论说多本名数格致及一切跻人之学，倘于之数者向未问津，虽作者同国之人，仍多未喻，矧夫出以重译也耶！"

"信""达""雅"的提出虽然已逾百年，但相关的讨论依然在继续。一个多世纪以来，对"信"、"达"、"雅"批评反对之声不绝于耳，然而拥护赞成者也不乏其人，但更多的人是修正、改造，或从不同角度予以解读。比如：

20 世纪 20 年代林语堂等人尝试着对"信、达、雅"做出新的阐释，他在《谈翻译》

中提出与"信、达、雅"大致相当的三种标准：忠实标准、通顺标准、美的标准，即对原文负责、对读者负责、对艺术负责。这在当时应该是一种创新的尝试性探讨。在此之后，人们对三字标准的理解逐渐"背离"了严复的本意了，特别是对"雅"字的认识。译论者不再拘泥于严复的"原意"，对于"雅"有着诸多新的解释，比如典雅、文雅、优美、文采、风格等，以及讲究文笔、注重修辞、强调文学价值和艺术价值等。正如罗新璋在《我国自成体系的翻译理论》中所总结的那样："信达雅三字的意义和内涵，随着译事的昌盛和研究的进展，已有所扩大和加深，部分脱离严复的命意而获得独立的生命。"这种理论的开放性和多元性，恰好证明了阐释学的理论价值。文本的生命在读者的理性解读中不断延展。同样，经典理论也是在人们的认识中不断获得新生。中国古代的"道"、"和"正是如此，作为翻译审美标准的"信、达、雅"同样如此。

80年代初，刘重德教授在《翻译原则刍议》提出的"信达切"标准："信于内容，达如其分，切合风格。"

80年代末，辜正坤在《翻译标准的多元互补论》提出的多元化翻译标准："翻译的绝对标准即原作，最高标准为对原作的最佳近似度，具体标准即分类标准。"

林语堂的标准与严复的"信""达""雅"大同小异，只是前者对"忠实"作了细化解释，即："忠实非字字对译之谓；忠实须求精神；绝对忠实之不可能——文字有意义之美，有声音之美，有文气之美，有文体之美，有传神之美，有形式之美。此数种美绝无法同时译出"。刘重德的"信达切"用"风格的切合"来修正"雅"。辜正坤进一步将翻译标准细化，提出针对不同文体的多元标准。这些新的翻译标准的提出，在一定程度上弥补和修正了单一标准的不足，使翻译标准更切实可行。但无论从具体内容，还是从实质上看，它们都未能超越"信达雅"的内涵。

1.信是文学翻译的基本伦理

严复的"信"指译作应当忠实于原作。但"信"不是字对字的死译。翻译之为翻译，最根本区别就是译作与原作的必然联系。离开原作，也就无所谓翻译了。首先，"信"在本质上是一种维持（文学）翻译存在的必然因素和基本伦理。它要求译作应当与原作保持一定的关系，这种关系使文学翻译作为一种文学形式得以维持稳定。一千个译者的笔下固然有一千个不同的哈姆雷特，但莎士比亚戏剧的基本情节、人物、对话、背景甚至语言结构必然是相似的。其次，"信"的必要性还在于其文化价值：通过翻译了解其他文化，输入新的元素，推动本族语言文学文化的更新发展是翻译作为文化现象存在的价值之一。

由于对文学作品意义的理解不可避免地带有译者的主观因素，因此恒定不变的意义是不存在的，绝对的"信"或"忠实"也是不可能的。"信"的程度是相对的、可调节的，或者说译作与原作的关联性对文学翻译而言是必不可少的，但关联的紧密程度却是可以调节的。一般说来，如果译作对原作的语言结构亦步亦趋，不惜违背译入语的语法规则，我们称之为"逐词对译"、"硬译"或"死译"；如果译作严格遵循原作的语言结构，但兼顾译入语的通顺，我们称之为"直译"；若译作与原作的语言结构若即若离，而主要关心译入语的流畅自然，我们称之为"意译"；若译作全然不顾原作的语言形式，而只是根据原作的事实和事件进行重新创作，我们不妨称之为"自由译"；连原作的事实和事件都随意篡改，任意发挥的译法就只能是"豪杰译"了。历史上，这五种译法都曾出现过，当代文学翻译实践基本上排除了"硬译"和"豪杰译"，多数译者倾向于在直译、意译和"自由译"之间选择。从这个意义上说，"信"实际上是译者的一种基本责任，即译者有责任在自身理解的基础上，尽最大可能忠实地体现原作的整体(意义、形式、风格和读者反映等)。

2. "达"是文学翻译的必要条件

"达"指译作的语言通顺流畅，符合译入语的语言规范。一般而言，译文是看不懂外语的读者阅读的，因此译文语言的正确和通畅是对翻译者的基本要求。从本质上说，"达"就是文学翻译社会性的体现。文学翻译作品要在译入语文化中存在和被接受，就应当遵循译入语的社会文化规范和语言规范。这些社会规范将按照译入语的标准判断译文优劣，决定推崇、容忍或排斥某个译本。

由于语言、文学系统和文化差异的存在，"达"与"信"的冲突在文学翻译中是不可避免的。针对这个问题，严复的观点是："顾信矣不达；虽译犹不译也，则达尚焉。"由此可见，在"信"与"达"冲突时，他选择的是"达"。不过，语言上的"达"只是文学翻译的最低标准。文学翻译针对的是创造性的文学文本，而保证文学翻译作品的文学性的根本途径有两条：一是"信"，忠实地再现、保存原作的文学性；二是充分发挥译者主体性和译入语的创造性，弥补文学翻译中语言文化空缺所导致的损失。

3. "雅"是译者的主体选择

我们今天所理解的"雅"的含义多为"古雅"、"高雅"之意，但严复所说的"雅"却有具体的所指，《天演论》通篇文辞古雅，使用汉以前的字法、句法，力避利俗文字。严复主张"雅"有两个理由：一是为"行远"，即译本符合当时的文章正轨，流传久远；二是为"达易"，即为了更通顺流畅地传达原作之深意。严复认为古雅的文辞不仅是翻译得以流传的保证，而且更适于用来传达艰深的理论。

其实，"雅"的本质就是译者面对具体翻译问题的主体性选择。一方面，文学翻译者必须根据自己对译本读者的接受习惯、原作的实际内容、特定文体的需要灵活地选择适当的翻译策略。另一方面，我们还必须看到，"文章正轨"、"译事楷模"都是随时代的变化而变化的，不存在永恒不变的标准。

三、文学翻译的过程

翻译就是理解和使人理解的过程，这里的"理解"包含译者对原文的理解行为与过程，"使人理解"则是译者对译文的表达行为与过程。在不同的文化传统、不同语言之间和不同译者身上，这个过程不尽相同，对于不同题材和风格的作品也各有差异。文学翻译的一般过程主要包含以下几个方面：

（一）选择翻译的文本

出版社和译者对原文的选择不是任意的，而是受到社会文化因素制约的。决定翻译文本选择的因素可能来自各个方面。如当时的意识形态、外国文化的态势、本国文化的自我意识以及当时社会的政治经济状况等。出版者和译者在所处的社会文化环境中，必然会考虑社会群体对翻译作品的需要。社会文化对翻译的选择涉及三个方面：一是对翻译文本的选择；二是对翻译语种的选择；三是对译者的选择。译者对译本的选择不是完全自由决定的，译者作为译入语文化的成员，在社会化过程中，他就已经习得了翻译规范。这些规范以社会共识的形式根植于译者的思维方式中。因此，看似个别的译本选择实际上也体现了社会性的一面。

（二）译者对文学文本的理解过程

确定了需要翻译的文本，文学翻译者就要对其所要翻译的文本进行解读。理解是翻译过程中的第一步，是翻译的前提，也是翻译的基础。没有理解，就没有翻译；没有透彻的理解，就没有趋于理想的翻译。理解是具体化的思维解释，"是从作品的有机整体出发，披文人情，沿波讨源，因形体味，深入到作品内部的深层世界，对文本营构系统的各个层面进行具体化的品位与认知。它是以理性为主导的感性认识和理性认识高度统一的心理解读活动。"

通常而言，理解可分为表层理解与深层理解。前者是对文本的字面理解和外观理解，具体包括对作品的词句、典故、比喻、拟人等各种修辞手法的理解，也包括对构成意义的表象、结构、韵律、节奏以及作品中特定的表现手法等的理解。后者是对文本的象征意蕴和营构机制的理解，具体来说，就是破译作者的象征密码，捕捉其象征含义，探寻文本艺术营构的奥秘。文学翻译过程中要实现对原作表层与深层的充分理解，就离不开对原作进行由浅入深，从微观到宏观的细致分析与探究。原作的字词是由作者创作的。大多数情况下，译者阅读原作时，作者可能已经去世或无法联络。在对当代文学作品的翻译中，译者有时也可以与作者联系沟通。但无论如何，译者所面对的主要是原作的文本，译者对原作文本的解读是作为读者对原作多样化的阅读体验之一。译者理解的"意义"并非语言符号与所指概念的固定关系，而是一种融合文本符号、语境和主体因素的视域融合。但是，从文本客观存在的意义上说，原作的语言符号与意义之间还是具有相对稳定的关系，否则人类语言就完全无法传情达意了。因此，对原作的多样化理解还是具备最基本的共同点，即原作的基本事物和事件。文学翻译者的工作就是依据自己的理解，在另一种语言中创造一部新的作品。

对文本的解读并非一个简单的阅读过程，翻译一部文学作品，需要对作家，对另一种语言、另一种文明，有较为深入的理解与研究。在这个意义上，研究是翻译的前提，是翻译的指导，并贯穿翻译的全过程。在某种意义上说，翻译的过程，实际上也是研究的过程。负责任的文学翻译家对文本的解读往往是一个仔细、反复的阅读过程，同时伴随着对原作和作者的其他作品的检索和研究。对原作的研究甚至可能包括对作者居住地的考察、历史研究、版本研究，文学研究和评论等。对当代作品的翻译，还可以求助于原作者，有时文学译本的翻译可以通过译者与作者的合作来完成。

（三）文学翻译的表达

在对原作进行研究和解读的基础上，译者开始用译入语创作译本，实质就是根据其理解的程度用另一种语言进行表达。理解与表达是翻译过程中两个不同的阶段，但两者又有着紧密的联系。理解是表达的前提，表达是理解的目的。换句话说就是，有什么样的理解，就会有什么样的表达，但这并不意味着表达可以随意言说，自由发挥。

首先，表达是基于对原文充分理解的表达，表达的信息应与原文取得一致。离开原文的理解而进行的表达，要么是译者的改写，要么是译者的个人创造，算不得翻译。在进行翻译时，文学译者必须考虑如何实现译文与原文的事件与语言结构相关的文本目的，尤其是如何创造性地使用译入语呈现原作的语言艺术形式。其次，表达是面对译入语读者的表达，这就要求译文的表达要清晰、通顺、流畅，符合译入语读者的阅读习惯，便于他们理解与接受，如果违背规范就可能会付出译本被拒绝的代价。最后，表达是对作者创作个性或艺术个性的表达。文学翻译不只是文字翻译，也不只是意义的翻译。这就要求在表达过程中，既要表达作品的意义，又要表达作品的韵味。

（四）译本的修改和出版

文学翻译的目的就是让更多人接受异国优秀文化的洗礼。所以说，无论翻译者采取何种翻译策略，任何一部译作最终必然是一个经过多重阅读、反复修订的作品。通常情况下，这些阅读和修改往往是由译者以外的人来进行，翻译规范的作用将会反映在最后出版的作品上。在正式出版之前，翻译可能受到外力的删减和改版：新闻审查制度可能会删除与译入语文化的主流意识形态不符的内容；限于译入语社会文化观念，可能会对某些被认为是"禁忌"或"反动"的内容进行净化；出于商业利益的考虑，出版社可能要求译作按特定读者的需要进行大幅度修改。比如：将原作小说译为电影对白，将成人作品儿童化等等。

更为特殊的做法是：某些出版社甚至要求译者提供"直译"译本，再交由著名作家进行润笔以产生更好的译本。

四、文学翻译的基本特性与意义

文学翻译是创造翻译文学的手段和过程。如果说翻译文学是中国文学大家族的一员，那么文学翻译也可以被视为文学创作的手段之一。如果说诗歌通过语言形式、小说通过情节、戏剧通过对话等文学手段来进行创作，那么文学翻译就是通过"翻译"这一手段来创造翻译文学。这种文学手段独立于其他手段的因素在于：两种语言、两种文学传统和两种文化在翻译家的头脑中激荡和交锋，促使翻译家创造性地理解、阐释，并用译入语重新创造出新的文学形式。因此，文学翻译不是一种从属性的、缺乏创造力的活动，而是译入语文学吸收、借鉴外来文学，从而促进自身文学革新和发展的重要途径。也可以说，文学翻译具有其他文学形式不具备的巨大文化价值。

（一）文学翻译的基本特征

我们对文学翻译行为的认识经历了一个不断发展的过程：模仿、创造、技巧、艺术、改写、操纵、叛逆、阐释，来世等等，而这些认识实际上反映了文学翻译的基本特性。

第一，文学翻译具有社会性。文学翻译是在特定的社会文化中进行的，文学翻译的主要目的是供译入语社会群体阅读，因此它不可避免地会受到各种社会因素的制约。文学翻译的产品要在译入语文化中存在和被接受就应当遵循译入语的社会文化和语言规范。译者应当遵循有效的社会规范、道德规范和翻译规范，恰当处理译者主体与社会（读者、出版社、政治经济、诗学或文学传统、意识形态等等）的关系。符合规范的译文会受到译入语文化的欢迎，被称为"经典"，而不符合规范的译文会被译入语文化排斥和拒绝，译者在选择遵循或违反规范时应当考虑到其行为的后果和代价。

第二，文学翻译具有客观性。所谓的客观性指的是文学翻译中原文的客观存在。文学翻译与其他文学形式的区别就在于：文学翻译必然与用另一语言写作的原作存在一定程度的相关性。作为原作的文学作品具有自身的语言结构，以及由这个结构所呈现的事物和事实。文学翻译的基础是再现原作的"文本目的"，即文学翻译的目标就是要生产出一个与原作有关的文本。文本目的包含两个要素：一是原作是客观存在的，二是译作必须与原作有某种关联性。原作的语言形式、艺术手法、情节内容、形象意境等对译者来说都是客观的。再现这些结构、事件和事实是文学翻译行为的道德基础或基本伦理。完全脱离原作的译作就不再是翻译，而是改写、虚构、拟作或创作。不过，应当指出，原作的客观性并非制约文学翻译的唯一因素，译作与原作的相关程度可由社会规范和译者的主体意识加以调节。

第三，文学翻译具有主体性和创造性。文学翻译不可避免地涉及译者的主观体验，因为文学作品中"意义"的理解和生成不是完全客观的。译者作为翻译过程的执行者具有独立的自我意识和主观世界。尽管翻译会受到原文及其客观世界和译文生存的译入语社会的制约，但在译作的生产过程中，译者仍然具有相当大的自由度。他并非直接面对读者，而是在自己的头脑中预设读者的存在，并在一定程度上把自己阅读原文的主观体验用译入语再现给读者。因此，文学翻译在具体过程上是一种主观的、创造性的阐释；译作虽然源于原作但不同于原作，延续了原作生命，甚至有可能作为译者用于改变社会、对抗权威的政治武器。

原作的客观性、文学翻译的社会性和译者的主观创造性分别反映了文学翻译与原作、译入语的社会文化和译者的关系。这三种性质之间并行不悖，各司其职。原作的客观存在是无可否认的事实，它控制着译作中语言结构与事实的基本指向或"文本目的"；译入语社会文化规范控制着翻译的发起、进行和接受；译者主体性支配着具体的翻译实践，译者可以选择遵从或违背社会规范。简而言之，文学翻译行为本质上是一种在译入语社会文化规范控制下，与另一文化系统中的某个原作有关的，由译者具体实施的主观性、创造性的活动。

（二）文学翻译的意义

翻译是语言符号之间的转换，是意义的传达，是文化之间的交流。文学翻译在中外文化交流中所起到的作用是不可替代的。这里主要通过艺术表现形式、文学语言、文艺思想这三方面予以体现。

1. 艺术表现形式方面

翻译的艺术表现形式存在于各种文学作品中。在诗歌方面，诗风会因之变得通俗、自由，诗意的表述中渐现说理的因子，到宋代诗人借诗说理，作诗如参禅俨然形成一代风气。偈颂中极尽夸张和铺排的艺术方法丰富了诗歌的表现手法，也增强了诗歌的艺术表现力。许多现代著名诗人，如闻一多、刘半农、徐志摩、戴望舒等都翻译出版了许多外国诗人的优秀诗篇，通过翻译中的模仿、借鉴，大大推动了中国新诗的形成与发展。在佛学典籍中，佛典中文学表现的突出特点是长于思辨和善于使用形象。随着佛典的大量译介与传播，佛典中的文学表现手法在中国文学中得到了广泛的运用。汉译佛经的通俗易晓给魏晋时期走到骈偶泛滥套路上的中国散文带来了生机与活力，并形成一种文学新体。在小说方面，中国古代小说中的主题思想、艺术构思以及表现方法也直接承继了"因果报应"、"人生如梦"、"灵验报应"等佛典中的内容。近现代的文学翻译更是给中国文学的发展带来了深刻的影响。近代著名翻译家林纾于1899年翻译出版的小说《巴黎茶花女遗事》完全摆脱了中国古典小说章回体的束缚，在当时的历史语境下，其译作不仅提高了小说的地位，扩大了小说的影响，而且使传统的中国文学形式向前推进了一大步。

2. 文学语言方面

在大量译作外来文献的过程中，受到最为直观显著影响的是文学语言的词汇与语法。佛经的翻译丰富了当时中国的文学语言。由佛典中翻译出来的反映佛教概念的词汇，经历代文人士子的搜集、整理和解释，大量融入汉语，极大地丰富了汉语的词汇量。比如，有的用原有汉字翻译佛教概念，并赋之以新义，如"因缘"、"境界"等；有的音译外来词，如"佛陀""菩萨""菩提"等。并且这些词汇在今天的文学研究与创作中也常为人们所习用。

"五四"前后的文学翻译更是对白话文运动的兴起与发展起到了推波助澜的重要作用。许多著名作家通过文学翻译为中国现代文学语言输入了养分，也为中国现代语言的演变探索前进的道路，辨明了发展的方向。文学翻译之于中国现代语言的演化作用之重大，诚如有的学者所言："假如没有外语的影响，我们的白话文可能永远就是古代的白话——没有新名词，没有外来语法。而现代汉语就不会是今天的这个样子。"

3. 文艺思想方面

文学翻译在带来新的词汇与新的表达法，新的文学体式与新的艺术表现手法的同时，还催生了新的社会文化思想。佛典的大量译介与传播对建立与发展中国文学理论产生了多方面的重大影响。中国文人借鉴佛典的认识论、方法论、宇宙观，对文学的性质与功能、文学创作的规律等问题提出了许多新的见解与观点。鸦片战争之后，中国思想界掀起了激烈的斗争，其中资产阶级新文化与封建阶级旧文化之间的斗争尤为激烈。这一时期的文学翻译引进了资产阶级民主主义思想，拓展了中国知识阶层的视野，对摧毁旧中国的封建思想、封建礼教、封建文化，都起到了积极的作用。进入新时期，我国的文学翻译事业可以说是盛况空前。对欧美文学、拉丁美洲文学的大量译介，不仅为广大中国读者展示了一片神奇新鲜的文学景观，更为新时期中国作家的创作提供了无比丰富、无比新鲜的艺术借鉴资源，对新时期中国文学的创作产生了非常大的影响。

第二节　英美散文翻译

风格与其对应的英文单词是 style。英文 style 源于拉丁语的 stilus，原意为古人在蜡版上写字的工具——尖笔，后引申为多义词，多用于表示文学作品、绘画、音乐、建筑等因人、因地或因不同的历史时代而形成的独特的文体、语体、格调和式样等。因此，英文中的 style- 词内涵相当宽泛，它既涉及作家的创作个性、作品的格调风貌，也反映时代印记、民族色彩、地域习俗和文体特征。

"风格是诗的灵魂"，这是伐摩那的名言，强调了风格的重要性。作品的风格指的是其所表现的主要的思想和艺术特点，尤其是语言特点的综合表现，是作家的创作个性在文学作品的有机整体和言语结构中所显示出来的、能引起读者持久的审美享受的艺术独创性。《写作大辞典》对风格的定义是："文学创作中从整体上表现出来的一种独特而鲜明的审美特征。它受作家主观因素及作品的题材、体裁、艺术手段、语言表达方式及创作的时代、民族、地域、阶级条件等客观因素的影响而产生，并在一系列作品中作为一个基本特征得以体现。"简而言之，风格就是作家创作时的艺术特色，是某一作家的作品之所不同于其他作家的表征和审美个性。艺术的生命在于独创性，作家永恒的艺术生命就在于独具的风格。古今中外，在文坛上闪耀着光芒的，唯有那些独具风格的艺术家。

一、散文风格的影响因素

影响和制约风格的因素是多种多样的，可以分为主观和客观两大因素。主观因素主要就是作者。而客观因素包括文体、时代、诗学、语言、地域等，这些因素直接影响和制约风格的面貌。

（一）作者对风格的影响

文学作品是社会生活在作家头脑中反映的产物。作家个人的世界观、艺术观、审美情趣、艺术修养及气质作为一种稳定的个性特征必然贯穿其作品始终，并制约和影响文学作品风格的形成和显示。可以说，文学风格就是作家在其作品所反映的创作个性与稳定的整体话语特色。法国博物学家、文物学家布丰的"风格即人"和钱钟书的"文如其人"实际上就是指的作家的创作个性。

所谓个人风格是指运用语言的个人所独有语言特点的综合表现。使用语言的每一个人都有可能形成自己独特的语言风格，正是这种不同于他人的区别性特征形成了风格。正是由于作者都各有自己的笔法和语言特色，这就形成了不同作者特有的，或首创的语言习惯，特别是某一作家对常规用法的变异。风格永远是属于个人的，源于个人资质，这是风格的根本，它可以超越时空的限制。个人是作品基本面貌的直接塑造者，他的学养情趣、文学思想、审美趣味、价值观念、心理感受、情感活动、思维方式、心理特征、美学追求、创作技巧、精神气质、才能禀赋、生活经历以及精神面貌等主观因素，都直接影响作品的风貌，形成各自不同的风格。可以说，风格的灵魂是作者的个性。个人对风格的塑造，直接而明显。有什么样的作者，就有什么样的风格。无论是詹姆斯的高雅细腻精妙，莫里斯的古朴新鲜，吉卜林的活泼和嘲讽，福克纳的细节展示，还是雪莱的奔放，海明威的粗犷，乃至现代派的"意象"、"荒诞"，都无不以其独具的风格，留下那永恒的魅力和无穷的韵味，都是偏离他人的个人风格的显现。并且每一个形成了自己特有的语言风格的个人，都一定有自己特有的语言表现和言语特点，即使属于同一类型的个人风格不同的个人，其表现也绝不会相同。因此，同在浪漫主义风格之中，兰姆亲切而文雅，海什力特细腻而优美，德·昆西庄重而富诗意，亨特缜密而兼豪放。在《论 (麦克白) 剧中的敲门声 》(On the Knocking at the Gate in Maspeth) 中，德·昆西用 sympathy 来定义观众对谋杀邓肯的凶手麦克白夫妇的理解。为说明 sympathy 与平常意义的不同之处。他曾经解释说："of course I mean a sympathy of comprehension,a sympathy by which we enter into his feelings,and are made to understand them not a sympathy of pity our approbation"。这些个性化的用词和独特的修辞运用，就是作者的表现风格。

（二）诗学及意识形态对风格的影响

诗学包括美学与文论、创作方法与技巧等，是对诗的本体进行研究的理论，它是哲学的一个分支，是美学的一种特殊形态，它一方面与历代诗人的创作实践有密切的联系，是诗人创作经验的归纳、总结和升华；另一方面，它又与哲学气脉相通，受着每个时代哲学思想的鼓动和制约。诗学理论的深浅，往往表现其哲学底蕴的厚薄，因此诗学直接影响一个时代的文学状况，制约文人创作的风格面貌。公元前四世纪，希腊学者亚里士多德就写出了欧洲美学史和文学艺术理论史上第一部《诗学》，这是一部关于史诗和悲剧、戏剧的美学著作。《诗学》对诗的本体展开研究，以"模仿"说和"再现"

说为其理论基点，讨论了关于诗的艺术本身，艺术的种类，各种类的特殊功能及成分，各艺术种类的性质等。亚里士多德的理论体系为后来西方世界各种文体和艺术样式共同遵守，直到现代主义文学艺术的崛起才开始动摇。意识形态包括一定时代的文化风尚和政治思潮等，这些因素对风格的影响甚为深刻。比如一定时代的美学思想必然制约作者的艺术追求，一定时期的文学理论也会影响作者的创作选材，制约作者的构思谋篇甚至修改润色。

意识形态的对翻译的影响是多方面的，会影响到翻译的选材、翻译策略的选择等，同时也会影响到译者的翻译风格。陈良廷是有名的翻译家，其从事翻译工作已有 50 多年。他的主要作品包括《教父》、《乱世佳人》、《海明威短篇小说全集》，等等。20 世纪 70 年代后期，他开始致力于中美关系的研究，并研究了埃德加·斯诺的传记。1990年，陈良廷与他的同伴合作，开始重译 Gone with the Wind。在他的译本里，他补充翻译了傅东华译本里的所有删节部分，并以该书中文电影版本的名字命名他的译本，与傅东华的版本比较，陈良廷的译本在语言表达风格上相对较为正式，其特色表现为用词正规、语句较长、句子结构复杂。比如：

Between the hounds and the horses and the twins there was a kinship deeper than that of their constant companionship.

这些狗、马、和哥儿俩之间，仿佛存在着一种血统关系，比他们的交情还要来得深。在狗、马和哥儿俩之间有一层亲属似的密切关系，比他们那种持久的伙伴关系更深。另外，陈良廷翻译是以原文本为中心的，在读者面前展现的是一种异类的风格。譬如，陈良廷译文中所有人物的名字都根据英文实际发音采取音译法逐字翻译而傅东华却根据英文谐音给他的小说人物每人一个动听的中国化名字，像用"郝思嘉'命名"Scarlet O'Hara"，用"白瑞德"表示"Rhett Butler"。

我们一般认为，陈良廷译文中所展现出来的不同风格是因受不同意识形态的操纵而造成的。因为陈良廷主要是成长生活在新中国成立之后，他的思想意识成长、成熟过程融合了中国改革开放精神的成分。除此之外，他也受过良好的教育，作为现代学者，他在思想上要开放爽朗得多，没有太多傅东华守旧过时的封建残余思想，从而使得陈良廷在翻译该小说时几乎没有什么思想和意识形态方面的顾虑和限制。因为在当代中国，任何言论或文字出版等只要是合法的都是允许的，有发表的自由。在这种意识形态的武装下，他采用异化的策略对原小说进行了一次详尽而精确地翻译，他将一些过去被认为政治上或道德上敏感的字句或描写等一字不漏地都翻译出来，竭尽全力地展现作品的原貌。

（三）文体对风格的影响

文体不同，风格必然有差异，如诗、戏剧、散文的风格等等。黑格尔明确指出："我们无须把风格这个名词只限于感性材料这一方面，还可以把它推广，用它来指艺术表现的一些定性和规律，即对象所借以表现的那种艺术特性所产生的定性和规律。"这里所说的"那门艺术",即指文学艺术种类,所谓"定性和规律",就是指文艺种类的风格特征。黑格尔进一步指出:根据这个意义,人们在音乐中区分教堂音乐风格和歌剧音乐风格,在绘画中区分历史画风格和风俗画风格。依这样看,风格就是服从所用材料的各种条件的一种表现方式,"而且它还要适应一定艺术种类的要求和从主题概念生出的规律"。这就是说,风格必须取决于客观艺术种类的特征,而不可能完全随心所欲,否则就会取得相反的效果。"由于主观任意,不符合规律,只听任个人的癖好",就会"用一种坏的作风来代替了真正的风格"。威克纳格将文学种类风格与"智力"、"想象"、"情感"三种风格模式联系起来看,认为诗属于想象的风格、散文属于智力的风格、而抒情诗与演讲则属于感情的风格。"一般的诗人风格和特定的史诗诗人或戏剧诗人的风格,都严格地属于想象的风格。既然散文,如教诲文和记叙文,属于教导的形式。因而它宜于采取智力的风格,并首先要求表述得清晰"。

(四)语言对风格的影响

语言是变化的,与语言的变化密切相关的是风格的变化。因为语言往往能直接塑造风格的面貌。语言的面貌不同,直接赋予作品的面貌。语言的演变发展,都会在作品中留下痕迹。在同一个时期,既有各种各样的风格并存,也有一种或两种占主导地位的风格。英语的发展经历了从古英语到中古英语再到现代英语的历程,在新旧交替的时期,还有语言的过渡阶段。每一时代的英语,在词汇、语音和语法上都有不同特点,因此作品的形式特点也相对一致。不同类型的语言,风格更是大相径庭,如英语和汉语就各有不同风格。因为英汉两种语言在音形义、声韵调、词汇、句法、篇章、修辞及语法构造系统上的差异,语义体系、思维方式、情感意义及文化色彩的不对应,使得译文难以完全体现出原文风格。因此翻译应根据每个时期语言的不同特点,采用相应风格的语言,以便能较为忠实地传达原作风格。

(五)历史文化对风格的影响

历史文化情境包括社会变迁在内的意识形态、时代背景、政治经济、哲学思潮、学术思想、意识形态、权利话语、时代风尚、社会面貌、文学状况、宗教意识、科学研究、艺术发展、审美风貌、文化交流、文人政策及文人的社会地位等。这种种因素影响作者的文学观念,进而制约作者的创作,形成时代风格。时代风格是作品在总体特色上所具有的特定时代的特征,是时代的精神特点、审美要求和审美理想在作品中的表现。时代背景不同,使文学作品的风格打上时代烙印,形成各个历史阶段的时代风格与流派风格。比如,汉献帝刘协时代的文学作品所洋溢的悲愤慷慨激情展现的是"建安风骨";20世纪80年代的文学作品处处可见"文革"的伤痕。"文学家是自己时代的儿子"。任何创作个性和风格都毫无例外地要受到他所在的社会的政治、经济、哲学、文化等等的制约和影响。这些影响是复杂的,多方面的,既影响世界观和人生态度,也影响其文化心理和情感意味。D.H. 劳伦斯的"狄俄尼索斯"(Dionysus) 精神,鲁迅"横眉冷对千夫指,俯首甘为孺子牛"的情感与犀利冷峻的文风,无不与各自所处的社会历史背景密切相关。就像英国文学，莎士比亚文学创作的早期(1590-1600)，正值英国战胜西班牙"无敌舰队"，取得海上霸权之后，全国上下，群情振奋，民族情绪高涨，国民对本国历史兴趣大增。为配合当时的国情，莎士比亚创作了9部历史剧，通过两组4部曲，批判了一系列封建专制的昏君和暴政，谴责封建内讧，反映出大一统王权终将取代封建割据的总趋势，表明了人文主义者反对封建割据，拥护中央集权的政治观。中期(正值伊丽莎白女王统治末期和詹姆斯一世即位初期，女王的宠臣弄权，詹姆斯一世独断专行，致使各种社会矛盾激化，爱尔兰人和各地农民暴动，当局下令关闭了两家剧院，使莎翁亲身感受到了时代风暴的冲击，清晰地看到了生活的严峻面。故此，这时期创作的7部悲剧，从各个不同侧面反映了人文主义的理想与丑恶的现实之间的深刻矛盾。到了晚期作家的思想更加成熟、沉静，虽然这一时期创作的《辛伯林》《冬天的故事》《暴风雨》3部传奇剧和《亨利八世》1部历史剧仍带有人文主义的信念，充满乌托邦式的幻想，但作家已发觉人文主义的理想与现实的距离越来越远，在剧中把目光转向了未来，使晚期的作品常有几分喜剧和传奇色彩。因此这些时代特色都是译者应该关注的。

西方的艺术风格论，对时代风格有着深刻而全面的认识。泰纳就明确指出"时代"对文学的制约，使作品带有时代气息和时代性，波兰思想史家符，塔达基维奇指出："这些风格并不是从一代人向另一代人过渡着的，它们是与生活与文化一道在生活因素、经济因素与心理因素的影响下发生着变化、并成为时代的表现。这些风格的变化时常是急剧的，常常是从一个极端转变到另一个极端。"(《西方美学概念史》学苑出版社)这正是"文变染乎世情，兴废系乎时序"，这一点，可以说是中西相通的文艺规律。

（六）地域对风格的影响

大千世界，国与国之间地理位置千差万别，自然环境各不相同，民俗风情的区别也常会反映在文学作品中，使之形成独特的地域风格。中国人认为日归于西，启明于东，故东土为上，是主位。《辞海》对"东风"的释义是"春风"。儒家经典之一《礼记·月令》中有"孟春之月……东风解冻"的佳句。文人墨客笔下的"东风"不胜枚举："东风吹我过湖船，杨柳丝丝拂面"(张予祥：《西江月》)写的是春景；"东风渐绿西湖柳，雁已还，人未南归"(周密：《高阳台·送陈君横被召》)传的春思；"小楼昨夜又东风，故国不堪回首月明中"(李煜：《虞美人》)写的是春叹；"东风荡轻云楼，时送萧萧雨"(陈亮：《虞美人》)倾的是春愁；。中国人不管惜春、怨春，还是哀春、叹春，似乎总和东风有不解之缘。其实为地理因素所致。中国的地理位置导致春天盛行东风，故《辞海》将其释义为春风。然而，为不列颠人带来春天的却是西风。故此，Zephyrus被英国人奉为西风之神，有"微风"、"和风"之意。之所以如此，也是英国的地理位置使然。在翻译实践中，无论Zephyrus还是West Wind，都应考虑其地域特色。

地域性自然环境加上人文因素，可以形成特殊的人文地理，影响其中的文化环境和文人创作风格，形成民族的、国家的，方言或流派的风格。从而使在一国之内，不同的地理环境也产生不同的艺术风格。同是英语散文，英国作家与美国作家的风格就各不相同，而在美国本土，南方与北方或东部也有不同风格。

西方的理论家们也认识到了地域风格与民族风格这种"客观风格"。欧洲启蒙运动的领袖伏尔泰便已明确论述到这个问题了。在《论史诗》中，伏尔泰指出"谁要是考察一下所有其他各种艺术，他就可以发现每种艺术都具有某种标志着产生这种艺术的国家的特殊气质"。伏尔泰曾举例说明，从写作的风格来认出一个意大利人、一个法国人、一个英国人或一个西班牙人，就像从他面孔的轮廓，他的发音和他的行动举止认出他的国籍一样容易。意大利语的柔和和甜蜜在不知不觉中渗入到意大利作家的资质中去。辞藻的华丽，隐喻的运用、风格的庄严，通常标志着西班牙作家的特点。而对于英国人来说，他们更加讲究作品的力量、活力和雄浑，他们的讽喻和明喻甚于一切。法国人则具有明彻、严密和幽雅的风格。因此，"要看出各相邻民族欣赏趣味的差别，你必须考虑到他们不同的风格。……如果我们要透彻地理解艺术，首先必须了解艺术在不同国家的发展方式"（《西方文论选》上）。

二、风格再现的可译性

风格一词没有特定的、公认的某个定义。它似乎无所不容，从大的方面来看，民族的风格、有时代的风格、阶级的风格等；而从小的方面看，作家笔下的一个音节、一个词或一个句式结构，都标志着风格的特征。语言是风格翻译的基础，既然语言的可译性是不容置疑的，那么风格也是可译的。当然，由于语言文化的差异，以及译者的文学素养与原作者存在差异，百分之百地再现原作的风格是不可能的，因此说风格的可译性只能是一个相对的概念，译者的责任在于尽量减少翻译过程中对原作风格的扭曲和破坏，尽可能地贴近原作的风格。

（一）可译性与不可译性的理论依据

西方当代翻译理论家大都从语言学来审视翻译，认为翻译是可行的，语言具有"可译性"，如费道罗夫、雅各布逊和奈达。他们认为，可译性的存在基础是语言的共性和进行有效表达的潜能。费道罗夫认为，任何一种高度发达的语言都是一种强有力的手段，足以传达用另一种语言的手段表达的与形式相统一的内容。雅各布逊认为，所有认知经验和经验类型在任何现存的语言中都是可以进行传递的。奈达在与塔伯合著的《翻译理论与实践》一书中也持有相同的观点，认为用一种语言所表述的内容也可以用另一种语言来进行表述。因此，语言共性论是可译性存在的基础，为了证明这一点，奈达还进一步地从核心句子的层面，分析了语言之间存在的语义和句法结构的相似性。并且奈达通过大量调查研究获得的材料充分证实了他的信念，即一种语言能说的话在另一种语言中也能相对精确地表达出来。既然语言是一个民族用来表达思想和感情的、由词汇组成的特定体系，各种语言之间必定具有某种相通性，也就构成了民族间交流的可能性，因此从这种角度来看，语言之间的转换还是可能的，且是一定的。

德国语言哲学家威廉·洪堡特从语言学的角度对可译性和不可译性做了较为全面的论述。在洪堡特看来，一种语言的作用以及构成这种语言的词汇是生活现实在语言中的反映，其反映方式是讲其语言的民族所特有的。词语不再像传统符号理论所认为的那样，只是思想观念的缩影，而被认为能直接构成思想观念和文化。语言之间的区别并不是"声音与符号上的区别，而是世界观上的区别"。语言可以说是各个民族的心灵的外壳，各种民族的语言是各民族的心灵，他们的心灵也就是他们的语言。这表明了洪堡特的语言决定思想和文化的观点。这就是他论述不可译性的前提。他的语言理论的哲学基础是建立在思想意识在客观现实之上，否认超出单个语言范畴的概念体系和支配超语言现实的普遍法则的客观存在。他提出，每一种语言都有一种与之相关的世界观，而由于各个民族的世界观千差万别，语言和语言之间便存在本质性的区别。而这种区别支配着翻译中的可译性与不可译性问题。在他看来，"翻译只不过是试图完成一项无法完成的任务。任何译者都注定会被两块绊脚石中的任何一块所绊倒：要么贴原作太近而牺牲本民族的语言风格，要么就是靠本族语太近而牺牲原作特色，介于两者之间的中间路线不是难于找到而是根本不可能找到"。两种语言之间的巨大差异造成不可译性的存在。换言之，根据洪堡特的观点，支配人类语言的法则是，各语言之间没有共性，原作和译作之间不可能存在融洽的关系。因此，译者要么必须倾向原作，要么必须倾向译作。不论偏向哪一方，不论怎么处理翻译中的问题，所译出来的东西本质上都会与原作有区别。

沃尔特·本雅明在《译者的任务》中对"可译性"和"不可译性"做了有益的探讨。他通过对传统翻译观的解构，力求为"翻译"寻找"新生"，即为翻译寻求理论上的可能性。他认为"翻译是一种样式。把它理解为样式，人们就得返诸原作，因为这包含了支配翻译的法则"可译性"。"如果其本质在于求得原著的类似，任何翻译均是不可能的。"当然，如果从理论上主张绝对地不可译，那么谈论翻译或翻译理论就毫无意义。因此，此处的"不可能"主要是指追求与原著相似、复制原著。在他看来，翻译的"可译性"或"可能性"应取决于两个方面：一方面是要有称职的译者；另一方面是原著的本质不仅可译，而且需要翻译。后者似乎是具有决定作用的。这种可译需要翻译，为原著的"来生"提供了可能性："译文标志着作品生命的延续。"本雅明指出，语言作品的可译性即使在人们确实无法翻译的时候也应该给予考虑。严格来讲，任何作品在某种程度上都是无法翻译的。"我们应该在这个意义上问，一部文学作品是不是在召唤翻译。因为这种想法是正确的：如果翻译是一种样式，可译性必须是特定作品的本质特征。"本雅明进一步指出，可译性是特定作品的一个基本特征，原作的某些内在特殊意蕴通过译作而显露出来。无论多么完美的译作都无法取代原作，不过原作可以通过可译性而同译作紧密地联系起来。一部译作与这种模式的本质是否保持一致取决于原作的可译性。

德国文学家和翻译理论家认为各语言形态之间存在着一种相互交织的关系，不同的语言在其意思和音韵的传译方面有着彼此相通的共性，这就构成了文学作品的可译性。用现代术语来讲，歌德强调语言之间的共性或普遍性，主张人类语言之间，即使各自的形态不同，也不会影响相互交流，因此语言所表达意思是普遍存在的。

毋庸置疑，语言共性是可译性存在的一个重要前提，但这不是唯一的前提或条件。西奥多·赛弗里认为：由于思维相同，翻译才有可能，而产生这种相同思维的原因，则是各民族都属于同一种类。我国翻译理论家刘宓庆从思维形式统一性的角度探讨了可译性存在的理论基础。他认为，物质基础的统一性生成思维的统一性，不同语言的人可以有着相同或相似的思维活动形式，即分析、综合与概括，还可以拥有相似的思维逻辑形式，即概念、判断与推理，这些都构成了语际转换的可能性。然后，刘宓庆进一步举例说明，讲汉语的人运用英语的语法概念，从演绎推理将某个句子判断为"简单句"，这个结论与讲英语的人运用英语语法概念以演绎推理形式对同一例句做出的判断是不会互相抵触的，因为他们的思维逻辑形式相同。因此，不可否认，思维共性也是可译性存在的另一个重要前提。

（二）可译性的转换

通过观察整个人类历史的发展，翻译总的来说是可能的，毕竟人类之间进行了广泛而深厚的交流。更何况现在整个世界经济如此繁荣，文明如此发达。就某一具体文本而言，的确存在一些不可译因素，但是这些因素毕竟是独立的个体，我们不能因此否认整体可译性的存在，同时，如果译者将来能够理解和转化这些不可译因素，不可译性将不会再是一个静止和确定的概念。因此，我们必须要用辩证的眼光来审视翻译中的可译性和不可译性，并且用最佳的方式来转换文本中的不可能性因素，使之在"形貌"与"神韵"更大程度上与原文本相近，使文本读者最大限度地感知由此而产生的审美效果。

英国翻译理论家卡特福德将不可译性根据其产生的原因分为语言不可译性和文化不可译性。就翻译现实而言，译者面对的是活生生的语言，因此文本中的不可译性往往表现为一些特别的修辞手段如双关、回文、歇后语等，还有如汉语中的楹联，都是让译者难以下手的"不可译"对象。事实上，文本的艺术性或审美性恰好就是这些特殊的表现手段，没有了"形貌"，"神韵"难以或无以呈现。语言的不可译性可以分为词汇的不可译、句法层面的不可译以及风格层面的不可译等。至于文化上的不可译性，就属于比较宏观的，如从理论层面探讨，可以借助文化学、社会学等交叉学科中的一些原理来分析；就具体的翻译实践而言，可以就词汇层面和一些特有的文化现象进行分析。通常情况下，处理特别修辞手段，有两种方式：一是对原文形式的复制（当然不是机械的复制）；二是对"不可译"的部分实行转化或"变形"，实现再创造，进而求得审美效果。比如：Able was I ere I saw Elba.

据说当年拿破仑被流放到地中海的一座孤岛，就是句中的 Elba(厄尔巴岛)。此句由此产生，这句话的精妙之处就在于独特的"形貌"，因从左至右和从右到左，英文字母的排列顺序完全一致，这种修辞格在中文里被称为同文句，类似于英语中的

palindrome。对此，我国翻译者各显神通，纷纷给出自己的译文。其中钱歌川的译文为："我在看到厄尔巴岛之前我曾是有力的"，译文完全失去了原句的韵味和特别的拼写与置放形式，就是我们常说的"形失神散"。因此，钱先生认为该句属于"不可译句"。就连特别注重"形美"再现或再造的许渊冲先生，都认为"这种形美，很不容易甚至是不可能翻译的。至于意美，那却可以模仿汉语'不见棺材不掉泪'，把这句译成：'不到俄岛我不倒'。'岛'和'倒'同韵，'到'和'倒'、'我'和'俄'音似、形似，加上'不'字重复，可以说是用音美来译形美了"。译者利用音、形的部分相似来传递原文的意蕴，而形美却并未因此完全再现，原文神韵自然也就无法充分体现。马红军对原文的形式做了缜密地思考并研究了已有的译文之后，尝试提供了两个译文：

1. 落败孤岛孤败落。
2. 若非孤岛孤非弱。

第一个译文没有将 Elba 直接译为"厄尔巴"而是转译为"孤岛"，较符合这样的语境，也体现了当时拿破仑"落寞"的处境。不仅如此，句中第一个"孤"与后面的"孤"相照应，后者按照中国传统指皇帝自称为"孤"。句首的"落败"恰好指拿破仑兵败滑铁卢后被囚禁于该岛之意，句末的"败落"表明拿破仑不再强大，而是极为落魄。译文前后读起来顺序完全相同，字也完全一样，是一个地道的回文。这译文应该说非常完整地体现了原文特殊的排列方式，恰当地传达了原文的神韵。第二个译文，字面上构成回文，但是由于"若"与"弱"同音不同形，在形式上无法构成真正的回文句，审美效果略逊于第一个译文。因此，原文看似不可译，但是随着译者的审美认知能力的提高，不可能的情况就在译者的模仿和创造的情况下变为可能，不可译的形式通过转换变成可译。由此可见，"不可译性"和"可译性"的确不是绝对的、静止的，而是一个动态的、辩证的组合体。

总而言之，任何文本都是可译的，但这种"可译性"会受到内因（译者的审美认知能力、文本的解读能力）和外因（社会文化、意识形态等外部要素）的制约。如果条件发生变化，绝对性就转变为相对性，"不可译性"也就转化为"可译性"。

三、散文翻译的风格再现

散文创作的生命在于风格的鲜明，散文翻译的关键在于风格的再现。在一定程度上来看，再现原文的风格，就是保存了原文的生命，反之则如同切断其生命的源头。

（一）句法

句子是语言运用的基本单位，是表达完整语义的，并有一定词或词组、一定的语法结构和一定的语调语气构成的，能独立运用并且句法成分完整的语义单位。因此，要充分完整地表达思想，就得依靠句子。句法研究是处于修辞和篇章之间的过渡，只有把这三者结合起来，才能真正具备翻译的较高素质。刘勰在《文心雕龙·章句》中说："人之立言，因字而生句，积句而成章，积章则成篇。"这一观点和我们今天对语言的运用与表达的观点是一致的。《章句》又说："篇之彪炳，章无疵也；章之明靡，句无玷也；句之清英，字不妄也。振本而未从，知一而万毕矣。"《炼字》中说："自晋来用字，率从简易，时并习易，人谁取难。"《熔裁》中说："句有可削，足见其疏；字不得减，乃知其密。"

从翻译的角度论句法，目的在于强调译文忠实传达原文的句法结构，同时也正确认识译句的合格度。关于前者，我们可以举出英语中的圆周句为例。在英语中，一些最突出、最重要的内容和信息通常都位于句尾，尤其是一些复杂的限定结构。关于后者，关键在于把握句子的合格度。句子的合格度涉及句型、句类和句模。历来对译句的衡量只注意句法平面的"句型"，而没有进入语用平面的"句类"，更未进入语义平面的"句模"。句型是根据句法平面的句法结构的格局而言的，如把句子分为主谓句和非主谓句等；句模是句子的语义结构模式，是根据语义平面的语义结构的模式而言的，如把句子分为动核＋主事句或动核＋主事＋客事句等；句类是根据句子的语用平面的语用价值或表达用途而言的，如把句子分为陈述句、疑问句、祈使句、感叹句等。这三个平面既相对独立，又相互交叉直至不一致。如相同的句型可以属于不同的句模，或相同的句型可以属于不同的句类等。可由此可见，分清句型、句模和句类，不仅有助于正确运用语句，而且有利于科学评价译句。

散文创作中的语言选择取向是决定散文风格的关键，是散文风格形成的基础。英语句法是典型的组合结构，其语法结构严密，逻辑性很强。但是翻译过程中如果过分拘泥于原句句型，则会减弱译文的可读性和接受度。汉语是典型的意合结构。形合将词句间的组合关系（如因果、条件、让步、假设等）通过相关联词呈现给读者，而意合则需读者自己依据词句间的内部逻辑推敲揣摩出其中的组合关系。"I came，I saw，I conquered"句中的组合关系并不明了，如果将其改写为："Since it was I who arrived，and l who saw how the land lay，the victory followed as a matter of course"，其间的句法组合关系便十分清楚。因此翻译时必须充分考虑到中英文语言的差异，重组句型，进而采取符合英文表达习惯的句式结构。

（二）词语

在英美散文翻译过程中，为了忠实地译出原文词语蕴含的正确含义，译者就需要结合具体的语境进行选词。译者有必要辨别单一词语承载的概念意义之外的其他意义。因此，为了再现原文的风格，译者必须选择恰当的词语。

语词错位是散文翻译中最常见的错误之一，它们的出现极易对散文的审美接受形成障碍，造成读者思维非艺术性地跳跃，从而使读者阅读时思路中断，对于前后内容在接受时形成不同程度的落差。绝大多数词语都是多义的，在某个特定的语境中，该词的意义是比较明确的，翻译中如果不分析具体的上下文，不进行认真选择，用错了相关义项，就会造成语义错位；有时虽然语义没有选错，但是两个词搭配在一起不符合译文语言习惯，这时就要考虑变更，否则就会造成搭配错位；我国著名作家老舍先生曾经说过:"普通的话,在适当的时间、地点、情景中说出来,就能变成有文艺性的话了。"而与此相反,某个词、某个句子如果被用到了不该用的语境中,就会造成语用错位。文学作品中的语言都包含有一定的感情信息,喜怒哀乐、褒贬善恶等等,翻译中如果不注意词语或句子的感情色彩,就会造成译文语言情感信息的错位,而这些形形色色的错位埋伏在译文中,就像是一道道无形的坎儿,时刻都有可能成为译文的读者审美接受中的阻力。

(三)意境

从我国古典美学传统看,意境是我们民族基本的审美趣味与审美理想。古典写作往往通过借景言情,寓情于景,从而使作品诗情画意高度融合,从而在艺术上表现为含蓄蕴藉,诗味浓郁,使人读之,悠然神远。尽管西方没有意境的概念,但康德的审美意象、黑格尔的"美就是理念的感性显现"等理论却与之有很多相通的地方,因为它们都重视托物言志,借景抒情以及象征手法的运用。作者所欲表达的思想感情不直接道出,而是借用其他事物来间接暗示,这样做,就势必能够突破那种平铺直叙所带来的表达意图的过分确定、局限和直露,从而使其表达的意向与内涵趋于广阔、丰富和含蓄,读者的想象活动也会变得活跃,获得更多的审美趣味。

散文既是修辞的艺术,又是诗意美的艺术。散文的诗意美,突出表现在意境的营造方面,使其散文意象空灵幽雅、意境清新婉丽,具有形象玲珑、含蓄蕴藉的独特风格。无论是何种题材的散文,都重意境,都有诗意。抒情散文,直抒胸臆,自然感人;议论散文,其哲理意味蕴含于优美而富有韵味的文字中,以诗的意韵浸润而成,它的诗意铸造于文字中,细加品味咀嚼,又深含智性,是诗意与哲理的契合。散文或借景言情,或寓情于景,其中所写景物,不只对作者所抒之情起着规范作用,也显示着作者思想感情的趋向,使作者内在的,乃至抽象的情感外化、客观化和对象化,从而加强作品的形象性、具体性、生动性,而且"情融乎内而深且长","寓情于景而情愈深",更加强了作品的美感,而耐人寻味。总之,情景交融的散文,使人感同身受。散文意境的特征首先在于写景抒情。作者在写作过程中,将感情融入景观当中,因而读者所看到的虽然全都是景,但所感受到的却处处都是情。中国传统的美学观念中有一个显著特色,即认为世界万物具有类似人的精神、意识、性情的表现。因此,作者往往追求一种"山情即我情,山性即我性"的理想艺术境界,物我同一,浑然无迹。其次,情景交融的散文艺术境界,应当是一个有机的生命的整体。用有机的生命整体来解释艺术的,西方大有其人。亚里士多德和黑格尔,都把艺术之所以美的一个重要原因,看成是有机的生命整体。中国的意境,更多地从作者的主观感受出发。作者在兴发感应的基础上,移情入景,化景为情,然后创造出一个独立自主的、生机盎然的世界。最后,散文意境的美,注重味外之旨。这种"韵外之致,味外之旨",虽然不可言说,但却可以意会。实际上,这种意会本是已经通过言说达到的。因此,归根到底,它又是可以言说的。只不过它不是通过言语直接讲出来,而是通过形象的描绘,来启示,来渲染。

王国维提出过意境"深浅"说,宗白华有意境"境界"论,他们的意境内涵结构包括:情景交融、言外和"进乎道"三个层次。情景交融是意境内涵结构的基础层次,对外言外为第二层次,最高层次为"进乎道"。在这一最高层次,文学艺术意境之道与哲学之道相通为一,从而文学与哲学也相通为一。这三个层次既表现为不同作品意境创造上存在的横的关系,又表现为一个逐级升华的纵的完整的审美过程。而依据意境理论的层次,译者在翻译时,必须给这表层意境赋予深一层的思想内容,让读者通过译文文字之表,进一步感受到深层的内容。翻译的过程是一个理解原文和表达译文的过程,意境的层次理论提示译者需要注意这样几个方面:第一,要深刻把握原文的意蕴,进入原文的深层意境。要求译者完全沉浸到原作艺术意境中去,化入对象之中,与原作者达到心灵上的契合与审美上的共鸣。第二,准确理解原文的词语,感受原文的表层意境。第三,将原作的艺术意境化为我有。从"化入对象之中"到"化为我有"的转换中,译者凭借自己的知识储备,把原作的审美意境融化在自己的大脑中,并重新转换为与原作大致一致的意境,将自己心中的审美意境与原作的艺术意境统一起来,建立起可感、可触的形象生动、感情浓烈、意境优美的艺术画面。第四,运用原文同样的笔调,传达原文的意境。

（四）修辞

修辞在西方始于古希腊罗马时期。希腊哲人亚里士多德的经典著作《修辞学》标志着西方古典修辞学已走向成熟,因为在理论上它已形成一套较为完备的体系。亚里士多德在书中开宗明义地指出:"修辞学与辩证法匹配……所有的人几乎都要用到它们,因为每个人都要试图讨论问题,确立主张,保护自己,驳倒他人。"其实,这里亚氏已将修辞学的目的说得非常明确,即"讨论问题,确立主张,保护自己,驳倒他人"。由此看来,西方古典修辞学与演说术有着紧密的关系。事实正是如此,西方修辞学首先是一种劝说性的演说艺术。在当时的西方劝说或演说术的成功运用不仅在民事纷争中能起到息事宁人的作用,而且对君主的授权、制定和决策往往也能起到重要作用。其实我国古代的修辞学与演说术也有密切的关系。我国春秋战国时期,论辩和游说君主之风甚威,知识阶层的一批"士",欲想谋得一官半职,没有悬河之口,利剑之舌是难以成功的。只不过当时没有给这种辩说术发明个专用之名罢了,其实同古希腊的修辞术并无本质区别。

中西修辞学的渊源如此相似,目的完全一致,可以肯定的是这与修辞的功能与作用密切相关。中外学者为修辞所下的定义不下几十种,众说纷纭,各有所异,但有一点是相同的,即大家都承认修辞的目的在于美化言辞、锤炼篇章、突出人物个性、增强作品表现力。语言大师王力在其力作《汉语语法纲要》中指出:"若拿医学来做比喻,语法好比解剖学,逻辑好比卫生学,修辞好比美容术。修辞属于艺术的部分。"意大利哲学家克罗齐在《美学的历史》中指出:"造句法只注重语言的正确无误,修辞学和诗学却研究表明美和贴切;造句法几有语法规则,修辞学和诗学还应研究语言之外的东西"，同古典修辞学相比，现代修辞学已远远超出辩论术的范畴，其目的也不仅仅是为了劝说或演说成功。谭永祥先生在其《现代汉语修辞美学》中将现代修辞的多种功能概括为：助考证、注释、校勘一臂之力；给语法、逻辑、词汇排忧解难；使阅读、欣赏、表达更上一层楼。

修辞的特性有三点：一是综合性，即修辞现象不只表现在语言的某一个方面，而是表现在语音、文字、词汇、语法各个方面。二是具体性，即与思想内容有着具体的、直接的关系。三是文学性，即文学是语言的艺术，就算是非文学作品，也要讲究语言的艺术。这种语言的艺术集中表现在修辞的文学性上。《现代修辞学——人与人的世界对话·导言》里曾这样阐述"修辞"：作为一种语言艺术，修辞不仅仅是一种语言文学的剪裁配置，排列组合的符号运动，而是语言交际主体的"修"和客体的"辞"双重叠合的结晶……"修"与"辞"的组合而成的修辞，实际就是主客融合的流动过程，是人们心灵的观照（修）而物化（辞）的结果。细心品味此番话，不难发现修辞过程与文学创作过程相同的机理：两者的目的都是在追求美，创造美。前者追求的美与后者创造的美相得益彰，成为后者不可或缺的部分，有时甚至形成某种文体的独特风格。因此，翻译中修辞信息的传递，直接影响到原文风格的再现。在散文翻译时，译者要紧紧抓住原文的具体意境，通过形象生动的语言传递出原文的内涵，再现原文的风格。比如：

A. 原文：Icy distancing with Yuri Andropov would probably play better with the Reagan constituency.(Philip Geylin)

译文：同尤里·安德罗波夫拉开一段冰冷的距离会有利于里根在选区的竞选。

B. 原文：Grey peace pervaded the wilderness-ringed agentia Bay in Newfoundland,where the American ships anchored to await the arrival of Winston Churchill.Haze and mist blended all into grey:grey water,grey sky,grey air,grey hills with a tint of green.(Herman souk,The Winds of War)

译文：灰色的宁静笼罩着四周一片荒凉的纽芬兰阿根夏湾。美国舰只停泊在这里等候温斯顿·丘吉尔到来。雾霭将一切都给调和成了灰色：灰色的海水，灰色的天空，灰色的大气和略带几分绿意的灰色山冈。

分析：A 中的 icy distancing 直译为"拉开一段冰冷的距离"不仅可以表明美苏两国当时相互对峙的冷战状态，而且可以反映两国相互的对外政策；B 中的 grey peace 直译成"灰色的宁静"与下文的海水、天空、大气、山冈色调完全一致，相互映衬，浑然一体，恰到好处地渲染了周围的环境气氛。与原文相比，译文的表现力与感染力毫无逊色，修辞格信息的保真度极高。

由此可见，"移就"无论在英语中还是在汉语中都是一种很具表现力的修辞手法。翻译中对这种修辞的处理首先应考虑直译法，尽可能选用与原文修辞结构相同、形式一致的对应词语，以保持原文的修辞手法和深层内涵的保真。如若直译显得牵强，甚至有损原文内涵，则应考虑改变原修辞格，更换比喻形象，力求准确传递原文修辞信息的前提下，尽可能照顾到译入语的表达习惯，保留原文修辞格的艺术感染力。因为，修辞格的功能能否在译文中再现直接影响到译作对原作信息的保真度。英汉互译修辞格虽然无法实现语际间的直接转换，但其语法功能的再现却是可行的，因此应被看作翻译的要点。

第三节 英美小说翻译

一、小说名称的翻译技巧

一部或一篇作品的标题，往往是作者"经过深思熟虑、反复推敲后选定的关键词，具有重要的表意功能"，"不仅是作品的'品牌标识'，更是主题旨趣的指示牌。"有时候，作者的标题可以被视为读者进入作品的"钥匙"，甚至是解读作品的"密码"。名称是指代人或物品的符号。不过，小说名称与一般人名、物品名称不同，它是文学艺术符号，其不仅蕴含着审美信息，而且凝聚主题内涵。有些小说可以通过书名悟出小说的大致情节内容，有些小说名称为读者留下广阔的想象空间。一般情况下前者的表现手法为显性，后者为隐性。而何谓"隐性"刘勰在《文心雕龙》中指出："隐者也，文外之重皆者也夫隐之为体，义生文外，秘响旁通，伏采潜发，譬爻象之变互体，川渎之韫珠玉也。"由此可见，隐是指言辞的直接意义之外，尚含有其他意义，隐之主旨在于文采潜伏在暗处发光，恰如川流中蕴藏着无价之珠玉。隐性小说名称的妙处就在于为读者留下审美空间，诱发读者去联想，联想不是凭空的，是基于对小说的品读，在品读中联想。于是，读者的审美想象被激活，小说名称的审美效应得以实现。

小说名称的翻译对于提炼和照应小说主题至关重要。小说名称翻译的总体原则是：显性小说名称通常采用直译法，尽量保留原作的显性特征。比如：

Tess of the D'Urbervilles——《德伯家的苔丝》

A Passage to India——《印度之旅》

Jane Eyre——《简·爱》

impel,the Fool——《傻瓜吉姆佩尔》

Lady Chatterley's Lover——《查太莱夫人的情人》

Women in Love——《恋爱中的女人》

Sons and Lovers——《儿子与情人》

A Tale of Two Cities——《双城记》

Treasure Island——《宝岛》或《金银岛》

隐性小说名称的目的在于留下文学空白，形成审美距离，对读者产生审美召唤。因此，不管采用直译、意译、还是变通手法，都应该尽可能地保留其隐性特征，从而实现其审美效应。比如：

The Scarlet Letter——《红字》

Catch-22——《第二十二条军规》

Vanity Fair——《名利场》

The Rainbow——《虹》

Gone with the Wind——《飘》

The Grapes of Wrath——《愤怒的葡萄》

有许多小说常被改编成电影，但其电影名称与原作名称有时并不一致，如 Gone with the Wind 最初是由上海电影制片厂译为《随风而去》，后来改译为《乱世佳人》，作为小说名称，傅东华将其译为《飘》。电影与小说虽然故事情节相同，但审美题材有别，前者的审美题材是影片，有其特定的审美场合——电影院，而后者的载体是文字文本。除了审美效应之外，前者还必须考虑与票房价值相关的观众接受度，而后者则更关注隐性手法所产生的审美效应。此外，不同译者的不同审美角度和不同审美认知水平也会导致同一部小说存在不同的译名。

二、小说修辞的翻译

小说是语言的艺术，小说家要提高语言技巧，创造神韵皆备的语言艺术，自然离不开修辞。对小说家而言，具备敏锐的语感、扎实的修辞功底可谓创作的必备要素。在小说的翻译中，修辞手段的翻译意义重大。从理论上讲，小说修辞翻译不仅仅应当译出原作文本的意义，还要传达出原作的韵味，使译文与原作形神毕肖。修辞是一种言语的艺术、审美的艺术，小说修辞的翻译是小说译文对最佳修辞效果的追求。译者常常需要对源语文本进行刻苦钻研，以求"情欲信，辞欲巧"（孔子语，意为既求真求善，又求美）。

（一）明喻与 Simile

英语中的 Simile 一词相当于汉语中的明喻。Simile 源于拉丁语的 Similar，意思是 "like"。英国著名词典学家塞缪尔·约翰逊 (Samuel Johnson,1709-1784) 指出："A simile,to be prefect,must both illustrate and ennoble the subject,must show it to the understanding in a clearer view and display it to the fancy with greater dignity." 约翰逊的定义现在看来不够严谨。相比之下，A New Book of Knowledge 为 simile 下的定义还是比较严谨的：A simile is a Figure of speech in which two quite different things are compared because they appear to be similar in at least one characteristic...Similes are as a rule introduced by "like" or "as"。这一定义与《汉语修辞艺术大辞典》对明喻的定义相同，强调本体与喻体本质的不同，但其也存在相似之处。以上英文定义提到本体与喻体两者间的相似之处通常由 like 或 as 相连。其实，除了 like 和 as 之外，英语中词语可用做比喻词的有很多，比如：can be likened to,be comparable to,akin to,similar to,be analogous to,may be compared to 等。

明喻可根据其不同的侧重点分为描述性和说明性两种。描述性明喻侧重于通过鲜明的形象、洗练的词语生动地描述人物、事件。比如：

Autumn sunsets have come to me at the bend of a road in the lonely waste,like a bride raising her veil to accept her lover.(R.Tagore,The Crescent Moon)

黄昏，荒野异常寂静，大陆的转变处，秋阳朝我走来，宛若一位新娘正在揭去头盖迎接她的新郎。

而说明性比喻是通过简单而具体的形象、事实或规律来说明抽象的概念、复杂的哲理或过程。比如：

The pen is to a writer what the gun is to a fighter.

作家的笔犹如战士的枪。

说明性明喻本体和喻体通常是两种关系而不是两物或两词。如例句中的本体是"The pen is to a writer"，喻体是"the gun is to a fighter"，通过战士之于枪的关系将作家之于笔的关系和重要性说得非常明了。

（二）隐喻（metaphor）的翻译

《文学术语词典》(A Dictionary of Literary Terms) 将 metaphor 定义为：A figure of speech in which one thing is described in terms of another.The basic figure in poetry.A comparison is usually implicit;whereas in simile it is explicit。由此可见，隐喻不用任何比喻词，有些英语修辞学家称之为"浓缩的明喻"(a condensed simile)，两种事物间的共同点也不直接点明，比喻关系不像明喻那么明显，比较隐含，故此称隐喻，也称暗喻。

例如：

Passion was to go to sleep in the presence of Mrs.General and blood was to change to milk and water.(Charles Dickens，Little dorrii)

译文：在杰纳勒夫人跟前，一个人的激情会变得麻木不仁，热血也会变成掺了水的牛奶。

这句属于判断型隐喻，在表层结构上没有点明其中的比喻关系而将其暗含句中，从而更突出本体和喻体之间的神似。因此，在翻译时一方面须从上下文理解中得出其真正寓意所在，另一方面保留形象并不重要，关键在于把握比喻的精神实质。因为根据符号学和语义学原理，在比喻喻体和喻义两者之间，喻义处于首位，其次才是喻体。在任何情况下，喻义都应当首先保证传译，如有可能，译者应设法保留原喻体形象。

（三）象征（symbol）的翻译

小说中，象征是与隐喻同样重要的一种微观修辞。尤其是现代小说，当作者直接的修辞性介入被取消后，象征就被用来替代传统小说中作者直接介入的说服性修辞。正如韦恩·布斯 (Wayne C.Booth) 在《小说修辞学》(The Rhetoric of Fiction) 中提出的，现代小说中用来代替议论的象征，其实和最直接的议论一样，是充分介入的。例如，哈代小说《苔丝》中"火"这一意象，出现的章节顺序如下：

Tess,her cheeks on fire,moved away furtively,as if hardly moving at all.(Chapter XIX)

译文：苔丝像被火烤一样满脸通红，好像根本无法移动一步，就悄悄躲在一边。

The pair were,in truth,but the ashes of their former fires...it seemed as if nothing could kindle either of them to fervour of sensation any more.(Chapter XXXVI)

译文：说实在的，他们两个人先前像一团烈火，现在只剩下一堆灰烬了……他们两个人的热烈感情，似乎再也没有什么东西能够把它们重新点燃了。

His fire,the tumultuous ring of his eloquence,seemed to go out of him.(Chapter XLV)

译文：他的火一样的热情和滔滔不绝的辩词似乎从他身上消失了。

通过联系上下文语境，不难发现，"火"的意象指向情感。同是"fire"，译者却巧妙地运用不同的字眼来处理："火烤"、"烈火"、"火一样的热情"。这些隐喻意象的反复出现、次第变化，形成一种特定的象征，象征着主人公内心情感的变化过程，此译文准确、贴切、传神。

（四）典故的翻译

典故是文学殿堂里一颗璀璨的明珠，古往今来，多少文人墨客的宝典中都闪烁着它的熠熠光辉。典故是一段历史的浓缩，承载着过往的历史，同时也凝结着本民族人民的聪明智慧。典故折射着民族曾经的光辉历史，是民族文化的一座宝藏。秦汉唐宋，希腊罗马；孔孟李杜，荷马莎翁，其文史典册中的典籍俯拾皆是。莎士比亚作品中典故达数百条，《圣经》中仅收入辞典的典故就达700余条，而我国《全唐诗》中用典多达6000余条。不仅经典名著中有，即便是在一般作家的诗文中用典之处也比比皆是。

1. 典故的概述

《汉英双语·现代汉语词典》中对典故的定义是"诗文里引用的古书中的故事或词句"。典故，不论是英语还是汉语多为形象生动的故事浓缩而成，或为一词，或为一短语。因寥寥数字内涵精深，外延悠远。因此，典故往往都具有浓郁的民族色彩，而且内容丰富。典故是人们在认识世界的过程中形成的一种语言形式，与特定的历史文化语境密切相关，体现了不同文化背景下人们的思想观念、价值取向、思维方式和道德意识。

典故出现在诗文中会使文句显得含蓄、隽永、凝练、深邃，令人联想，耐人寻味。如"Of course Monsignor Montanelli will give himself airs;he was quiet enough under His Holiness the late Pope，but he's cock of the walk now.(E.Voynich.The Gadfly) 一个鸡舍里若有两只公鸡，定会拼得你死我活，直到一只公鸡最终取得至高无上的霸主地位方才罢休。此典喻指在小天地里称王的土霸王，作者借用此意刻画了蒙泰尼里主教在前任主教去世之后，自鸣得意、不可一世的形象，一副自命不凡、神气十足的神态跃然纸上。真可谓画龙点睛一语中的，一典既出满篇生辉，典故之奇妙功能表现得淋漓尽致。无论是西方典故还是汉语典故，贵在含而不露，妙在意在言外，功在寓意深邃，余音绕梁。典故的使用主要是为了美化言辞，锤炼篇章。

典故具有民族性。英汉民族在历史、地理、宗教、风俗习惯等方面的差别，使得各自的语言文化带有显著的民族色彩。而作为民族文化的缩影，典故所体现的民族文化特色更是十分明显。比如，英语中的 paint the lily 和汉语中的"画蛇添足"就体现了各自的民族色彩。西方人认为 lily(百合花)象征着"清白"与"贞洁"，高贵而美丽。因此，为百合花饰粉抹彩自然也就是多此一举，徒劳无益。而"画蛇添足"的典故中，"蛇本无足，添足非成其为蛇"，先画出蛇的人却因添足而未能赢得酒。出自莎士比亚《约翰王》(King John)的 paint the lily 与出自《战国策·齐策二》的"画蛇添足"典故在表达"多此一举"这层意义上有异曲同工之妙。显然，paint the lily 具有鲜明的民族特色。并且在汉语中，有出自《淮南子·说林训》的一句话："骨肉相爱，谗贼间之，而父子相危。夫所以养而害其所养，譬犹削足适履，杀头而便冠。"其主要意思是"脚大鞋小，把脚犹削去一部分以适合鞋的大小"，比喻勉强求合或不合理迁就现成的条件。由此演变而来的一个成语就是"削足适履"，它与英语中的 stretch on the Procrustean bed 所表达的意思就十分相近。词组 stretch on the Procrustean bed 来源于希腊神话。相传普罗克鲁斯是雅典的一个大盗，经常把俘虏绑在一张铁床上，如果身体比床长，便斩其脚，如没有床长，便硬将其身子拉长。"削足适履"和 stretch on the Procrustean bed 的寓意虽然都一样，都表达了"强求一致，不合理地要求按照同一标准办事，不合理地迁就现成条件"的意思，表意生动形象，但是都具有各自的民族特色，而且给人的联想意义也不一样。此外，还有一个典型的例子。汉语中有"情人眼里出西施"这一典故，句中的"西施"是美女的代表，具有鲜明的汉民族文化色彩。在英语中，有两种说法与之对应，一是出自卢·华莱士(Lew Wallace)的《印度王子》(The Prince of India)里的 Beauty is in the eye of the beholder，二是出自莎士比亚《威尼斯商人》里的 Love is blind。在这两个英语成语中，前者清晰地表达了"出西施"的意思，但却未能传达出"情人"的意思。它表达的主要意思是："美"是因人而异，强调主观性，所以与"情人眼里出西施"并不十分对应。而第二种则恰恰相反，体现了"情人"的意思，却未能传达出"出西施"的意思。相较于 Beauty is in the eye of the beholder，成语 Love is blind 更具有民族色彩，它含有爱神丘比特(Cupid)是瞎眼的，他射出的"爱之箭"是盲目的，恋爱者因而也是盲目的。这就是西方的民族文化色彩。

2. 英汉典故的对比

英语典故和汉语典故既有相似之处，也有不同之处，而且不同之处很多。英汉典故在设喻比较方面颇为相似，但在典故结构形式和典故来源方面有诸多不同。英汉典故在设喻比较方面颇有相似之处。英语典故以人设喻者有之，如"Shylock"，"Hamlet"；以事物设喻者有之，如"kick the bucket"，"skeleton in the cupboard"；以地名设喻者亦有之，如"Carry coals to Newcastle"。汉语典故也是如此，如"太公钓鱼"、"王祥卧冰"(以人设喻)、"三顾茅庐"、"四面楚歌"(以事设喻)、"东山再起"、"垓下闻歌"(以地名设喻)。有的英语典故不仅设喻形式与汉语典故相同，喻体一样，而且寓意也完全一样，如 Burn one's boat 与"破釜沉舟"，Hang by a hair 与"千钧一发"等。然而，这种形式和语义相对应的英汉典故为数并不多，多数典故都是不对应的，有些只能说是部分对应或基本对应，如 walls have ears 与"隔墙有耳"，kill the goose 与"杀鸡取卵"（竭泽而渔），Meet one，s Waterloo 与"败走麦城"等虽然寓意相同，但在喻体、设喻形式及使用方面总有相异之处。这主要是由不同的历史渊源及相异的民族文化特色所致。

中英两种文化在历史、地理、宗教、风俗习惯等方面的差别致使各自的语言文化带有显著的民族色彩。比如，英语中有一句成语是 one's hair stands on end，许多人将其翻译成汉语中的"怒发冲冠"，如果他们知道这句成语的来源，就会知道其实这种翻译是错误的。"怒发冲冠"一词出自《史记·廉颇蔺相如列传》，讲的是赵国大臣蔺相如带和氏璧去秦国换十五座城，献璧时秦王拒不给城，"相如因持璧却立，倚柱，怒发冲冠"。"怒发冲冠"因此就用来形容某人的头发竖立，表示非常愤怒之意。one's hair stands on end 最初是描述犯人的表情的。1825 年英国一个名叫普·罗波特 (Robert) 的偷马贼被处以死刑，目击他上绞刑架的人说，犯人由于恐惧而毛发竖立。因此，英语中 make one's hair stands on end 其实相当于汉语中的"令人毛骨悚然"之意。由此可见，虽然英语和汉语中的某些词语的形象大致相同，但是它们的意义却相差甚远。这种差别形成的主要原因就是因为各自的历史背景不一样。总而言之，典故源自民族文化，与本民族的生活息息相关，是社会遗产沉淀所形成的文化，具有浓厚的民族特色。

3. 典故翻译的技巧

典故承载着厚重的民族历史，凝结着独特的民族智慧，大多形象而生动，词约而义丰。因此，在翻译英美文学中的典故时，既要保证意义传递的真实性，同时还要尽量考虑使其保持原来的民族性、形象性。在对英美文学的典故进行翻译时，主要采取以下方法。

（1）直译加解释法。有些英语典故并不适合直译，如果生硬地直译过来，就会使我国读者很难完全理解其中的寓意。如果改为意译，又很难做到保持原有的形象和风格。这时，就可以采用直译解释法来对其进行翻译，这样不仅可以保持其原有的形象和风格，还可以让读者理解其潜在的意义。比如：

An old dog will learn no new tricks(you cannot teach old dogs new tricks).

老狗学不出新把戏。（老顽固不能学新事物）

There is no rose without a thorn.

没有不带刺的玫瑰。（世上没有十全的幸福；有乐必有苦）

（2）直译联想法。在英汉两种语言中，有许多典故的含义或比喻意义基本相同，但是表达方式却差异很大，这是由于英汉两个民族的文化差异所造成的。对于这种情况，就可以使用直译联想法进行处理。所谓直译联想法，是指直译原文而得出的译文容易使译文读者联想到他们所熟悉的典故。比如：

He who laughs at crooked men should walk very straight.

笑别人驼背的人得自己首先把身子挺直。（联想：己不正人）

It's a long lane that has no turning.

路必有弯；世上没有直路。(联想：事必有变；瓦片也有翻身日)

（3）等值互借法。对于英汉语言中一些在意义、形象或风格上都比较相似或近似的典故，就可以采取等值互借法。例如，"man is king." 就可以借助汉语谚语把它译成"山中无老虎，猴子称霸王。"，这样既能忠实于原义、原有形象及风格，又符合了汉语的谚语结构和习惯。

（4）意译法。意译往往使原典故的文化特质在译文中流失，进而导致原典的民族色彩被过滤掉。文化特质的唯一性和民族色彩厚重使这类典故的本体和寓体无法直接在译语文化中形成互文性，因而也就无法在译文读者中引发联想意义，故此，直译也就失去了意义。不得已而为之的意译至少可传递原典的寓意。比如：

He will have no choice but to dine again with Duke humphrey.(C.Dickens:Martin Chuzzlewit)

无奈，他只好再次忍饥挨饿。(《英语典故词典》)

You seem almost like a coquette,upon my life,you do...They blow hot and blow cold,just as you do...(T.Hardy:Tess of the D'Urbervilles)

你几乎像一个卖弄风情的女子，说真的你就像。……他们与你几乎一样，也总是反复无常……(《英语典故词典》)

（5）对联增字法。汉语中经常可以发现以对联形式构成的谚语，对联的上联描绘形象，下联陈述意义，如"棋逢对手，将遇良才"，"路遥知马力，日久见人心"等。在对某些英语谚语进行翻译的过程中，如果无法用少量汉字将其含义准确完整地表达出来，就可以采用对联加字的手段处理，将会收到较好的效果。例如，"Great men are not always wise." 的直译是"伟人也不总是聪明的"，其实它的含义是"再聪明的人也有糊涂的时候"。如果采用对联增字法翻译，效果可能会更好，可译为"人有失手日，马有失蹄时"或"老虎也会打盹，好马也会失蹄"或"智者千虑，必有一失"。

三、小说个性化语言翻译技巧

小说作为文学文本，是一种特殊的艺术形式。俗话说："言由心生"。交际者的意图，不管是有意还是无意，总是要反映在其话语之中，不管话语的表现形式是陈述、指令，还是承诺，只要参与者结合交际场合，听其言，观其行，分析发言者的语调、语气、表情、手势等，就不难辨析其喜、怒、哀、乐，从中获取必要的交际信息。在小说中，人物的个性是诱发或制约人物语言风格变异的重要因素。言为心声，言如其人，人物的语言对话无疑是对自身形象的最佳诠释。言为心声指的就是通过人物对话，可以展现人物的思想动态，传达人物的心情，反映人物的心理。言如其人就意味着对话描写可以揭示人物的性格、本质。在翻译对话时，译者就应该细细品味原作字里行间的信息，最大限度地准确再现原作的原汁原味。人物对话是小说风格的重要标志之一。通常情况下，作家们为了塑造典型人物，通常运用个性化的语言来突出角色的与众不同之处。《艰难时世》中的 Mr.leary 中的咬舌音；《苔丝》中的小贩杰克·德贝菲尔言语中常见的语法错误等个性化的言语所产生的喜剧效应对刻画典型人物的性格起到了特殊作用。对话是典型人物个性化语言的集中体现，也是反映小说翻译技巧与水准的焦点。因此，一部译作只有译出人物语言的个性化风格，才能阐释出丰富的人物内心和微妙的人物关系，进而成功塑造出人物形象，使读者体会到作品的风格神韵和艺术价值。

小说对话是作者为了刻画人物，传达某种意义而创作的，因此翻译就是翻译意义。意义是多层次的，对此符号学提供了最全面的意义理论：作为一种符号系统，语言有三种意义：指称意义、言内意义和语用意义。指称意义是语言符号和它们所指对象之间的关系。语言的指称对象可以是具体的事物，也可以是抽象的概念。言内意义指同一语言系统的语言符号之间的关系。任何语言符号都不能孤立存在，它总是与同一语言系统的其他语言符号紧密相连。语用意义指符号和其使用者的关系，语言的语用意义即是语言和其使用者的关系。一般来讲，其指称意义的所指若在两种语言文化中都存在，就不会导致翻译障碍，但是是否准确传译将直接影响原作的审美再现。比如，以简·奥斯汀的《傲慢与偏见》一组对话为例：

"O Mr.Bennet,you are wanted immediately.We are all in uproar..."

Elizabeth replied that it was.

"Very well—and this offer of marriage you have refused?"

"I have,sir."

"Very well.We come to the point.Your mother insists upon your accepting it.Is it not so,Mrs.Bennet?"

以上对话是班纳特夫妇和女儿讨论她的婚姻大事时的一段针锋相对、互不退让的对话。班纳特太太一心企盼女儿嫁入豪门；班纳特先生对她的浅薄见识冷嘲热讽；伊丽莎白个性独立，反对父母自作主张。三人意见的严重分歧体现在称呼对方时直呼其姓并郑重其事地在姓氏前冠以 Mr. 或 Mrs.。王科一先生将 Mr.Bennet，Mrs.gannet 译作"我的好老爷""我的好太太"，如果单从字面意义来讲既忠实又通顺，读者也可以接收到大致相同的语义信息，不过这仅是小说翻译中的"假象等值"。如果改译为"班纳特先生""班纳特太太"，或许更能入木三分地反映人物心情，传达丰富的审美信息。

小说对话的意义主要在于我们从中可推断出人物的性格、处境以及人物之间的态度。这些推断常常包含在对话的语言的语用意义中。在英美小说作品中，人物语言既有"阳春白雪"，也有"下里巴人"，在语言学家看来只是不同变体而已，不存在贵贱之分。但两种变体能体现讲话人的性格、身份，译者须译得恰当，否则译文将失去美感。比如：

Evidently she knew wh0 1 was.She took a look at me and said,"Look who's here!He's come,the drip.Grab a seat."

I told her all:I denied nothing."Tell me the truth,"I said,"are you really a virgin,and is that mischievous Yechiel actually your little brother?Don't be deceitful with me,for I'm an orphan."

"I'm an orphan myself," she answered, "and whoever tries to twist you up,may the end of his nose take at wist.But don't let them think they can take advantage of me.I want a dowry of fifty guilders,and let them take up a collection besides.Otherwise they can kiss my you-know-what." She was very plainspoken.I said, "It's the bride and not the groom who gives a dowry." Then she said, "Don't bargain with me.Either a fiat yes or a flat no.Go back where you came from." (I.B.Singer,impel the Fool)

译文：

不用说，她晓得俺是谁。她朝俺瞟了一眼，说："瞧，这位是谁！来了个呆头鹅。找个地方坐吧。"

俺把该说的全部对她说了，啥都没瞒。"说真的"，俺问她，你真的还是黄花闺女吗？那个捣蛋的叶切尔到底是不是你弟弟？可别哄俺，俺可是没爹没娘，没人疼的。"俺也是孤儿"，她答道，"谁要是哄骗你，谁就不得好死。不过，那伙人可别以为他们能占到俺的便宜。姑奶奶我要的五十盾的嫁妆，外加一份彩礼。要是拿不出来，他们只能舔姑奶奶的屁股。"她说得倒轻快。我说："嫁妆应该是新娘家陪送的，哪有新郎家出的。"她一听不容分说道："别给我讲价钱，干脆点，'行'，还是'不行'，要不然，从哪来滚哪去。"

在辛格的小说 impel the Fool 有两个主人公，男主人公是 impel，女主人公是 ekka。从上例可知，主人公 impel 正如小说名称所言确实有点憨傻，初次相亲就实话实说，而且还问出了 "Are you really a virgin?" 之类的令人惊诧的问题，女主人公的回答也毫不示弱，只此一句 "Otherwise they can kiss my you-know-what" 便知她也绝不是一盏省油的灯。所有这些都引发了译者的密切关注，译文力求通过个性化的语言使胸无点墨、憨傻率直的 impel 和泼辣放荡、口无遮拦的 ekka 的形象呈现给译文读者。

四、小说人物塑造与翻译

小说的一个重要特点就是塑造大量栩栩如生、风姿各异的人物形象。小说人物是指小说中的角色。小说，尤其是长篇小说，通常塑造众多性格迥异、栩栩如生的人物形象；其中既有英勇伟岸的时代英豪，也有平庸无奇的市井小人，既有浓施粉黛的大家闺秀，亦有秀色可餐的小家碧玉。这些形象不但启发、感动读者，同时将读者引入诗意般的境界之中，使他们获得极丰富的审美体验。小说语言在文学语言中最为灵动，其中塑造人物的语言更是异彩纷呈。

小说人物就其在作品中的地位与作用而言分为主要人物和次要人物，若从道德价值观判断，可分为正面人物和反面人物。然而，现代小说叙事学通常采用英国作家、评论家福斯特的"扁形人物"和"圆形人物"的分类法。所谓"扁形人物"是性格缺少变化，个性单一的模式化人物，比如懒散的丈夫，暴戾的妻子，极端的自我主义者，奸诈缺德之徒，吝啬鬼，流浪汉，愚昧无知乡野穷汉等；而"圆形人物"则是具有多重个性特点，内心世界复杂，情感多变的人。福斯特认为，狄更斯小说《大卫·科波菲尔》中的希波和莎士比亚剧作《哈姆雷特》中的哈姆雷特就是典型的"圆形人物"；而华盛顿欧文的小说《睡谷的传说》中的那位自负虚荣的小学教师克莱恩便是典型的"扁形人物"。作家在塑造不同类型人物时使用的是不同风格的语言刻画其人物形象，展现其精神风貌（状态），揭示其内心世界。就要求首先了解不同民族审美观的差异，进而斟酌翻译的策略，以求原著完美再现。

小说翻译不同于小说创作：创作是从生活到艺术，即表象—语言，而翻译则是两种语言间的转换，即语言—语言，其实质是两种语言间的形象转换。因此，小说人物塑造的翻译必须甄别附加在词汇本身概念之上的联想意义。中、英两种语言体系相异，中、西文化传统也不同，东西方人之间的思维习惯和方式也多有差异。要以一种完全不同的语言再现另一种语言创作的艺术品，实属不易。鉴于此，国内已有学者提出在译文中忠实重塑人物形象须采用等值原则。奈达1964年发表《翻译科学探索》，提出"动态对等"的翻译标准，即源语与译入语之间最贴切、最自然的对等。动态对等的核心在于找出译入语的各种有效表达手段，以最自然的方式表达原作出的对等信息。翻译等值概念的出现，促使小说人物塑造的翻译走出直译和意译两个极端，从而获取更新、更全面的研究角度。英美小说中的人物塑造经常运用的方法是心理描写、肖像描写和行动描写。

（一）心理描写

运用心理描写来塑造小说人物是西方作家所偏爱的一种方式。作家通过对所塑造的人物作内心世界的描述，能直接叙写人物的情感起伏，展示人物的心灵和性格特征。心理描写的方式多种多样却殊途同归，都是以清晰的条理、有逻辑且规范的语言让读者看到人物的理性的精神世界。在翻译的过程中要注意叙述主体的身份与个性，以适当的语气语调来真实翻译表达出人物的心理状况。这里以钱歌川和施咸荣翻译美国作家塞林格的《麦田里的守望者》的片段为例：

I didn't give a damn how I looked.Nobody was around anyway.Everybody was in the sack...If I am on a train at night I can usually even read one of those dumb stories in a magazine without puking.You know,One of those stories with a lot of phony,lean-jawed guys named Linda or Marcia that are always lighting all the goddam David's pipes for them.

钱歌川的翻译版本：至于我变成一个什么样的怪相我一点也不管。好在附近没有人。所有的人都睡到床上去了……如果我是在夜间坐车，我通常都能读完一篇这种杂志上面的低级故事而不作呕的。你知道的，这样的故事，有一篇其中出现不少名叫大卫的尖下巴的骗子，还有一些名叫苓达或码琪的女骗子，她们老是去替那些混账东西的大卫们点他们的烟斗。施咸荣的翻译版本：我他妈的才不在乎什么不好看哩。可是路上没有一个人。谁都上床啦。我要在晚上坐火车，通常还能看完杂志里某个无聊的故事而不至于作呕。你知道的那些故事。有一大堆叫大卫的瘦下巴的假惺惺的家伙，还有一大堆叫林达或玛莎的假惺惺的姑娘，老是给大卫们点混账的烟斗。

这是主人公 Holden 的第一人称内心独白，他是一个自嘲自讽、满口脏话的中学生，一个不满现实的小痞子。文中 damn，goddamn，phony，guy 等粗俗的俚语意在塑造他的桀骜不驯。通过比较上面两个翻译版本，我们可以看出钱歌川的译文不太符合一个逃学在外的少年的口吻，而施成荣翻译的版本可以更好地融入叙述主体的话语之中，保留了俗语的情趣，再现了 Holden 的真实心理。

（二）肖像描写

所谓的肖像描写是通过描写人物的容貌、衣饰、姿态等外部特征刻画人物形象，形神兼备地揭示人物思想性格的一种方法。小说人物的描写并不求其全，而贵在表现人物的精神意态，具体到一颦一笑、一举手一投足。翻译时，要特别注意这些起关键作用的细节描写，通过不同的翻译策略，淋漓尽致地在译文中再现具有异域风情的人物形象之美。

One day she was pink and flawless;another pale and tragical.When she was pink she was felling less than when pale;her more perfect beauty accorded with her less elevated mood,her more intense mood with her less perfect beauty.

译文 1：有的时候，她就娇艳、完美；另有的时候，她就灰白、凄楚。她脸上娇艳的时候，就不像她脸上灰白的时候那样多愁善感；她更完美的美丽，和她较为轻松的心情互相协调；她更紧张的心情，和她比较稍差的美丽互相融合。（张谷若译）

译文 2：今天光艳照人，白玉无瑕；明天却又沮丧苍白，满面苍凉。鲜艳往往出自于无忧；而苍白，却总是由于多愁。心中没了思虑她便美丽无瑕，一旦烦愁涌起，便又容色憔悴。（孙法理译）

原作多处省略主、谓语，使得叙述节奏轻盈流畅，如诗般赞美苔丝的纯洁美丽。张谷若的译文运用增词法将省略处一一补全，虽句型完整，却显得拖沓冗长，削弱了读者对苔丝肖像美的感受力；相反，孙法理的译文有保留有省略，简洁明快，使主人公的美更具感染力。

（三）行动描写

除了肖像描写以外，行动描写也具备塑造人物形象的功能。行为动作的描写常由动词来完成，翻译时需在译入语中找出等值的富有表现力的动词，活泼地再现人物形象，比如：

Tom raved like a madman,beat his breast,tore his hair,stamped on the ground,and vowed the utmost vengeance on all who had been concerned.He then pulled off his coat,and buttoned it round her,put his hat upon her head,wiped the blood from her face as well as he could with his handkerchief,and called out to the servant to ride as fast as possible for a side-saddle,or a pillion,that he might carry her safe home.(Henry Fielding,Tom Jones)

译文：汤姆像个疯子一样，咆哮叫骂，捶胸薅发，顿足震地，起誓呼天，要对所有一切参与其事的人，都极尽报仇雪恨之能事。于是他把自己的褂子，从身上剥下来，围在娟丽身上，把纽扣给她系好；把自己的帽子，戴在她头上；用手绢尽其所能，把她脸上的血给她擦掉；大声吩咐仆人，叫他尽力快快骑马，取一个偏鞍或后鞍来，以便把她平平安安地送回家去。(张谷若译)

这是汤姆英雄救美的场面。其传神之处就是使用一系列动词，呈现汤姆是一个行侠仗义却有些不谙世事的单纯青年。

第四节　英美诗歌翻译

美国诗人罗伯特·弗罗斯特认为："诗就是在翻译中丧失掉的东西。"(Poetry is what gets lost in translation.) 弗罗斯特的想法实际上代表了一部分学者的观点:诗是不可译的。索姆·詹宁斯也认为，从某种意义上说，译诗是徒劳的。这与鲁迅先生的观点不谋而合。然而，恰恰是这位诗歌不可译论者詹宁斯翻译并出版了《唐诗三百首选译》。雪莱也是一位诗歌不可译论者，可是他自己却把大量的希腊、西班牙和意大利语诗歌译为英语。William trash 更加直白地说："不可译，正是因为不可译，我才翻译。"(Impossible，of course，that，sowhy I do it.) 毋庸置疑的事实是,迄今为止,大量的英美诗歌被译为中文。

一、英诗汉译简史

19 世纪末 20 世纪初期，伴随着西方文化思想的传入，西方诗歌也开始传入中国。严复和辜鸿铭最早开始翻译和介绍西方诗歌，他们用中国古体诗翻译西方诗歌，用词典雅，韵律完美，完全符合古典律诗的特点。为了达到救国救民的目的，严复举起翻译的盾牌，翻译了《天演论》。虽然他们并不是专门翻译诗歌的翻译家，但他们算是开创了英诗翻译的先河。

英诗传入中国，主要以浪漫主义诗歌为主。从 19 世纪末期到 1914 年，拜伦的诗歌就出现了三个不同的中译版本，分别是：苏曼殊、马君武和胡适的版本。他们都具有深厚的中国古典文学修养，因此他们的翻译也带有中国古典律诗的影响。他们采用中国古体诗的形式翻译拜伦的诗歌：苏曼殊采用五言诗体翻译，马君武采用七言诗体翻译，胡适采用楚辞体来翻译。总体来说，这一时期的翻译，形式守旧，译者多依循旧的传统形式，使用文言文翻译英诗，翻译也不成系统，多是片断翻译。

我国真正开始大规模翻译和介绍西方诗歌是从五四时期开始的。特别是胡适在1920 年提出了"诗体大解放"之后，对西方诗歌译介的高潮一直持续到 20 世纪 50 年代，很多著名学者和诗人除了用白话文创作文艺作品之外，也开始用白话文翻译西方诗歌。这一时期的代表人物主要有朱生豪、、郭沫若、郑振铎、成仿吾、徐志摩、闻一多梁宗岱等人。

1922 年，商务印书馆出版郑振铎翻译的泰戈尔的《飞鸟集》和《新月集》。1924 年，泰东图书局出版郭沫若翻译的《鲁拜集》和《雪莱诗选》。1928 年，上海创造社出版部出版郭沫若、成仿吾翻译的《德国诗选》。光华书局出版李一氓、郭沫若等译的《新俄诗选》。

译者采用白话文翻译，明白晓畅，充分反映了胡适提出的"有什么话，说什么话，话怎么说，就怎么写"的白话文运动的主张。新月派诗人徐志摩从 1924 年用白话文分别翻译了惠特曼、拜伦和哈代的诗歌。他在翻译实践中，在诗歌的结构形式和格律方面大力借鉴英美诗歌，提倡发掘新诗的"新形式"与"新音节"。

闻一多在中国现代诗坛上，无论是在诗歌创作还是诗歌理论，都有着重要的影响。早在清华学校学习时期，闻一多就对诗歌地格律进行了深入的研究，他于 1921 年 12 月在清华文学社作了《诗歌节奏研究》的报告，从现在他用英文写成的提纲 "A Study of Rhythm in Poetry" 看，他当时非常重视英国浪漫主义诗歌理论，可以说这对日后的中国新诗理论研究奠定了基础。他在美国留学期间，又广泛地接受了包括意象派在内的英美现代派诗歌的影响，扩展了视野，加深了他对诗歌艺术和诗学理论的认识。他在美国创作的英文诗 (见前文《炽烈的爱国热情》中所引英文诗)，从诗的韵式格律看，全诗共 5 节，每节 4 行，在诗的韵式上，使用 AABB 式，节奏是抑扬格四音步 (iambic tetrameter)。这说明当时闻一多不仅对英诗格律已有相当成熟的研究，而且还能比较熟练地运用在自己的英语诗创作中。这为他日后作为中国新诗坛"格律派"的代表，针对中国诗歌创作提出"三美理论"(音乐美，绘画美和建筑美) 提供了实证，打下了基础。闻一多 1925 年回国后，成为徐志摩主编的《晨报副刊·诗镌》的主要撰稿人之一。此时，他致力于研究新诗格律化的理论，在其论文《诗的格律》中，他要求新诗具有"音乐的美 (音美)、绘画的美 (辞藻)，并且还有建筑的美 (节的匀称与句的均齐)"。由实践到理论为中国新诗的发展探索一条值得重视的艺术道路。闻一多基于自己深厚的国学根底和所接受的英美诗歌影响，率先在中国新诗坛上提出"格律说"。这无疑是对胡适和郭沫若等人倡导的"自由诗"的一大反动。闻一多提出的格律说，固然与中国古典诗歌 (尤其是绝句和律诗) 非常讲究格律的悠久传统有密切关系，但里面也明显存在着英美诗歌的影响。闻一多的重要诗学论文《诗的格律》(载《晨报副刊·诗镌》系统地提出了新诗的音乐美、绘画美和建筑美的"三美理论"，闻一多自己的诗集《死水》就是他的"三美理论"的一个范本。以闻一多为代表的格律诗派在中国新诗史上产生了深远的影响。他把格律化的新诗创作比喻为"戴着脚镣跳舞"，而这个生动的比喻正是引自美国著名的文学编辑、评论家布里斯·培瑞关于诗歌格律的一段论述。在《诗的格律》一文中，闻一多指出，在"三美理论"之中居于首位的音乐美，即属于听觉方面的"有格式，有音尺，有平仄，有韵脚"。他进一步指出，音尺排列的次序可以是不规则的，但每行诗的音尺的总数必须相等，音尺的字数构成必须一致。他说："没有格式，就没有节的匀称，没有音尺，也就没有句的均齐"，这实际上已经涉及了诗歌的

"音乐美"与"建筑美"之间的关系。我们知道，英诗中的十四行诗、无韵诗、英雄偶句用的都是抑扬格五音步。如果仔细观察闻一多的诗歌理论与诗歌创作，我们可以知道，他所谓"音尺"的概念是来自英诗的"foot"或者"meter"，而他关于"节"的观念也正是来自英诗的"stanza"。他的新诗集《死水》中的许多首诗（如《死水》），都以 10 个音节（即 10 个字）左右为一行，每行由 5 个"音尺"（"2 字尺"或"3 字尺"）组成，这表示闻一多接受了英文格律诗中使用最为广泛的"抑扬格五音步"所产生的影响。另外，闻一多还有着深厚的国学根底，但是还是提倡用白话文进行创作和翻译，他翻译过阿尔弗雷德·丁尼生（Alfred Tennyson）、勃朗宁夫人（Mrs.Browning）等人的诗歌。他翻译的勃朗宁夫人的抒情诗，对于他构建新诗的"格律"具有很大的启发意义。梁宗岱用自己的"新诗体"翻译莎士比亚的十四行诗，也丰富和发展了诗歌翻译的技巧。这个阶段的诗歌翻译，基本上摆脱了中国古诗格律的束缚，开始用口头语、白话诗来翻译西方文学作品，是中国翻译史上的分水岭。反过来，这些翻译活动也影响和促进了中国新诗语言的发展，推广了白话诗歌，彻底改变了中国现代文学的面貌。

改革开放以后的 80 和 90 年代，中国又迎来了外国诗歌翻译的一个高潮时期。诗歌翻译的作品很多，泰戈尔、莎士比亚、雪莱、惠特曼、歌德、华兹华斯、弥尔顿等诗人的作品都被翻译并出版。1978 年，上海译文出版社出版了王科一翻译的雪莱长诗《伊斯兰的起义》。1980 年，人民文学出版社出版了查良铮翻译的拜伦杰作《唐璜》。1981 年，湖南人民出版社出版了杨德豫翻译的《拜伦抒情诗七十首》和袁可嘉翻译的《彭斯诗抄》。1982 年，查良铮翻译的《雪莱抒情诗选》和《拜伦诗选》出版。1983 年，邵洵美翻译的雪莱叙事诗《解放了的普罗密修斯》和《麦布女王》出版，朱维基翻译的《济慈诗选》出版。1985 年，方平翻译的莎士比亚《维纳斯与阿董尼》和朱维之翻译的弥尔顿《失乐园》出版。1986 年，黄杲翻译的《华兹华斯抒情诗选》出版。1988 年，王佐良编译的《英国诗选》出版；钱鸿嘉翻译的《但丁抒情诗选》出版；钱春绮翻译的《歌德诗选》出版；屠岸翻译的《莎士比亚十四行诗》出版。1991 年，赵萝蕤翻译的惠特曼《草叶集》全译本出版。1992 年，冯象翻译的英国史诗（《贝奥武甫》出版。1994 年，朱维之翻译的《弥尔顿抒情诗选》出版。1999 年，黄杲翻译出版《坎特伯雷故事》出版。这一时期的诗歌译作数量巨大，不是早期的片断翻译和诗歌选译，而是对西方主要诗人诗作的系统性翻译。而且，在翻译的形式和语言上，许多翻译家都有自己的独特方法，并形成了自己的翻译理论。按照卞之琳的说法，这一时期的诗歌翻译已经进入了"译诗艺术的成年"。比如，朱生豪的"神韵"。

朱生豪在中国翻译理论的发展历程中起着意义非凡的枢纽作用，对中国传统译论的形成做出了建设性的贡献。他的"神韵"理论使得翻译活动变得更为机动。在这一翻译理论指导下，译本保留了原作的"神韵"，并且更通顺，地道可读。他本人的译论和实践充分证实了抓住原作"神韵"的重要性，并对后世译家的翻译活动起到了极大的指导作用。在注重原作的"神韵"这一前提下，译者不必拘泥于原文，有了更大的发挥空间，翻译起来也更加自主灵活，由此产生的译本更加易于被译语读者所接受，与其审美趣味相符。在朱生豪的《〈莎士比亚戏剧全集〉译者自序》中有这样一段文字：

余译此书之宗旨，第一在求于最大可能之范围内，保持原作之神韵，逼不得已而求其次，亦必以明白晓畅之字句，忠实传达原文之意趣；而于逐字逐句对照式之硬译，则未敢赞同。凡遇原文中与中国语法不合之处，往往再四咀嚼，不惜全部更易原文之结构，务使作者之命意豁然呈露，不为晦涩之字句所掩蔽。每译一段毕，必先自拟为读者，查阅译文中有无暧昧不明之处。又必自拟为舞台上之演员，审辩语调之是否顺口，音节之是否调和。一字一句之未惬，往往苦思累日。

通过这段话，不难发现朱生豪所追求的翻译理论正是"神韵"。他认为翻译中最重要的是"保持原作之神韵"，"以明白流畅之字句，忠实传达原文之意趣"。为了达到再现原文神韵的目的，他是"不惜全部更易原文之结构，务使作者之命意豁然呈露，不为晦涩之字句所掩蔽"，注重"语调之是否顺口，音节之是否调和"。就形式方面而论，朱生豪使用了拟声、重复、韵律和四字格来达到音律的和谐。由于英汉句子的差异，朱生豪在他的译文中还选用了竹节句、排比结构、倒装和意合句，使他的翻译更加符合译入语读者的审美观。就内容方面而论，朱生豪保留了最具舞台效果的修辞——夸张，尽可能从修辞方面再现原作的神韵，他还通过改变和扩大原作的意象来保留原作的神韵。最后，朱生豪还在他的翻译中为不同的角色选用了合适的语言，以此来彰显原作人物的身份地位，传达原作人物的神韵。由此可见，他的翻译观和他的翻译实践是彼此互为印证的。"神韵"观来自中国传统文化，对中国译界也产生了深远影响。

在中国翻译理论的发展过程中，朱生豪的"神韵"理论影响了一大批包括傅雷和钱钟书在内的著名翻译家。从傅雷的翻译理论中常隐约可见朱生豪翻译理论的影子。第一，为了传达原作的神韵，傅雷认为译者必须吃透原作的精髓，了解原作的每个细节。换句话说，译者必须在着手翻译之前，把原作转化为自己的东西。傅雷曾在《论文学翻译书》中说："任何作品，不精读四、五遍决不动笔，是为译事基本法门。"在翻译之前，傅雷习惯于先反复诵读原作，正如朱生豪一样："余笃嗜莎剧，尝首尾研诵全集至十余遍。于原作精神，颇有心会。"可以看出，傅雷和朱生豪都认为在翻译之前应该通过反复朗读来抓住原作之要义。其次，朱生豪的翻译笔风流畅优雅。罗新璋曾这样评论道："朱生豪译笔流畅，文辞华赡，善于保持原作的神韵，传达莎剧的气派。"刘炳善曾称赞朱生豪的译文"用语华美浓重，效果生动。"傅雷也要求译笔须行文流畅，用词丰富，要有色彩变化。第三，朱生豪认为必要时可以改变原作的句子结构使之与译入语读者的习惯相符合，这一点傅雷也赞成。最后，"神似"翻译学的理论基础是语言的不可译性。朱生豪说过最大可能地保持原作神韵，逼不得已退而求其次，也要传达原作意趣，呈现原作者的意图，间接承认了语言的不可译性。傅雷认为，即使最优秀的译文，其韵味也远不及原文，唯有尽量缩小距离而已。可见，傅雷和朱生豪都秉持语言的不可译论。钱钟书的"化境"，要求译者深刻理解原作，捕捉原作的精髓，而后呈现给译语读者。这一点，他与朱生豪相同："他（朱生豪）曾说过为了达到理想的译文，他会反复诵读原作，直到完全理解了才开始动笔。"除此之外，钱钟书与傅雷都认为好的译作应该看起来不像是译作。傅雷认为：理想的译文仿佛是原作者的中文写作。钱钟书则认为：译本对原作忠实得以至于读起来不像译本。而朱生豪的翻译本身就是忠实于原作神韵的再创造。

总而言之，朱生豪的"神韵"翻译理论是"神似"翻译学的一个分支，在翻译理论话语的流动过程中或者说在"案本—求信—神似—化境"的发展过程中，他继承了严复的"信、达、雅"并影响了其后包括傅雷和钱钟书在内的著名译者。

二、诗歌翻译的原则

诗歌外在形式独特，音韵节奏突出，意境生成方式多样，蕴涵丰赡。"一首诗的内容不可能与它的形式——音韵、音调、韵律——分离开来。这些形式成分并不是单纯重复一个给予直观的纯粹外在的技巧的手段，而是艺术直观本身的基本组成部分。"因此在诗歌翻译实践中，再现诗歌的审美艺术性，诗歌翻译必须兼顾意蕴、结构、音韵和风格。总体来讲，诗歌翻译要注意三个原则：即音美、形美和意美。

（一）音美

所谓音美，就是翻译诗歌应该具有原诗的节奏美和韵律美。诗歌最讲求音乐性。中外诗歌，无论是传统的格律体，还是现代的自由体，均对诗歌语言音韵、节奏有着自觉地追求。

格律体诗外在的音乐性更显突出，自由体诗内在的音乐性更趋自然。一诗歌外在与内在的音乐性并不是刻意而为的，它们均有效地表征着诗歌的情感律动与意义传达，简言之，便是"音义合一"与"音情合一"。因此，翻译中讲求"音美"就是要忠实传达原作的音韵、节奏、格律等方面所表现的美感，使译文"有节调、押韵、顺口、好听"。

对于诗歌翻译来说，最重要的是对诗歌格律的处理。格律是诗歌最显著的特点，也是诗歌结构中最重要的方面。但是，由于中西诗歌的差异，格律是诗歌翻译中最难把握的一点。格律指节奏、谐音、韵脚、韵式、诗行安排等能使诗歌具有音乐美的格式和规则。若想要翻译好英美诗歌，就要对英汉诗歌的结构加以对比。

第一，在诗歌的音节划分方面。中文诗歌一般是以字数来划分音节的，一字一音，一个字就是一个"言"。英语诗歌一般以音节来划分节奏的，一个词可能是两个音节、三个音节，甚至四个音节等。因此，中文诗歌的诗行字数统一，整齐划一，形式结构鲜明；英文诗歌的诗行则长短不一，但是音节整齐。

第二，在诗歌的节奏方面。朱光潜先生在《诗论》里曾经谈及汉诗的"顿"和英诗的"步"。中国诗的节奏不宜在四声上见出，全乎全仄的诗句仍有节奏，它大半靠着顿。中文诗每句通常含两个字音，相当于英诗的"音步"。通过分析朱光潜先生的比较，我们可以看出他并不主张以汉诗中的"字数"来划分节奏，而以"顿"来划分节奏。一般来说，两个字音为一顿，这样的划分方法，就能把握汉诗中的节奏和英诗中的节奏对应起来。这种"顿"的划分方法，赋予了中文诗歌结构分析很大的灵活性。两个字可以为一顿，三个字也可以为一顿。英语诗歌中，可以是两个音节为一个音步，也可以是三个音节为一个音步。

通过这种划分方法，就把汉诗中的"顿"和英诗中的"音步"统一起来了。在诗歌的节奏上，中西诗歌也有类似的特点，即"平仄"和"抑扬"的问题。中国古典诗歌是以"平仄"来划分诗歌节奏的，英语诗歌是以"抑扬"来划分节奏的。中文诗歌是根据四声相对的原理，把字音分成"平声""上声""去声"和"入声"，把"平声"作为"扬"，把其余三声作为"抑"。平声和仄声在诗中的交替、对立，使诗句的音韵灵活多变，增强了诗歌的韵律美。在翻译的过程中，如果不考虑平仄交替的音律，就可能使诗句产生平淡单调的感觉。

与汉语诗歌不太一样的是，英语的诗行由若干音步 (foot) 组成，音步是由一定数目的重读音节和非重读音节按照一定的规则排列而成。按照重读音节 (平) 和非重读音节 (仄) 的排列方式，音步可以分成不同的种类。在抒发感情上，不同的音步表达的感情是不一样的。英语诗歌中，最普遍的一种是上面提到的"抑扬格"，类似于汉语诗歌的"仄仄平"；还有"扬抑格"(即由一个重读音节和一个非重读音节构成的音步，类似于汉语诗歌的"平平仄")；"扬抑抑格"(即由一个重读音节和两个非重读音节构成的音步，类似于汉语诗歌的"平平仄仄平")；"抑抑扬格"(即由两个非重读音节和一个重读音节构成的音步，类似于汉语诗歌的"仄仄平平仄")。"抑扬格"的韵律节奏是比较深情舒缓的，一般用来写作抒情诗；"扬抑格"的节奏则是铿锵有力，节奏强烈，一般用来表达激烈高昂的题材；"扬抑抑格"类似"扬抑格"，节奏上也比较激烈高昂；"抑抑扬格"类似"抑扬格"，节奏上更显哀婉回环，比"抑扬格"更显得抒情。

第三，在音韵的安排方面，中西诗歌也存在一些类似的地方。比如，《诗经》中的"双声"的运用与古英语诗歌中的"头韵"具有相似性。汉语诗歌的押韵方式一般是以韵母押韵的为多，但是在《诗经》中有很多是声母押韵的例子。比如，"关关雎鸠"中，"关关"的声母相同，"雎鸠"的声母相同；"参差荇菜"中"参差"的声母相同。古英语诗歌中的"头韵体"即是声母押韵的典型例子。《贝奥武甫》中很多音节的第一个音节的声母和第三个音节的声母相同，第二个音节的声母和第四个音节的声母相同。但是，后来诗歌押韵的发展趋势是从声母押韵的方式发展到韵母押韵的方式。在汉语诗歌的发展中，"双声"押韵的方式慢慢弱化，渐渐变成尾韵和叠韵的方式。英文诗歌的"头韵体"也出现同样发展变化的趋势，脚韵和尾韵在十四行体和民谣体中也得到了很大的发展。

一般来说，西方诗歌的韵式结构比较多样，其中比较常见的是"交叉押韵"，也称之为"交韵"，或者是"抱韵"和"随韵"。所谓"交叉押韵"，就是单句和单句押韵 (一、三五句押韵)，双句和双句押韵 (二、四、六句押韵)。"抱韵"就是指第一句和第四句押韵，第二句和第三句押韵。"随韵"指的是第一句和第二句押韵，第三句和第四句押韵。而"隔句押韵"是中国古典诗歌最常见的押韵方式，近体诗如此，古体诗也一样。所谓"隔句押韵"，一般是逢双句押韵，单句不押韵，如果首句押韵，则第一、二、四句押韵，第三句不押韵。

综上所述，通过中西诗歌在结构上的分析，我们可以把中文诗歌的"韵"和英文诗歌的"音节"对应起来，把"顿"和"音步"对应起来，把"平仄"和"抑扬"对应起来，把押韵方式对应起来，于是我们找到了中西诗歌音韵结构上的一些"共有文学规律"，从而可以为进一步从事诗歌翻译打下一些基础。

（二）形美

所谓形美，指的就是诗歌翻译应该保持形式上的美感。诗歌的外在形式最为醒目。诗歌翻译中，形美一方面是指要保存原诗的诗体形式，另一方面是指要保持诗歌分行的艺术形式。

诗体形式有定型形式 (closed form) 与非定型形式 (open form) 之分，前者对字数或音节数、平仄或音步、行数、韵式等均有较为严格的要求，体现出鲜明的民族文化特色。后者虽不受制于一定的诗体形式，但其呈现的外在形状 (shape) 却表征着诗情的流动与凝定。由于汉英两种语言的不同，在用现代汉语翻译英语诗歌的时候，诗行的字数对比原诗的字数和音节数肯定是不一样的。一般来说，译诗的字数总是略多于原诗的字数，这既是现代汉语的特点，同时也给翻译者增加了回旋的余地。这是因为：诗行越短，其回旋的余地越小，于是为适当增加回旋余地，可略略增大译文诗行字数与原作诗行音节数之比，使之由 12/10、10/8、8/6 递增为 6/4，以便于安排译文；另一方面，采用这样的方法，更有利于译诗构成整齐而美观的有规则图形，清晰地反映出译诗乃至原作的格律。

诗歌是分行的艺术，因此在翻译的时候也要考虑分行的特点。有些诗歌翻译者主张用散文体来翻译诗歌，但是这不能反映诗歌的形式特点，所以并不可取，我们在诗歌翻译的时候最好避免这样的处理方式，尽量保持原诗的形式特点。有一些诗歌的形式特点是非常独特的，比如英国 16 世纪的玄学派诗人乔治·赫伯特 (George Herbert) 和罗伯特·赫里克 (Robert Herrick) 的一些诗歌，用诗行构图，形成一些比较直观的图形和图像，以增加诗歌的视觉效果。而到了现代，这种象形诗 (或称为具象诗) 逐渐风靡。因此，诗歌的分行也是诗歌的一种重要的表现形式，在翻译的时候，我们应该充分考虑诗歌的这种形式特点，并尽量在译文中保持这一特点。比如，拜伦的叙事长诗 The Isles of Greece 的第一节：

The isles of Greece,the isles of Greece!

Where burning Sappho loved and sung,

Where grew the arts of war and peace,

Where Delos rose,and Phoebus sprung!

Eternal summer gilds them yet,

But all,except their sun,is set.

针对这一节诗，我国的学者给出了不同的翻译版本：

马君武的译文：

希腊岛，希腊岛，诗人沙孚安在哉？爱国之诗传最早。战争平和万千术，其术皆自希腊出。德娄飞步两英雄，溯源皆是希腊族。吁嗟乎！漫说年年夏日长，万般销歌剩斜阳。

梁启超的译文：

(沉醉东风)咳！希腊啊！希腊啊！你本是和平时代的爱娇，你本是战争时代的天骄！撒芷波歌声高，女诗人热情好，更有那德罗士，菲波士(两种名)荣光常照。此地是艺文旧垒，技术中潮。即今在否？算除却太阳光线，万般没了！

胡适的译文：

嗟汝希腊之群岛兮，

实文教武术之所肇始。

诗媛沙浮尝泳歌与斯兮，

亦羲和，素娥之故里。

今惟长夏之骄阳兮，

纷灿烂其如初。

我徘徊以忧伤兮，

哀旧烈之无余！

苏曼殊的译文：

巍巍希腊都，生长奢浮好。

情文何斐斐，荼辐思灵保。

征伐和亲策，陵夷不自葆。

长夏尚滔滔，颓阳照空岛。

孙梁的译文：

希腊群岛

—乔治·戈登·拜伦

希腊群岛，希腊群岛！

无数的莎浮在此苦恋抒唱，

战争与和平的技能在此发扬；

蒂洛斯在此涌现，菲勃思苗长！

永恒的夏日仍使群岛内闪光，

但除了太阳，一切都已沦亡。

通过观察可以发现，马君武的译文是七言古诗体，梁启超的译文是元曲体，胡适则将其译为离骚体，而苏曼殊的是五言古诗体。相比之下，孙梁的译文不仅内容忠实，而且形式与原作完全对应，具有形式美感。

（三）意美

所谓意美，就是要求诗歌翻译的意义表达上要通达，并且要有意境美，体现出原诗的境界和神韵。意美要求翻译的诗歌要和原诗一样能打动读者的心。意美的形成是一个作者、文本、读者共同参与的过程，也就是说，是一个作者赋意，文本传意，读者释意的共生体。英语是表音的文字，汉语是表意的文字。两种不同类型的文字的格律形式也完全不同。因此，在诗歌翻译中不太可能做到完全忠实于原作的翻译，对于格律形式的处理，对于诗歌形式的处理，就需要译者适度地把握。在翻译英语格律诗的实践中，译者大多保持或者大体保持原诗的韵式，采用"半自由体"的形式较多。有些译者考虑到中国古代诗歌隔行押韵的特点，将英语诗歌中的交韵和押韵的格式调整为中国读者习惯的押韵方式。还有的译者，尽量模仿英语诗歌的交韵和押韵的格式，有时候也能取得比较独特的效果。当然，英语诗歌的音韵形式除了脚韵和尾韵之外，还有头韵和行内韵等。如果译诗总体韵律上能够表现出原诗的风貌，原诗中一些独特的押韵方式在译诗中得到了一定程度的再现，那么基本上就达到了译诗的效果。

英美诗歌翻译的难点一方面表现在一些人名、地名和其他一些相关词的处理上，另一方面表现在典故和谐音的翻译上。我们知道汉语的人名和地名一般是两个字到三个字的居多，但是，英语是多音节词，它的人名和地名的音节繁多，有时可以达到四五个音节以上。而且，现在的人名和地名的翻译一般都有定义，译者在翻译中没有多少选择的余地。因此，在翻译这类人名、地名和相关词汇的时候，处理不好，可能会破坏诗行的音节和韵律，影响诗歌翻译的音美和形美。中西的文化差异巨大，社会生活方式迥异，历史形成的很多典故难以解释清楚。这些文化典故和谐音带有一定文化意义和象征意义，是集体民族心理因素的投射。因此，在翻译中很难在有限的诗行中进行解释说明。很多诗歌翻译者在他们的诗歌译文后面都要增加详尽的注释，仔细说明诗歌行文中的文化典故。西方汉学家翟理士在翻译中国古典诗歌的时候，在他的译文后面加了详尽的注释。通过这样的注释，西方读者才能理解他所翻译的中国古典诗歌。因此，诗歌翻译还不只是翻译的问题，在翻译过程中，译者还需要查阅很多的相关资料，了解诗人的生平和相关背景，在翻译中增加说明和注释性文字。

翻译之所以成为一门艺术，就在于这种"从心所欲，不逾矩"的微妙之处，如果只要求一个整齐划一的标准和原则，那么翻译实际上就沦为了一种技术性工作了，那么对于文学翻译，特别是诗歌翻译而言，就不再具有艺术的魅力了。诗歌翻译要注意原来诗文中的精神气质，不能只顾译文的通畅流利，而损害了原来诗文的内在神韵。总而言之，诗歌在翻译的过程中会损失许多东西，而诗歌翻译的特殊性又使译者很难弥补这方面的损失。在诗歌翻译中，要想做到完全忠实地移译，显然是不太可能，我们在诗歌翻译的时候，要有所取舍，有所得失。

三、以顿代步的译法

英语诗歌与汉语诗词相比，有相同之处，也有相异之处。而其相同之处为英诗的汉译提供了某种可能。但这种可能却在很大程度上受到源语与译入语差异的制约。汉语是表意方块字，声调语言，一个字只有一个音节，并无明显的重音，因此，主要以平仄音调组成诗句。英语是抽象符号组成的拼音文字。英语中凡是两个音节以上的单词都有明显的重音，英语的格律诗以轻重（或重轻）音节相间地排列形成节奏，以音步 (foot) 为单位。英诗的音步有抑扬，扬扬抑，扬抑，扬抑抑四种格式。汉诗中的平仄无法移入英诗。同样，英诗音步的四种形式也无法照搬汉诗。但英诗音步相当于汉语新诗的顿（或节拍），两者的功能相似，都会给人以抑扬顿挫，节奏明快的音乐美。因此，有些学者尝试了以顿代步的译法，并取得了成功。

（一）杨德豫的以顿代步译法

杨德豫先生翻译的《拜伦抒情诗七十首》是以顿代步译法的典型代表之作。

She walks in beauty

She walks in beauty,like the night

Of cloudless climes and starry skies;

And all that's best of dark and bright

Meet in her aspect and her eyes:

Thus mellow,d to that tender light

Which heaven to gaudy day denies.

One shade the more,one ray the less,

Had half impair'd the nameless grace

Which waves in every raven tress,

Or softly lightens o'er her face;

Where thoughts serenely sweet express

How pure,how dear their dwelling-place.

And on that cheek,and o'er that brow,

So soft,so calm,yet eloquent,

The smiles that win,the tints that glow,

But tell of days in goodness spent,

A mind at peace with all below,

A heart whose love is innocent!

译文：

她走在美的光影里

她走在美的光影里，好像

无云的夜空，繁星闪烁；

明与暗的最美的形象

交汇于她的容颜和眼波，

融成一片恬淡的清光

浓艳的白天得不到恩泽。

多一道阴影，少一缕光芒，

都会破坏那难言的优美：

美在她缕缕黑发上飘荡，

在她的脸颊上洒布柔辉；

愉悦的思想在那儿颂扬，

这神圣寓所的纯洁高贵。

那脸颊，那眉宇，幽娴沉静，

情意却胜似万语千言；

迷人的笑语，灼人的红晕，

宣示温情伴送着芳年；

和平的，涵容一切的灵魂！

蕴蓄着纯真爱情的心田！

通过观察译文可以看出，译文每行的顿数与原诗的音步数基本一致，并且在脚韵的安排上也照顾到原诗的格式。这两点对于在译诗中再现原诗的音韵节奏美起到至关重要的作用，较好地体现了原诗的风格与神韵。

（二）余光中与以顿代步译法

余光中的文学翻译涉猎广泛，其中包括诗歌翻译、戏剧翻译、小说翻译、传记翻译和自译诗，在这些翻译作品当中以诗歌翻译最为突出，其译著包括《英诗译注》《美国诗选》《英美现代诗选（上下册）》《土耳其现代诗选》等。

在余光中赴美国留学期间，曾经比较系统地接受过包括美国诗歌在内的西方文学的训练。他曾在美国艾奥瓦大学的"艾奥瓦作家工作坊"学习美国文学和英文创作。在美国的大学，一些有识之士试图打破长期在欧洲大陆占据统治地位的经典文学的教育模式，纷纷开设文学创作课程，鼓励富有文学才华的青年学生自由选课。通过学习和讨论，他们可以从研讨一卷诗歌或一部小说获得高学位。在美国以研习文学，培养作家诗人为目的的类似机构中，"艾奥瓦作家工作坊"是历史最悠久也是最有成效的一所。这个文学创作班由美国著名诗人、教授安格尔（Paul Engle）在 1937 年创立并长期主持。这个创作班培养了一批作家和诗人，其中包括获得 1960 年普利策诗歌奖的诗人斯诺德格拉斯（W.D.Snodgrass）等。余光中称这种"作家工作坊"是"文学教育史上空前的创举"。余光中在这个创作班接受了比较系统的美国诗歌的训练，这为他后来致力于研究和翻译美国诗歌打下了坚实的基础。余光中翻译的大量美国诗歌比较集中地收录在《英美现代诗选》、《美国诗选》和《余光中选集·译品集》等译品选集中。由于余光中对所译的美国诗人都有精深的研究，他还为翻译的美国诗人写过多篇生平和作品介绍。这些介绍以简洁明晰的文字，深入浅出地评介美国诗人，既有信息资料的内容，更有学术研究的成果，为中国读者理解和欣赏美国诗歌提供了很大的方便。

文学翻译难，诗歌翻译更难。于是翻译界主张"诗不可译"论者不在少数。然而，论者自有其理由，而译者却照样翻译诗歌，诗歌译文（其中不乏佳译）纷纷涌现，无以数计。众多读者主要是通过译文来欣赏外国诗歌的，还有种种奖项颁发给诗歌佳译者。这些又似乎在宣告。"诗不可译"论的谬误。余光中以著名学者和诗人的双重身份翻译美国诗歌，其译作特色显著，且成果累累，为批驳"诗不可译"论提供了强有力的实证。诗人译诗，会格外留意原诗中那些诗性特征突出的地方，并努力在自己的译文中再现这些特征。既重视原作的风韵，又考虑读者的欣赏习惯，使译文也成为好的诗作。他以自己在创作和翻译两个方面的丰富经验对"诗人译诗"和"创作与翻译"等重大课题作了精辟的阐释与归纳。

他这样总结译诗经验："严格地讲，翻译的心智活动过程之中，无法完全免于创作。例如原文之中出现了一个含义暧昧但暗示性极强的字或词。一位有修养的译者，沉吟之际，常会想到两种或更多可能的译法，其中的一种以音调胜，另一种以意象胜，而偏偏第三种译法似乎在意义上更接近于原文，可惜音调太低沉。面临这样的选择，一位译者必须斟酌上下文的需要，且依赖他敏锐的直觉。这种情形，已经颇接近创作者的处境了。"比如：

余光中翻译的爱伦·坡的名作《大鸦》(Raven) 的末尾一节：

And the Raven,never flitting,still is sitting,still is sitting

On the pallid bust of Pallas just above my chamber door;

And his eyes have all the seeming of a demon's that is dreaming,

And the lamp-light o'er him streaming throws his shadow on the floor;

And my soul from out that shadow that lies floating on the floor Shall be lifted-nevermore!

译文：

而那黑鸦，始终不闪躲，依然在端坐，依然在端坐，

端坐在苍白的巴拉斯像顶，恰恰俯视着我的房门；

而他那目光简直是酷像一尊正在做梦的魔王，

而泻在他的身上的灯光，向地面投掷他的阴影；

而我的灵魂自那片阴影，自那片浮于地面的阴影；

不能再升起——永不可能！

这首诗发表于 1845 年，诗人用此诗怀念他死去的情人丽诺。这首诗格律之严谨，节奏之规整，为英文诗歌所罕见。爱伦·坡对自己这首呕心沥血之作也很感满意。通过品读著名诗人、教授安格尔 (Paul Engle) 在 1937 年创立并长期主持。这个创

作班培养了一批作家和诗人，其中包括获得 1960 年普利策诗歌奖的诗人斯诺德格拉斯 (W.D.Snodgrass) 等。余光中称这种 "作家工作坊" 是 "文学教育史上空前的创举"。余光中在这个创作班接受了比较系统的美国诗歌的训练，这为他后来致力于研究和翻译美国诗歌打下了坚实的基础。余光中翻译的大量美国诗歌比较集中地收录在《英美现代诗选》《美国诗选》和《余光中选集·译品集》等译品选集中。由于余光中对所译的美国诗人都有精深的研究，他还为翻译的美国诗人写过多篇生平和作品介绍。这些介绍以简洁明晰的文字，深入浅出地评介美国诗人，既有信息资料等内容，更有学术研究的成果，为中国读者理解和欣赏美国诗歌提供了很大的方便。

文学翻译难，诗歌翻译更难。于是翻译界主张 "诗不可译" 论者不在少数。然而，论者自有其理由，而译者却照样翻译诗歌，诗歌译文 (其中不乏佳译) 纷纷涌现，无以数计。众多读者主要是通过译文来欣赏外国诗歌的，还有种种奖项颁发给诗歌最佳译者。这些又似乎在宣告。"诗不可译" 论的谬误。余光中以著名学者和诗人的双重身份翻译美国诗歌，其译作特色显著，且成果累累，为批驳 "诗不可译" 论提供了强有力的实证。诗人译诗，会格外留意原诗中那些诗性特征突出的地方，并努力在自己的译文中再现这些特征。既重视原作的风韵，又考虑读者的欣赏习惯，使译文也成为好的诗作。他以自己在创作和翻译两个方面的丰富经验对 "诗人译诗" 和 "创作与翻译" 等重大课题作了精辟的阐释与归纳。他这样总结译诗经验："严格地讲，翻译的心智活动过程之中，无法完全免于创作。例如原文之中出现了一个含义暧昧但暗示性极强的字或词。一位有修养的译者，沉吟之际，常会想到两种或更多的可能译法，其中的一种以音调胜，另一种以意象胜，而偏偏第三种译法似乎在意义上更接近于原文，可惜音调太低沉。面临这样的选择，一位译者必须斟酌上下文的需要，且凭借他敏锐的直觉。这种情形，已经颇接近创作者的处境了。" 比如，余光中翻译的爱伦·坡的名作《大鸦》(Raven) 的末尾一节：

And the Raven,never flitting,still is sitting,still is sitting

On the pallid bust of Pallas just above my chamber door;

And his eyes have all the seeming of a demon's that is dreaming,

And the lamp-light o'er him streaming throws his shadow on the floor;

And my soul from out that shadow that lies floating on the floor Shall be lifted-nevermore!

译文：

而那黑鸦，始终不闪躲，依然在端坐，依然在端坐，

端坐在苍白的巴拉斯像顶，恰恰俯视着我的房门；

而他那目光简直是酷像一尊正在做梦的魔王，

而泻在他的身上的灯光，向地面投掷他的阴影；

而我的灵魂自那片阴影，自那片浮于地面的阴影；

不能再升起——永不可能！

这首诗发表于 1845 年，诗人用此诗怀念他死去的情人丽诺。这首诗格律之严谨，节奏之规整，为英文诗歌所罕见。爱伦·坡对自己这首呕心沥血之作也感到很满意。通过品读译文可以看出，余光中基于对中西诗学的透彻理解和对中英语言文字的娴熟掌握，首先是比较准确地传达了原诗的意义和精神，同时在语言形式上也努力再现原诗的特征，译诗的前 5 行用 8 "顿" 来对应原诗的 8 个诗节，第 6 行是用 4 "顿" 来对应原诗的 4 音节，非常工整。在韵式方面，译者用 "房门"、"阴影" 和 "可能" 等汉字来翻译原诗中押 "more" 韵的词汇，除此之外，余光中还用了 "闪躲" 和 "端坐"，以及 "酷像"、"魔王" 和 "灯光" 等词语来翻译原诗中押韵的词语，形成了一一对应的关系，翻译达到了很高的水平。

第五节　英美戏剧与影视剧翻译

一、戏剧翻译理论

（一）戏剧翻译简史

伴随着中西方政治、经济、文化等交流的展开，中西方的戏剧也进行了相互交流。这些丰富的艺术形式使中西各国人民领略到戏剧的巨大魅力，又进一步促进了中西艺术交流的展开，加大了交流的规模。

1906 年冬天，中国留日学生在日本新派戏剧影响下成立 "春柳社"，1907 年在东京演出了曾孝谷翻译的法国名剧《茶花女》第三幕。这是中国传统戏剧走向现代戏剧的转折点。1908 年，李曾石翻译了波兰戏剧《夜未央》和法国戏剧《鸣不平》。1920 年以后，涌现出一大批优秀的戏剧翻译家，翻译了大量的外国戏剧，对中国近代戏剧翻译起了积极的推动作用。到了 30 年代，翻译外国戏剧作品出现了一个高潮，大量外国戏剧作品被翻译出版。梁实秋翻译了许多莎士比亚剧作，包括《丹麦王子哈姆雷特之悲剧》《李尔王》《威尼斯商人》等。英国剧作家萧伯纳、高尔斯华绥 (John Galsworthy)、奥斯卡·王尔德 (Oscar Wilde)，美国剧作家尤金·奥尼尔 (Eugene O'Neil) 等人的作品也开始被译成中文介绍给中国读者。新中国成立后，外国戏剧文学作品的翻译出版进入了一个新的时期，许多外国戏剧名著得以再版或重新翻译出版。这一时期，李健吾留下了大量优秀的译作，结集出版，如《莫里哀戏剧集》《高尔基戏剧集》等。

谈到戏剧翻译不得不提到莎士比亚戏剧在中国的翻译历程。其中最为著名的就是莎剧翻译家朱生豪。他将莎士比亚式的英语翻译成现代的白话文，使得中国观众更加容易理解和接受。他的 31 部莎剧译作奠定了 1978 年在北京出版的《莎士比亚全剧》的基础，推动了莎学在中国的飞跃性发展。

随着我国对外文化交流的扩大，许多优秀中文戏剧也被译介给西方读者。英若诚在中外戏剧交流方面做出了巨大贡献。1979 年，他将老舍名著《茶馆》舞台剧译成英文在国外出版，为《茶馆》成功地访问西欧作了准备。后来《茶馆》取得了极大的成功，全剧三幕，每一幕都代表中国历史上一个特殊时段，即清末戊戌维新失败时期、民国初年北洋军阀割据时期、国民党政权覆灭前夕。三个时段不同的人物纷纷登场，表现了中国历史的变迁、社会的黑暗以及人民生活的状况。1983 年，他又将美国当代著名作家阿瑟·米勒的代表作《推销员之死》(Death of a Salesman) 译成中文，并与米勒合作将之搬上北京人艺舞台。

总而言之，80 年代以后，对国外著名剧作家的戏剧作品翻译更加系统化，除具有代表性的作品外，这些作家的很多其他作品也得到了翻译。另外，戏剧翻译也呈现出多样化的趋势，曾经不为中国观众所熟知的一些戏剧形式和戏剧作品也被译介到中国来，比如荒诞派戏剧。

（二）戏剧翻译原则

戏剧翻译主要分为供阅读的翻译和供舞台演出的翻译两种。其翻译遵循以下原则：

1. 可表演性原则

戏剧是通过表演来完成其艺术使命的。戏剧表演的特性要求其译文语言要体现出动作性，要适于演员舞台表演。不同于其他文学体裁的翻译活动，戏剧的双重性使得戏剧翻译要为两个不同的体系服务，而这两个体系对剧本的要求不同，译者所采取的翻译策略也应有所差别。以表演为目的的戏剧翻译与文学体系中的戏剧翻译相比，译者要受文本以外的因素制约，特别是演出时的直接语境的影响和时空限制。因此，戏剧翻译的评判标准不仅仅是忠实于原作，同时也要考虑译文的可表演性。因此在翻译戏剧时，译者面临的不仅是静态的剧本，还要考虑剧本的潜在"动态表演性"。要求译文的动作性要与人物对话的语言环环相扣，彼此推演流转，形成一个既可连续演出，同时又要推动剧情发展的动作体系。

比如：

Yank:huh don't belong no more,see.huh don't get de stuff.huh're too old.But aw say,come up for air once in a while,can't huh?See what's happened since huh croaked.Say!Sure!Sure I meant it!What de hell-Say,lemme talk!Hey!Hey,you old Harp!(Eugene O'Neil,The Hairy Ape)

扬克：你不再算数啦，懂吧。你没有胆子。你太老啦。不过，喂，偶尔也上去换换空气，光发牢骚不行，也要看看出了什么变化。喂！当然，我当然是那个意思！他妈的——让我说！咳！咳，你这个老爱尔兰人！

将译文与原文相对照，可以看出译文较为精准地再现了原文中不同的语气助词反映出主人公轻蔑、厌恶和激动的情绪，极具动作性，可以带动演员的表演，并隐约透露出主人公对社会的迷惘和失望。

2. 上口性原则

与戏剧的视听性和口头性相适应，戏剧翻译在斟酌译文的语义和语用功能之外，还应考虑到文本用词的语音特征。戏剧的现场表演要求演员不是"说"台词而是大声"朗读"台词，因而戏剧台词不能拗口，音调需抑扬顿挫，在翻译时要注意选择词义正确而且读出来具有一定韵律感的词汇，即我们通常讲的"上口性"。戏剧翻译中的上口性就是要求译文语言既要便于演员上口，又要有利于剧情表现与观众理解。具体地说，就是要便于演员表演时念起来抑扬顿挫，朗朗上口，观众听起来语言清晰，流畅顺耳。不仅如此，由于舞台演出的时空局限，上口性还需语言简练、鲜活。因为"一句台词稍纵即逝，不可能停下戏来加以注释、讲解。"拖泥带水、句子凌乱的台词也难以取得应有的表情艺术效果。译文语言的鲜活，就是要语言生动形象，表达准确，有力度，有情趣，并且充满时代气息。

3. 忠实性原则

与所有的翻译活动一样，戏剧翻译也必须要遵循忠实性原则。所谓忠实性翻译是指译文不能脱离原作，要准确地将源语信息传递给观众。

4. 文化词汇的灵活翻译原则

每一种语言都有文化内涵丰富的文化词语，文化词语往往具有较为鲜明的民族特色。因此文化因素往往是造成理解障碍的主要原因，"一种文化现象在另一文化环境中属于文化空缺，因此，文化因素还具有很强的抗译性"。在戏剧翻译中，要特别注意具有文化色彩词语的翻译。具有文化色彩的词语有两类，无等值的词汇与有背景意义的词。无等值物词汇是指"两种语言中的一种语言的词汇单位（词和固定词组单位）在另一种语言单位的词汇中既没有完全的等值物，也没有部分等值物"。无等值物词汇主要表现在宗教文化、文字本身、地域文化和特有事物方面。无等值物词汇的翻译一般采用变通的方式，着重实现意义的等价转换和传达。有背景意义的词是指"背景意义不完全等值的词汇"。有些词的词义包括概念意义和词汇背景意义，词汇背景意义比概念意义更能反映一个民族的文化特点。在戏剧翻译中，在含有词汇背景意义的情况下，不能简单翻译概念意义，而要灵活地翻译出词汇所包含的背景意义，才能加深观众对剧本的理解。比如：

例一：

Falstaff:Let him be damned like the glutton!Pray God his tongue be hotter!A whoreson Achitophel,rascally yea-for-sooth knave…(W.Shakespeare,The Merry Wives of winsor)

朱生豪译文：

福斯塔夫：让他落在饿鬼的地狱里！愿他的舌头比饿鬼的舌头还要烫人！一个婊子生的叛徒！一个嘴里喊着是呀是的恶奴！

例二：

Falstaff:Hang him,poor cuckoldly knave!I know him not:—yet I wrong him to call him poor;they say the jealous wittolly knave hath masses of money:for the which his wife seems to me well-favored.I will use her as the key of cuckoldly rogue's coffer;and there is my harvest-home.(ibid)

朱生豪译文：福斯塔夫：哼，这个没有造化的死乌龟！谁跟这种东西认识？可是我说他"没造化"，真是委屈了他，人家说这个爱吃醋的王八倒很有钱呢，所以我才高兴地去勾搭他的老婆；我可以用她做钥匙，去打开这个王八的钱箱，这才是我的真正目的。例一中的"Achitophel"的概念意义是基督教《圣经》中的大卫王的谋士，后与Absalom合谋叛逆大卫王，该词具有典型的基督教文化色彩，如直译为"亚希多弗"，则多数读者或观众不知所云，译者依据其引申意义，将其译为"叛徒"，传递了原文的文化内涵，易于为译文读者或观众理解、接受。例（2）中的"cuckoldly knave""wittolly knave"和"cuckoldly rogue"三个词的概念意义均为"妻子有外遇的无赖恶棍"，直译不仅缺乏通俗化和口语化，也可能口型对不上。译者分别将之译为"乌龟"、"王八"，不仅可以准确地向读者或观众传递原文信息，而且符合戏剧台词通俗化、口语化的要求。

二、影视剧翻译原则

随着中国加入世贸组织以及改革开放进程的加快，我国与世界各国之间的文化交流日趋密切。观赏外国的影视节目，尤其是西方的影视节目如今已成为寻常百姓八小时工作时间以外休闲娱乐的一种方式。西方影视开阔了我们的视野，让我们更多地了解和认识外部世界，同时也丰富了我们的业余文化生活。在这种跨文化影视传播的过程中，影视翻译功不可没。

（一）影视剧台词的翻译

影视戏剧的脚本是一种显性语言符号，而符号是静态的。相对于影视剧文本，演员的动作、姿势、肢体语言及灯光、布景则是动态的、变化的。前者提供的是显性信息，而后者提供的是隐性信息。因此，影视剧文本除作为演出之本外，还可以作为文学读物供读者鉴赏。所以，影视剧文本翻译有两种：一种是以演出为目的的译本，另一种是以文学鉴赏为目的的译本。

1. 遵循可表演性的原则

影视戏剧文本的可表演性是首要的。如果译者所面临的任务是：译本以演出为目的，那么他必须意识到影视剧文本的另一维空间，即文字文本与表演之间是有距离的。诚然，影视剧文本旨在为演出而创作，它必然具有适于演员的显著特点和结构特征。但那只是在原文语言文化语境中的状况。翻译之后，剧本便被置于新的语境之中，是否还适于演出，另当别论。因此，许多因素是译者必须考虑的。要求译者必须关注原作所涉及的语言环境和副语言环境。因为，同小说、诗歌、散文等文学作品相比，影视剧文本所涉及的语言环境，尤其是副语言环境要复杂得多。另外，译者还需要关注译文是否会改变剧作者及导演的意图，是否会影响演员的动作、表情，尤其是对台词和潜台词信息的解读。同时，译者还要妥善处理的是文化异质问题。影视剧中的可表演性排除了文化负载词语的可注释性。原作中观众可以理解和接受的文化词语直译到译文中，译语观众多半难以理解，不能接受。如果出现在以文学鉴赏为目的的译本中，译者可以采取译本内释义或文本外注释的补充办法。

在以演出为目的译本中是不可能的。因为表演是短暂的，台词所到处转瞬即逝，观众没有重听的机会，更不可能去查阅词典。因此，译者需要另辟蹊径，通常需要采取意译。电影台词大部分由对白构成，对白多是生活化的语言，包含许多俚语、俗语等，因而台词翻译要注意口语化、通俗化的倾向。只有消除语言障碍，在听懂、看懂的基础上才能让观众能够欣赏影片，在具体翻译过程中可适当对源语进行压缩或删减以求语言更加通俗流畅、便于表演。比如《乱世佳人》：

Scarlet:Why don't you say it,you coward?You're afraid to marry me.You'd rather live with that silly little fool Who can't open her mouth except to say "yes" "no",and raise a houseful of mealy—mouthed brats just like her!

思嘉：你这个胆小鬼，不敢娶我。你宁愿娶那个听话的傻瓜，然后生群傻孩子！翻译中选用的"胆小鬼"、"傻瓜"等词完全符合口语的特征，同时由于思嘉在十二橡树向阿希礼告白被拒后，非常愤怒，语速很快，画面转换迅速，翻译时译者省略了原作中一些具体的词句，只保留了基本信息，易于观众理解。

2. 审美性原则

审美性是一切文学艺术品的基本原则。爱情剧的缠绵悱恻、催人泪下是美，警匪片的跌宕起伏、扣人心弦是美，历史巨片中的旌旗猎猎、战马嘶鸣也是美。美的表现形式不同，体现在演员的台词中，或幽默诙谐，或风趣滑稽，或尖锐深刻，或潇洒自信，或含情脉脉，或回味无穷，或荡气回肠，或气贯长虹。比如，《列宁在一九一八》中的一句台词普通至极却在中国妇孺皆知"牛奶会有的，面包会有的，一切都会有的"，这句话曾激励几代人为美好的生活理想去奋斗。

3. 潜台词翻译的模糊性原则

潜台词是指台词中隐含的言外之意或留下的空白。空白和言外之意提供的信息具有模糊性和不确定性。模糊性与不确定性构成影视剧文本的召唤结构。召唤结构激发演员、读者和观众去思考、想象，演员在思考与想象中完善其表演，而读者与观众在思考与想象中完成鉴赏、审美和接受。

潜台词总是依附于台词，没有台词，便没有潜台词。莎士比亚的名剧《哈姆雷特》第一幕中哈姆雷特与其好友何瑞修和马塞勒斯相见时的对话便是一个典型的例子：

Hamlet:Would I had met my dearest foe in heaven

Or ever I had seen that day,Horatio—

My father,—methinks I see my father.

Horatio:O,where,my lord?

Hamlet:In my mind's eye,Horatio.

Horatio:I saw him once;he was a goodly king.

梁实秋译文：哈姆雷特：我宁愿在天上遇见顶刻毒的敌人，我也不愿看那天的那种情形，何瑞修！我的父亲——我仿佛看见了我的父亲。

何瑞修：啊，在哪里，殿下？

哈姆雷特：在我的心眼里，何瑞修。

何瑞修：我见过他一次，他是贤明的君王。

何瑞修和马塞勒斯是哈姆雷特的好友，在与哈姆雷特相见的前几天夜里，何、马两人看到了哈姆雷特父亲的幽灵，但哈姆雷特对此却全然不知。只怨恨母亲在父亲尸骨未寒之时便与叔叔成婚。显然，作者在哈姆雷特的台词"My father,—methinks I see my father"与何瑞修的台词"O，where，my lord"之间留下了"空白"。空白所蕴含的潜台词至少可以这样解读：其一，"What?You see your father?But how could you,he's dead?"其二，"I know you are joking,my lord.But tell me where.Where did you see your father?"其三，"Good Lord,do you see it,too?Where?"三种解读表明何瑞修当时的三种心理反应。另外，演员可能惊恐地环顾四周，试图寻找王子之父的幽灵。当哈姆雷特言称"In my mind's eye"时，何瑞修才反应过来，王子只是想起了父亲。这时他才镇静下来说道："Yes,once,when he was alive,I saw him too;He was an impressive-looking king."如此解读表明剧中角色何瑞修的心理反应由超自然恢复到现实的心理转换过程。这种转换过程蕴含于演员的语气、情态和肢体语言之中，并非以台词的形式说出。因此，译者的任务是保留潜台词的模糊性，为演员和导演留下足够的解读和想象空间，而不是越俎代庖。

4.文化词语的归化翻译原则

文化词语往往具有较为鲜明的民族特色，每一种语言都有文化内涵丰富的文化词语。因此，文化词语会导致翻译中的词汇空缺或语义空缺。英汉语言中的文化词语可以分为三类：一是概念意义和文化内涵均对应的文化词语，如 rose 与"玫瑰"，lame 与"羔羊"，fox 与"狐狸"等，这类词语在中英两种语言中均是文化词语，而且其概念意义与其文化内涵也相同或基本等值。它们在源语和译语读者或观众头脑中的文化认知图式是基本相同的，所以可以采取直译法。二是概念相同，文化内涵相异的词汇。这类词语在两种语言中都能找到概念意义相同的对应词，也都属于文化词语，但其文化内涵却不相同。如"龙"与 dragon，"东风"与 east wind，"西风"与 west wind，"花"与 flower 等等。这类词语各自都具有特定的民族色彩，在中英文读者头脑中的文化认知图式并不完全重合，因此不可简单地直译，要作适当的变通。三是概念意义相同、文化内涵互缺的词语。这类词语虽然在两种语言中都可找到概念意义相同的对应词，但其文化内涵在译语中是缺失的。如汉语中的"乌龟"，在英文中虽然有 turtle(海龟)和 tortoise(陆龟)与之相对，但"乌龟"在汉语中所特有的文化内涵在英文中却不存在。中英文语言中民族色彩浓重的人名典故和地名典故也都属于这类词语，这类词语的翻译更需要译者灵活变通。因为演出时无法注释，译者通常需要作归化处理。

总而言之，台词翻译不仅仅涉及语言层面，还包括文化层面。台词翻译必须处理好源语文化与译入语文化之间的关系，尽力消除文化隔阂，更好地促进文化交流。比如《乱世佳人》中的这样一段对话：

Brent:What do we care if we were expelled from college,scarlet,The war is going to start any day now so we would have left college anyhow.

Stew:Oh,isn't it exciting.scarlet?You know those poor Yankees actually want a war?

Brent:We'll show'em.

Scarlet:Fiddle-dee-dee.War,war,war.This war talk is spoiling all the fun at every party this spring.I get so bored I could scream.Besides,there isn't going to be any war.

Brent:Not going to be any war?

Stew:Ah,buddy.of course there's going to be a war.

scarlet:If either of you boys says war just once again.I'll go in the house and slam the door.

Brent:But scarlet honey...

Stew:Don't want us to have a war?

Brent.:Wait a minute,scarlet...

Stew:We'll talk about this...

Brent:No please,we'll do anything you say...

scarlet:Well...but remember I warned you.

译文：

布伦特：思嘉，如果我们被赶出学校又会怎样呢？战争随时都可能爆发，不管怎样我们都要离开学校。

斯图：哦，那不是很刺激吗.思嘉？你知道那些可怜的北佬是真的想打一仗？布伦特：我们给他们点厉害瞧瞧。

思嘉：全是废话！战争，战争，战争。这个战争的话题破坏了这个春天的每次聚会的兴趣。我很烦，真想大叫。再说根本不会有任何战争。

布伦特：没有战争？

斯图：噢，哥们，当然会有战争。

思嘉：只要你们再提一次战争，我就要回家然后把门关上。

布伦特：但是，思嘉，亲爱的……

斯图：你不想打仗吗？

布伦特：等一下，思嘉……

斯图：我们再谈谈这个……

布伦特：别，请别，我们都照你说的做……

思嘉：好吧……但是记住，我警告过你们。

翻译该段对白需贴近原作的语体风格，无论是句式、句法还是词汇都应符合口语语体，同时还应采取不同的方法让观众较为明确地知晓原作所传达的信息并体会原作的风格。译文中归化策略的运用，如将 buddy 译成"哥们"，We'll show'em 译为"给他们点厉害瞧瞧"，这样翻译不仅使译文更加口语化，而且具有明显的中国色彩，易于消除文化隔阂，拉近观众与影片的距离。

（二）影视名称的翻译

《论语》中有"名不正，则言不顺；言不顺，则事不成"之说。此语虽不专指电影片名翻译，但却道出了片名翻译之重要性。与用作指代符号的人名、物品名称不同，电影片名是文学艺术符号，它不仅蕴含美学意义，凝练了主题内涵，而且还包含票房价值。有些影片仅仅从片名便可揣度出电影的剧情内容，有些则为观众留下无限的想象空间。电影片名的翻译成功与否直接关系到该影片在异域文化语境中的传播，影响其票房收入。

1. 影视名称的翻译原则

电影翻译要符合译入语的表达习惯和审美情趣，译者应该对整个电影的情节、主题、思想内涵、背景材料有较为全面透彻的理解，在翻译时尽量做到艺术性、文化性和商业性的统一。电影片名翻译需遵守以下几项原则：

（1）遵循信息价值等值原则。片名翻译要忠实传递与原片内容相关的信息，做到翻译标题与原片内容的统一，也就是实现信息价值的等值。脱离原片主题，一味追求轰动效应的片名翻译是不可取的。影片 The Sun Also Rises 根据海明威的同名小说《太阳照常升起》改编而成，这是被称为"迷惘的一代"文学的开山之作，表现第一次世界大战给青年一代留下的心理创伤。影片中的主人公杰克与勃莱特真心相爱，却因为战争造成的生理和心理创伤而不能结合。杰克成为"和土地失去联系"，游走于巴黎咖啡馆的"一名流亡者"。"日头出来"在现代英语即是 The sun also rises。"日头出来，日头落下"在此强调麻木的机械运动，也是主人公生活状态的象征。而"失去和土地的联系"，就意味着失去永恒、失去理想和精神支柱。片名曾被翻译成《妾似朝阳又照君》，与原意相距甚远，破坏了海明威作品的文学性，还容易误导观众，这个翻译与原片名之间就成为一种不等值的信息传递。

（2）遵循文化价值原则。中西方在社会形态、政治经济、文化渊源、价值观念、风俗习惯、伦理道德等方面存在着很大差异，翻译不仅是语际转换的过程，同时也是两种文化交流的社会现象。电影是语言文化的一扇窗户，在片名翻译中对文化信息的处理，要根据片名的特点采用不同的翻译策略。

电影片名翻译时要尽可能地考虑到译入语的文化环境，最大限度地体现其文学性，如好莱坞大片 Rebecca 如果译成《丽蓓卡》似无不妥，但与《蝴蝶梦》相比大为逊色。从字面上看，前者忠实于原作，但前者使原影片名与译名之间的距离缩短为零，从而使读者的审美空间也随之消失；后者不仅为读者留下足够的想象空间，而且以伏采潜发式的手法蕴涵影片的主题。丽蓓卡是美丽与邪恶的化身，她身患癌症不久于世，和马克西姆结婚后，她到处勾引男人以激怒马克西姆将其杀死。从此马克西姆再也摆脱不了她的阴影，而她虽死犹生，灵魂得以永远占据曼德利庄园，而马克西姆则担心"杀妻"的真相败露，终日在蝴蝶飞舞般美丽而又飘忽不定的梦魇中煎熬。庄周梦蝶之典故在我国熟为人知，《蝴蝶梦》的片名在我国读者和观众中很容易产生共鸣。因为它用典恰到好处，不仅具有艺术韵味，而且以象外之旨意影射影片的故事情节。又比如根据俄裔美国小说家纳博科夫最具争议性小说《洛丽塔》改编而成的电影讲述了一个中年男子与未成年少女洛丽塔之间的乱伦恋情。中文片名为《一树梨花压海棠》，这一典故出自宋代词人张先和苏东坡之间的一次文人间的调侃，原因是张先在80岁时娶了18岁的女子为妾。一次聚会上，好朋友苏东坡做了一首诗来开玩笑调侃他："十八新娘八十郎，苍苍白发对红装。鸳鸯被里成双夜，一树梨花压海棠。"后来，"一树梨花压海棠"被用来指白发对红颜，即老夫少妻。这样的翻译在内容上既忠实于原作，又符合中国的文化习俗，比直接译为《洛丽塔》更能清晰地表现影片的主题。

通常情况下，名著改编的电影一般尽量直译。例如：True Lies《真实的谎言》，Moulin Rouge《红磨坊》，Air Force One《空军一号》等。影片《野性的呼唤》(The Call of the Wild) 根据美国著名自然主义小说杰克·伦敦最负盛名的小说改编而成，主要叙述一只强壮勇猛的狼狗巴克从人类文明社会回到狼群原始生活的过程，有人将片名译为《血染雪山谷》，则稍显庸俗，并削弱了影片的文学性。并且，由名著改编的电影，原著有相当一部分是以地名或人名为标题，这些作品已成为耳熟能详的文学经典，标题中的人名或地名已具有某种代表意义，这种时候往往采取音译，保留原汁原味，如《简·爱》《哈姆雷特》《苔丝》《奥赛罗》《麦克白》等。另外，英汉是两个不同的民族，因此两种语言之间无法做到文化对等，因此在翻译个别片名时，要根据影片内容进行处理，有些片名不能按照字面意义给出翻译，比如：将影片 the Third Man 直接译成《第三者》，会误导观众以为是婚姻伦理片，实际上是指影片中车祸事件的第三个目击证人，现在该片被译为《第三个男人》。

（3）遵循商业价值原则。电影是一门文化性和商业性兼具的艺术。片名本身就具有商业性，因此译者在翻译时不能忽略这一原则。在实现影片的商业价值中片名的作用是能吸引更多的观众产生观看的冲动，使影片达到高票房的目的。要译出对目的语观众具有吸引力的片名，译者必须要充分了解目的语观众的审美取向以及目的语文化的语言特征，创译出能够吸引观众并能够引起心理共鸣的电影片名，从而实现其商业价值。

（4）遵循审美价值原则。根据美学原理，任何美的事物都是形式美和内容美的辩证统一。电影片名翻译在忠实于原作的基础上，可以进行一定的艺术加工，摆脱原作的束缚，用形象生动或富有诗意的语言翻译片名，可以让观众体会到一种审美愉悦，也更符合中国人的思维方式。影片 Waterloo Bridge 讲述了在战争中一对年轻人凄婉的爱情故事，滑铁卢桥是故事开始和女主角结束生命的地方，但如果直接翻译，一来讨于平淡，二来容易产生误解，让观众以为该片讲的是拿破仑战争。中文译名为《魂断蓝桥》，"蓝桥"在中国民间传说中是男女为爱殉情之地，与影片内容吻合。蓝桥在我国陕西省蓝田县东南蓝溪之上。相传蓝桥附近有仙窟，唐长庆年间秀才裴宇航蓝桥驿遇一织麻老妪的孙女，名云英，欲娶之，妪告之须用玉杵臼为聘，后裴航求得玉杵臼，遂娶云英，两人婚后人玉峰洞为仙，至今传为美谈。蓝桥之典本喻指"美好姻缘玉成之地。"如果 Waterloo Bridge 的主人公罗伊与麦拉也如裴航与云英那般幸运，剧情最终也便照应了典故"蓝桥"的含义。然而，不幸的是 Bridge 以 Waterloo 命名，福地也变成了凶地。"桥"之为实，"魂"之为虚，"桥"之为"显"，"魂"之为隐，译名《魂断蓝桥》虚实相间，若隐若现，以典译典，十分贴切地传达了原名所蕴含的剧情内容，此片名翻译不但具有音韵之美，还表现出电影的爱情主题和悲剧氛围，同时又体现了一定的文化内涵，不失为片名翻译的佳作之一。

总的来说，电影片名翻译既要忠实于原片内容，又要符合语言文化特征、审美情趣，力求达到言简意赅、文字优美，富于强烈的吸引力和感染力。

2. 影视名称翻译策略

电影片名五花八门，有直接以主人公的名字命名的，有直接用故事发生在某地的地名命名的，还有以故事发生的时间命名的，甚至有跟故事有关的典故直接命名的，所以在片名翻译上很难找到一个统一标准以及方法。一般而言，影视片名应新颖醒目，善于制造悬念、渲染气氛。但是，影视片名又由于其自身的简短性，使得其翻译既要忠实于原文、符合语言规范，又要富于艺术魅力，还要体现文化特色，从而变得困难重重。同时影视作品面向大众，观众比读者群人数更多，文化层次更为广泛，所以片名要大众化，要言简意赅，意思要一目了然，用字要生动形象，力求产生强烈的感染力和吸引力。所以，译者要根据不同观众的心理来选择合适的翻译策略，比如直译、意译、音译等。

（1）直译。一般情况下，直译片名的目的是忠实传达原片名的信息，保持内容和标题的统一性，比如：True Lies《真实的谎言》，Air Force One《空军一号》，Love Story《爱情故事》，out of Africa《走出非洲》等。

（2）意译。一些外国片名直译时无法表达影片内容或者不够清楚、生动，这时就应该选用意译。比如：Sister Act《修女也疯狂》，Top Gun《壮志凌云》，The Fugitive《亡命天涯》等。

（3）音译。音译就是将源语中的单词或短语的发音直接翻译成对应的译语。一些国外电影经常把主人翁的名字或者故事发生的时间、地点作为片名，不过音译法涉及的人名、地名，一般都是具有重要的历史文化意义，并被观众所熟知的，例如：Ben bur《宾赫传》，Titanic《泰坦尼克号》，Aladdin《阿拉丁》，Jane Eyre《简·爱》等。

（4）直译加补充。由于东西方文化的差异，单纯依靠直译有时无法提供足够的信息以起到积极的导向作用。那么在这种情况下，补充就成为一种必不可少的翻译策略。比如：Seven《七宗罪》，Philadelphia《费城故事》，shek《怪物史莱克》，The Net《网络惊魂》等。

（5）直意结合。为了增强片名的感染力和艺术效果，翻译时不仅仅需要直译来体现出原片名，而且用意译来增加它的内涵意义，最大限度地传递原片名所承载的信息以增强感染力。比如：Ocean's Eleven《十一罗汉》，Becoming Jane《"珍"爱来临》，Ghost《人鬼情未了》，Speed《生死时速》等。另外，由于大陆、香港和台湾<敏感词>由于历史原因，社会背景不同，加上长期的隔阂，在文化上有了一些差异。电影片名的翻译结合了各自观众的欣赏需求和文化氛围，带有浓重的地方色彩，从而造成了片名翻译的不统一。

（三）影视字幕的翻译

为了将引进来的英美影视作品介绍给中国观众，第一项工作就是要把这些剧本翻译成中文剧本，然后配上中文台词或打上中文字幕，最后把中文台词或中文字幕与外国影片原有的画面、音乐、效果合成到一起。就此而言，影视剧本（字幕）翻译是影视翻译的基础。字幕翻译始于 1929 年美国有声电影在欧洲的放映。欧洲地区语种多，语言现象复杂，经常出现多种语言之间的字幕互译。从文本类型来说，字幕翻译属于视听翻译，是"译入语文化中被认为或者被呈现的录制视听材料的翻译。视听翻译涵盖面广，既包括语际翻译，又包括语内翻译。语内翻译又包括供听力障碍人士使用的字幕、新闻节目使用的同步字幕以及舞台剧、歌剧中使用的字幕；语际翻译包括字幕翻译、配音和画外音。

1. 字幕翻译的特点

由于影视作品通常反映出一个国家和民族的历史和社会文化生活，字幕翻译过程中必然包含着大量的文化因素的处理。字幕翻译具有以下特点：

首先，字幕是添加在影片画面之上的，这样有助于观众将字幕与影片中的信息综合起来以更好地欣赏影片，在某种程度上弥补视听信息。

其次，字幕翻译涉及语言形式的转化，字幕翻译需要把口语转化为目标语的书面语并呈现在屏幕上，是"原生口语浓缩的书面译文"。

最后，字幕通常出现在屏幕下方，需要与屏幕中所呈现的图像同步。通常情况下，屏幕上一次只会显示一行字幕。CCTV 电影频道规定，每行汉语字幕不超过 14 个汉字，停留 1 至 3 秒。对于英语字幕，以 1 秒钟展示 12 个英文字母的标准，每行展示 3 秒来算，每行字幕不应超过 36 个字母。

2. 字幕翻译策略

对一部电影的字幕进行翻译之前，译者必须要了解导演的意图及影片的主要内容。在具体的翻译实践中，由于中外历史背景不同，国情不一样，生活方式也大相径庭，译者会遇到很多由于表达习惯的差异、文化背景的差异、思维习惯的差异所带来的翻译障碍。因此，译者可以通过不同的翻译方法来排除这些翻译障碍。电影字幕翻译，主要采取以下策略：

（1）缩减法。人们说话的语速远远快于阅读的速度。这意味着剧中人物说出一句话以后，观众需要花很多时间来读字幕。字幕翻译严格受制于时间和空间的限制。一般而言，1秒钟的时间内，可以读一个单词；1-1/2秒内，可以接受的字幕长度是2～3个短单词；2秒钟以内，可以接受的长度是26个字母左右。因此，为了剧情看得更清楚以及时间的缩短，减少时间与空间的压缩，应该采取对字幕句子的压缩策略。译者要在影视剧情中经常采取缩减的相关策略，

主要是在句型上的精简以及对时间、空间上的压缩等进行分析与采纳。这里节选出《乱世佳人》的一段加以分析：

scarlet:Ashley!

Ashley:They say Abe Lincoln got his start splitting rails.Just think what heights I may climb to once get the knack.

scarlet:Ashley,the Yankees want three hundred dollars more in taxes!What shall we do?Ashley,what's to become of us?

Ashley:What do you think becomes of people when their civilization breaks up?Those who have brains and courage come through all right.Those who haven't are winnowed out.

scarlet:For heaven's sake,Ashley Wilkes,don't stand there talking nonsense at me when it's us who are being winnowed out!

Ashley:You're right,Scarlet.Here I am talking tommyrot about civilization when your lara's in danger...You've come to me for help,and I've no help to give you...Scarlet,I...I'm a coward.

scarlet:You,Ashley?A coward?What are you afraid of?

Ashley:Oh,mostly of life becoming too real for me,I suppose.Not that I mind splitting rails.But I do mind very much losing the beauty of that...that life I loved.If the war hadn't come I'd have spent my life happily buried at Twelve Oaks.But the war did come...I saw my boyhood friends blown to bits.I saw men crumple up in agony when I shot them...And now I find myself in a world which to me is worse than death...a world in which there's no place for me!Oh,I can never make you understand because you don't know the meaning of fear.You never mind facing realities and you never want to escape from them as I do.

scarlet:Escape?Oh,Ashley,you're wrong!I do want to escape,too!I'm so very tired of it all.I've struggled for food and for money.I've weeded and hoed and picked cotton until I can't stand it another minute!I tell you,Ashley,the South is dead!It's dead!The Yankees and the carpetbaggers have got it and there's nothing left for us!Oh,Ashley,let's run away!...

译文：

思嘉希礼！

希礼：他们说亚伯。林肯是从劈木材开始走向成功的，想想一旦我掌握了诀窍，我会多么成功。

思嘉：希礼，那些北方佬要多收三百美元税！我们该怎么办？希礼，我们会怎么样呢？

希礼：当文明被打破以后，你认为人们会怎么样？那些有勇有谋的人会安然无恙。而那些愚蠢软弱的人将如秋风扫落叶般被淘汰。

思嘉：看在上帝的份上，希礼，别站在这里对我胡说八道，被淘汰出局的将是我们！

希礼：你说得对，思嘉。在你的塔拉庄园危在旦夕的时候，我却在这里谈论什么文明……你来找我帮忙，但我无法帮你……思嘉，我……我是个懦夫。

思嘉：你，希礼？懦夫？你害怕什么？

思嘉：噢，我想主要是生活对我来说变得太现实了。并不是我在乎劈木头。但我确实不在乎失去我所热爱的美好生活。如果没有战争爆发，我会隐居在十二橡树幸福地度过我的一生。然而，战争降临我看见我儿时的朋友被炸得粉身碎骨，我看见被我打中的人痛苦地扭曲着……而现在我发现我生活在一个比死亡更糟糕的世界上……一个没有属于我的地方的世界上！噢，我永远不能使你明白，因为你不懂害怕的真正意思。你不像我，你从不在乎面对现实，你也永远不希望逃避现实。

思嘉：逃避？噢，希礼，你错了！我真的也想逃避！我厌倦了所有这一切。我挣扎着去找吃的，去赚钱，我除草、锄地、摘棉花，我一刻都不能忍受了！我告诉你，希礼，南方死了！它完蛋了！那些北方佬和投机商把它占领了，我们一无所有了！噢，希礼，我们逃走吧！

字幕的翻译常常采取浓缩式方法，对原有的信息进行压缩、简化，以突出最重要的信息，强调译出原作的精髓要义。该段译文运用了汉语中的成语，如："安然无恙"、"危在旦夕"、"粉身碎骨"，还有诸如"秋风扫落叶"等俗语，形象生动、简洁凝练，不仅符合汉语表达习惯，给观众一种亲近感，而且考虑到字幕翻译的时空限制，在有限的条件下最大限度地呈现文化语境。整个译文不仅准确地传递了原作信息，而且行文流畅，不会给观众带来任何听觉上的障碍。

（2）合理断句。另外，字幕翻译中还需要注意意群的分割以及符合逻辑的断句。为了便于观众理解，在将一句完整的台词分割成两部分时，译者需要考虑到说话的节奏以及演员说话时的停顿。而且，每一帧画面上的字幕必须是意思相对完整，句子语法成分相对紧凑，冠词必须和所修饰的名词成分在一起。当一帧画面上的字幕分成两行时，上下长度需大致相当，否则会增加阅读难度。在追求两行字幕长度一致时，还要注意避免在不合理的地方断句。

（3）多选简单的句型结构和简单的词汇。影视字幕语言有口语性、通俗易懂和跨文化等特点。所以，在进行影视字幕翻译时，需要针对其特点采取相应的翻译策略。针对语言的技巧要求句子句型方面主要是要选择的句子有简单、易懂、词汇精简等特点。很多句子都需要很大程度地进行简单的翻译与应用，译文的文体上的应用技巧要特别注意。在空间上，字幕是指出现在屏幕或电视荧屏下方的外文文字的译文或者注解，因此在空间上有了限定性。字幕语言的应用在选择句型中，它的主要理论在于：

字幕宜选用常用词、小词和简短的词语；句式宜简明，力戒繁复冗长，避免用过长的插入成分、分词结构和从句。

（4）释义法。考虑到源语和目的语是在不同的文化、历史背景下产生的，因此源语中注定会有一些富有文化意义的词语是译入语观众难以理解和接受的，一旦采用直译法，可能会使观众觉得一头雾水，无法和特定的语境联系在一起，从而造成理解上的偏差，甚至有时会误导观众。这种情况下，就可以采取释义法处理。比如：

Peter:Oh?Well,I like privacy when I retire.Yes,I'm very delicate in that respect.Prying eyes annoy me.Behold the walls of jericho!Err,maybe not as thick as the ones that Joshua blew down with his trumpet.

彼特：这个吗？我休息的时候不想被别人干扰，在那方面我很敏感，不想被别人偷看。你看这像《圣经》中的耶利戈城墙，虽比不上以色列军长约书亚用号角吹倒的墙厚，却比它安全多了。

原句是影片《一夜风流》中的一句台词，如果按照原句的字面意思直接将 jericho 和 Joshua 直接翻译成"耶利亚城墙"和"约书亚"，中国观众理解起来会很困难，因为这两个词都来自具有西方宗教文化特色的书《圣经》，因此，在翻译过程中译者就需要采取释义法，尽可能地将原文涉及的文化因素完整地传递给汉语观众。

第四章 当代英美文学语言艺术

第一节 英美文学作品语言美

英美文学是世界文学的重要组成部分，特别是在资本主义发展上升时期对世界文学的发展做出了不可磨灭的贡献。时至今日，研究英美文学已经成为跨文化交际、比较文学发展等多学科多领域发展不可或缺的重要课题。文章首先总结并阐述了英美文学作品语言美的三个具体体现，然后就英美文学作品语言美探究的原则与方法进行了论述。

英美文学作品语言美的探究能够以文学为突破口，通过文学以及语言的艺术研究提高跨文化交际的水平，对于我国文学语言应用以及英美文学翻译都有着不可多得的益处。

一、英美文学作品语言美的具体体现

英美文学领域中经典著作数不胜数，众多的经典作品都集中体现出语言艺术的魅力。语言美是艺术美的重要分类之一，文学作品的语言美集中反映在语言叙述、写作技巧以及主题情节的安排上，以增强人物、主题思想以及作品的生动性、准确性及韵律感等为主要的表现手段。具体到英美文学作品中，其主要体现在以下几方面。

（一）戏剧性独白的运用

戏剧性独白的语言运用是英美文学作品中使用最多的写作手法。所谓戏剧性独白，即把作品人物以及创作者的内心独白通过语言独白的方式展现出来并加以区分。戏剧性独白的使用，既能够帮助读者更加真实、清楚、客观地了解作者的观点，也能够更加清晰作品人物的情感发展。与此同时，戏剧性独白的使用能够增强读者的阅读思辨思维，进一步构建起作品的多维性。关于戏剧性独白的研究通常认为 1857 年诗人索恩伯里的《骑士与圆颅党人之歌》是戏剧性独白的源头，直到 19 世纪中后期丁尼生的作品《六十年后的洛克斯勒官》对于戏剧性独白的使用使得这种写作手法和语言特征体现出了独特的艺术魅力。

（二）多样写作手法的使用

在众多的英美文学作品中多样写作手法的使用特别多见，比如隐喻、反讽、自嘲、象征风格等都是较为常用的文学写作手法。多种多样写作手法的使用，既能够使叙述语言呈现出美感，又能够使作品中的人物性格、心理刻画得更加生动形象，更具感染力。

以 19 世纪美国浪漫主义作家霍桑的长篇小说《红字》为例，作品中较多地使用了象征手法、隐喻手法以及讽刺手法。比如《红字》中森林的意象，把森林与现实社会鲜明的对比起来。再比如《红字》中故事情节的安排，本来善良、勇敢、具有反抗精神的主人公白兰却站在了绞刑架下接受审判，这种反讽的创作手法的使用更能够深刻地揭示当时泯灭和扼杀人性的黑暗社会状况。

（三）多引经据典

经典是在历史的发展过程中通过历史积淀，人民总结出来的智慧的结晶，经典是人们共同价值、情感的集中体现，其语言特点在于经典文化认同性、蕴含的哲理性以及语言上的简洁性。英美文学作品较多地使用了引经据典这种写作手法，通过对经典片段、词汇的引用和概括性的使用，使得文学作品的语言更加具有简洁性和深刻的哲理性。

二、英美文学作品语言美探究的原则与策略

（一）运用好当代关于英美文学的艺术理论总结

关于英美文学作品语言美的探究首先需要明确英美文学的发展历程，运用好英美文学的艺术理论，能够牢牢抓住不同时期不同社会特征下英美文学的写作特点。古希腊罗马神话是英美文学作品语言艺术的源泉，英美文学作品注重人物刻画，彰显人性价值的写作特征正是源于古希腊神话的创作艺术倾向。

与此同时，基督文化的兴起更是对英美文学的文学意识发展产生了较大的文化影响。从跨文化角度思考英美文学发展是探究英美文学作品语言艺术风格变迁的关键，比如美国文学源于英国文学并受英国文学的影响，直到 19 世纪以后美国文学才形成了自身较为独立的文学体系。

（二）英美文学作品语言美探究的原则

关于英美文学作品语言美的探究还需要坚持跨文化交际的研究原则。英美文学作品语言艺术源于现实生活，任何文学作品的写作都是源于现实而又高于现实的艺术表达以及情感表达。因此，在英美文学作品语言美的探究过程中既要遵循跨文化交际的原则，以"他我"沉浸在文学作品的阅读中，又要以"本我"的态度审视英美文学的语言表达，才能够更加客观、全面、真实地反映出英美文学语言美的价值。

此外，要把英美文学作品置于当时的创作年代，结合当时具体的社会特征才能够更加理解作者的创作心理、创作目的以及创作情感，才能够更加深刻地认识到作品中关于人物性格、情感以及故事情节的铺垫、叙述等语言艺术的使用。对此，我们要不断提高自身的文学欣赏能力以及语言审美能力。

在跨文化视域下，我们要不断关注英美文学作品的语言艺术，感受美、欣赏美，透过语言来更好地理解作品，从而进一步理解英美文学的发展状况和社会的进步历程。

第二节　英美文学作品的语言运用

在阅读英美文学作品的过程中，英语语言占据重要的影响力。依据丰富、经典的英语语言，有效展示作者文章中表达的情感，提升文学作品的吸引力，为读者留有记忆。为了让大家更好地研究英美文学作品，本节主要是对英美文学作品中英语语言应用的深入分析。

一、英美文学中的反讽艺术

阐述性的反讽。这一行为是在确保作者命题有效性的情况下，真实、有效的展现出信仰。有专家提出，阐述性语言行为在表达之前需要具备一定的基础，也就是说话者对所阐述命题的真实性做出应许。若是说话者没有相信其表达的命题时依旧表达言语，那么就展现了一定的讽刺意味。

《傲慢与偏见》是简·奥斯汀的代表作，文中的第一章中，作者貌似是实事求是，但是依据班奈特夫妇的对话中的描写，从丈夫对妻子的生动刻画，尤其是开头中的第一句，可以在其中发现淡淡的讽刺 "It is a truth universally acknowledged, that a single man in possession of a good fortune.Must be in want of a wife." 这句话的意思是 "凡是有钱的单身汉，总想娶位太太，这已经成为一条举世公认的真理。" 在这句开场白中，作者依据反讽展现了当时的社会情境，以此为整体文章的发展奠定了有效的基础。"这是一条举世公认的真理" 暗示小说是关于真理的讨论，而句子的正式陈述方式与其最终的意义之间的反差构成了反讽。这里所说的真理即是一个拥有财富的男人一定需要一位妻子．而句子实际隐含的意思是一个没有财富的女子需要一位富裕的男子做丈夫。

象征手法是文学语言中的基础特点。其是人在表达承诺，内容是说话的当事人依据一件事情多次对话，并且对这件事情进行承诺，但是交流双方因为彼此之间的认识，或者是对这件事情的了解，认为说话者并没有承担诺言的能力，或者是没有主动承担这一责任，那么这承诺也就成为反讽的代表。例如，《傲慢与偏见》中科林斯先生向伊莎贝拉求婚，但是却与另一个人成婚；彬格莱小姐为了掌握自己的至爱，而极力抵抗自己的情敌，但是却让自己的爱人对情敌产生了更多的兴趣；班纳特先生忽视了对女儿的管教，特别是对小女儿非常不关心，最后自己的小女儿与他人私奔，给了他应有的惩罚；威客汉姆的谎言让他自己的本性得以暴露；德·鲍夫人对伊丽莎白和达西的婚姻进行干涉，却激发了达西的希望，促使他们最后得以结合。

指令性反讽。这一行为就是在让对方去做一件事，表达了说话者的愿望，说话的内容就是让倾听者去做一件事。依据当时对话的情境，若是倾听者觉得说话者的指令并不存在逻辑性，其可以或者是依据一些联系从另一方面了解说话者表达的含义。因此，指令性反讽的效果也非常地强人。例如，《傲慢与偏见》中，班纳特太太埋怨自己的丈夫没有去拜访彬格莱，却不断地说起彬格莱而感到厌恶，最后却骂起了自己病弱咳嗽的女儿。在知道自己丈夫拜访彬格莱之后，班奈特太太非常地高兴，而这时班奈特先生对着女儿说道"吉蒂，现在你可以放心大胆地咳嗽了。"此时，班奈特回答中对女儿说的话就是一种指令性反讽。班奈特先生并不是让女儿真的咳嗽，而是讽刺自己的太太。

宣告性反讽。宣告形式的语言并没有与实际发生事件的条件结合到一起。由此，在违规诚意条件而构成的宣告性反讽是不常应用的。但是，也有人提出："对诚意条件的反讽性的操作促使所有反讽性的语言行为是一定有的形式"。这一形式需要结合说话者具备的条件来实施一种行为，并且对于交际双方，他们都可以全面认识说话者的宣传实质，可以为倾听者带来知识，并且倾听者也渴望接纳说话者做出的承诺。在违反上述条件的时候，相应的宣告也就会变成"要挟"，而这一语言行为也就具备反面讽刺的意味。

二、英美文学中的象征艺术

象征主要是依据现实存在的事物展现抽象的理念，有助于阅读者可以真实了解文学作品想要表达的情感和意义。例如，肖邦是 19 世纪美国最重要的女性作家之一。其代表作《觉醒》中女主角艾德娜是那一时期离经叛道的姑娘。她信奉爱情自由，坚信男女两性关系上的单一标准，追求自由、独立的价值取向，但是在她发现无法实现自我、无法摆脱社会约束的时候，她选择自杀了结自己的一生，宁死也不愿意放弃自己，以死来维护对自由的向往。路易斯的死虽然没有女主角那样的悲壮，但是在她的身上可以看到女主角的影子。因此，可以明确路易斯的死是因为过度悲伤而不是兴奋。依据故事中的问题和反讽，作者想要表达自由是胜于爱情的，甚至高过了生命。肖邦的这篇短篇小说正是依据这些反讽，构建了一个战线马拉德夫人希望自由却又无法冲出婚姻约束的内心世界。同时，这一故事也是对传统社会婚姻观念的无情批判，对新生命出现存在希望。这也是一种象征的展现形式。

语言风格是文学作品划分的特点之一。在实际阅读文学作品的过程中，依据其具备的语言风格可以有效激发阅读者的兴趣。其中，巴尔扎克的《高老头》也展现了非常丰富的语言风格。巴尔扎克作为十九世纪中期批判现实主义的代表作家，其展现的文化观念是依据小说分析社会。巴尔扎克提出"从来小说作家都是自己同时代人们的秘书。"因此，其在讲述《人间喜剧》中为我们展现了一条历史长廊，塑造了 2000 多个性格不同的人物形象。其中，在《高老头》中展现最为基础的人物形象就是"被遗弃的人"。高老头是作品中最主要的人物，也是被遗弃的代表。在《高老头》之前，莎士比亚塑造了《李尔王》中一个被遗弃的昏君。李尔王家中有三个女儿，他想要将自己的土地分出去，但是条件就是要三个女儿表达对自己的爱，大女儿和二女儿油嘴滑舌，骗取了李尔王的信任，但是三女儿其实深深爱着自己的父亲，因为她没有依据言语去表达，却遭到了李尔王的嫌弃。就这样，李尔王将自己的土地分给了大女儿一半和二女儿一半，但是三女儿并没有任何嫁妆。但是在李尔王需要帮助的时候，大女儿和二女儿将自己的父亲像皮球一样踢来踢去，最后还是三女儿在风雨中救了自己的父亲，帮助他起兵收复土地，但是最后却失败了，三女儿最后也死于非命。而作者在创造"高老头"的过程，依据一种极端的情感形式，将人物的典型性不断提升。但是《高老头》与《李尔王》两篇文学作品也存在一定的相同点。李尔王有三个女儿，而高老头有两个。但是，文章中高老头在；落难的时候，也有人倾囊相助，虽然最后也卷入了巴黎上层社会中的争斗之中。因此，两篇文学作品的结局存在一定的相同点。

依据无形的形式展现象征手法。在很多英美文学作品中都有象征手法的应用，而无形展现这一手法可以让文学作品变得更为形象化。例如，一种颜色都具备自己的象征意义，如红色是热情的代表，蓝色是忧郁的展现，白色是和平、安静的代表。而在一些文学作品中也存在这一形式。如美国著名编剧、小说家菲茨杰拉德的代表作《了不起的盖茨比》，其中最大的特点就是将作品的结构与情境有效地结合到一起。对戴西的爱是盖茨比梦幻中的天堂，这种堂吉诃德式的幻象，虽然是天真的，却让人可以真正地感动，他对于理想的坚持以及对其的奉献让人们钦佩，文章展现了生活中理想的意义。在他守护戴西害怕她受到伤害，想要为她遮风避雨的时候，他并不知道戴西已经背叛他了，并且默许丈夫将车祸的责任推到他身上，这就是黑暗社会的一种展现，富豪们的自私和贪婪是影响盖茨比梦想的最终因素。盖茨比的不幸，就是他在黑暗、腐烂、破灭中明白，在这个残忍的现实生活中，他的理想是那么地无力，他的努力也一直停留在过去。因此，他的爱情和他的灵魂一起随同肉体死去了。这样的故事是感人的，并且也是熟悉的，在各个时期、各种文学作品中都可以找到类似的人物。

因此，分析英美文学作品，英语语言是构建其的基础组成部分，依据多样化的语言应用手段可以获取多样化的结果。提升对英美文学作品中英语语言的应用，对文学创作有一定的影响力，促使英美文学作品得到有效地发展，让作家创造出更多优质的作品。

第三节　英美文学作品中的模糊语言

随着时代的发展，世界逐渐变成一个整体，国与国之间的交流越来越多，国与国之间的距离也是越来越近。随着文化交流的深入，学习和研究外国文化的语言和文化的学者越来越多。学习外国的先进文化，了解不同于我们国家的文化，有助于开拓学生们的视野，更好地了解这个世界。本篇文章主要讲述了对于英美文学的赏析，赏析英美国家的文化、文学和语言的魅力。对英美文学的赏析主要是在系统功能语言学的角度下进行鉴赏。在系统功能语言学的角度来鉴赏英美文学的作品，通过具体的作品和语法句式来进行赏析，来讲述在系统功能语言学视角下对英美文学赏析的方式以及意义。

根据系统功能性语言的观点，有人认为，语言可以被看作为一个系统的语义的网络，其主要是用来表达相关的概念，用于人与人之间的交往和用语言的某种的功能来表达深层次的含义。要实现语言的交际功能，不是单单通过简单的词语或者句子就可以实现，而是需要在某一个特定的环境下，有一系列完整的语句来完成语言的交际的功能。我们从系统功能语言学的角度来赏析英美文学的作品，来分析英美文学作品中优美的词句，分析作者通过语言来表达深层次的含义，分析文章中深刻的蕴意。用系统功能语言学的观点，来深度地挖掘英美文学的内在深意，这是一个非常好的角度来赏析英美文学的作品。

一、系统功能语言学系统的本质以及理论的简单概况

系统功能语言系统的理论中对于"系统（system）"这一概念的提出最开始是Firth，费尔斯。Firth，J.R.Papers in Linguistics，1934-1951，J.R.语言学论文。费尔斯认为语篇是一种纵聚合的关系（paradigmatic relations）和横组合关系（syntagmatic relations）的结合。语篇是这两种关系相互作用的结果，互相作用的结果称之为"系统"，两者的关系称之为结构（structure）。费尔斯的理论由Halliday，哈立德，深入发展成为系统化的语法（systemic grammer）。哈立德与费尔斯虽然共同发展了系统功能语言学，但是两者还是秉持有不同的观点，费尔斯的理论侧重于横向组合的关系，哈立德则侧重于纵横聚合关系。由于这两者之间不同的理论的侧重点，让语言系统有了多项的选择，因此，从本质上看语言系统具有或然性。语言系统的纵聚合的关系决定了本质，不同语法系统之间的差异性影响了人们在实际生活中的运用。举个例子，同样都是走路的意思，人们可以多用 stroll，少用 walk；在表达意思时，可以多用否定句，少用肯定句。但是实际上，用 walk 来表示主路意思较多，用肯定句的较多。因此，我们还可以认为语言系统还会受到其他特性的影响，丰富了语言系统的或然性，使得语言系统具有了条件性。用这样的理论来分析英美文学，从单词和句子本身的意义更好的理解作者的深层含义。这也是由于英语语言的特性组成的，英语不同于汉语用词来表示状态，英语使用不同的时态来表示事物的动态，要更好地分析英美文学，注重英语的句子很有必要。因此，用系统功能语言学来赏析英美文学，有了一个更好的角度体会英语的美。

二、在系统功能语言学理论的角度下赏析英美文学的过程

用系统功能语言学的理论来分析英美文学，并不是赏析英美文学的主要目的，主要的目的是运用系统功能语言学的理论来赏析英美文学作品是如何表达出来的，对于某一单词的使用，主要是怎么表达出来的在英美文学中。为什么要选用这样的词语来表达这个情感，用这样的表达的方式具有怎么样的效果和作用，这些才是我们运行系统功能语言学理论的主要研究的对象。

要用系统功能语言学的理论来赏析英美文学的作品，这第一步就是要思考作者是如何表达出文章的中心思想，为什么选择这样的方式来表达出文章的主旨。在进行这一步就需要结合文章作品的解读和语法功能的分析，先要找到文章大体的结构，找出表达中心意思的段落，再从语法的角度来分析中心意思的表达，这两者相结合能够更加清晰地读懂作者的意图和作者写文章的手法。要想明白一部英美文学作品的现实表达，是需要三项语义的功能来完成的。这三项的语义的功能实现了作品的系统的语境，更好地实现了作品的现实表达，这三项语义功能分别是概念功能、语言的人际功能和语篇的功能。概念功能主要指的是，语言有助于人们在生活活动和生产活动中的表达，概念功能又可以称之为经验功能在语言系统中主要指的是语言的及物体系。语言的人际功能，主要指的是用语言来表达出语言使用者的身份、地位、目的、状态等等，这些内容的表达有助于维系语言使用者的社会关系的功能。从语法的角度方向理解，主要就是语法体系中的语气动词和情态动词。语篇的功能主要指的是用语言来对整篇文章进行表达的功能，用语言来阐述整篇文章的内容。同样，从语法的角度看，语篇功能是主谓结构和衔接结构。

对英美文学的作品进行功能语言学的分析，最终的目的是通过功能语言学的理论来帮助学生更好地分析和理解英美文学作品中作者要表达的更深一层次的含义和作者营造的文学的意境中的内在意蕴，这个也是用系统功能语言学的理论分析文学作品的第二步需要做的事情。每一篇英美文学的作品，都会描述出一个语境，作者真正想要表达的意思主要就是潜伏在这些语境中。但与此同时，文学作品也会受制于这样语境的表达方式。因此，用系统功能语言学的理论来分析文学的作品，非常有助于我们对文学作品深一层次的含义，挖掘出作者真正的意义。

在进行具体的作品的分析时，首先分析的应该是文中的小句子。在系统功能语言学的角度上看，小句是语法系统中的基本的单位，复杂句子的组成离不开小句，从小句来进行分析可以更好地体现了语言系统中的三个功能。因此，在进行赏析英美文学作品时，首要的任务便是分析文章中的小句子，先从作品主要的概念入手，来分析以动词为中心的过程，了解这些过程以及伴随的动作来知晓作者是如何展开文章。从分析作品的人际关系的角度看，每一个小句子都是可以体现文章中的人际关系的意义，每一个小句子都组成了句子构成的有机结构。从作品的整篇文章的脉络布局进行语法的分析，从主谓方面来解读和认识复杂句型中的小句，之后再以这些小句为基本点，着眼于整篇文章的分析。

三、以《仲夏夜之梦》为例进行系统功能语言学系统下的英美文学赏析

从系统功能语言学的角度来看，任何方式的选择都有其存在的实际意义。我们以

英美文学中的经典《仲夏夜之梦》为例，对其进行系统功能的语言学结构分析来说更好地来阐述具体的赏析过程。《仲夏夜之梦》，是在仲夏的夜晚，以两对恋人的出逃为故事背景展开的，主要讲述了两对恋人为了对抗非常荒谬的法律条文，决定逃跑。在逃往森林中的过程中，意外地卷入了精灵们的纷争中，同时也是因为精灵们的加入，使得这两对恋人的恋爱对象混淆了，在一阵慌乱之中，最终恢复了和谐与理智。在这个故事中，也可以分为三个部分，开始逃亡，遇见精灵；恢复平静。

从系统功能语言学的理论来分析《仲夏夜之梦》，将系统功能语言学理论中的概念功能与人物形象功能结合起来进行分析。在上面的片段中，我们就已经讲述了，语言在人类社会中充当有效的交流工具，是人类社会发展的产物，也反作用于社会，推动社会向前发展。对于概念功能的表达，就是多种表达功能之一。在系统功能语言学的理论下，概念功能的主要指的是语言对于人们的客观世界和主观世界中的经历的表述，就是可以反映人们自己亲身经历和从间接方面知道的事情。而我们的客观世界与主观世界所发生的事都离不开地点、人物和时间。因此，从这里我们可以看出，用系统功能语言学的理论来赏析英美文学的作品是一个有力的工具，因为存在作品中的人物是一定会处于特定的社会环境下，这样就会与周围的环境产生语言的交流，也会产生一定的心理活动。因此，人物形象的活动肯定是在某一特定环境中，这样人物的形象才会丰富。比如，恋人荷米雅和莱桑德，恋人德米崔斯和海莲娜，仙王欧伯龙（Oberon），仙后黛安娜（Diana）妃比（Phoebe）等是发生在雅典内森里中，是在一个仲夏夜的晚上，有着仲夏疯（midsummer madness）和月晕（moonstruck）的环境下，让这些人物丰满了起来。

用概念功能系统分析之一就是及物性系统的分析，这也是我们在赏析文学作品时常用的方式。及物系统的作用就是根据参与者当时所处的环境来进行分析。在系统功能语言系统中，及物系可以分为以下几个过程：行为过程，心理过程、物质过程、关系过程、存在过程和言语过程。在社会交际中，语言是主要进行人际交往的工具。因此，在英美文学的作品中也是体现了社会关系的存在，作者在进行语言的创作时也赋予了社会的意义。在《仲夏夜之梦》这一过程中有及物性的过程。心理的过程，这一过程指的是文章的主人公的言语、心理活动和思想观念变化的过程，也就是两对恋人荷米雅和莱桑德，德米崔斯和海莲娜在经历这一事件的言语和心理活动的过程。关系和存在过程指的是主人公进行活动的时候存在的历史背景和各种各样的社会关系，荷米雅深爱莱桑德，却要被父亲嫁给德米崔斯，德米崔斯却又爱着海莲娜。

同样社会关系还体现在当森林的精灵们参与进来时，找错了对象，滴错了情水，让这两对恋人之间的角色进行了互换。乡巴佬和帕克（pack）对于仙后的力量不为所动，只想找到回家的路，进行觅食、瘙痒和睡觉的活动这也体现了不同人的性格特点。

综上所述，用系统功能语言学的理论来赏析英美文学的作品，这给赏析英美文学作品提供了新的角度和方向，更有助于相关从业者和爱好者对作者真实意图的赏析，读懂作者的深层含义。从文本的意义和语法的小句来分析英美文学的寓意、人物形象，提供了新视角的分析，突破了传统的角度的解读的方式，让作品呈一种新的形式出现在人们的眼前，呈现出更加新颖的意蕴。对于作品中语言和所处的社会关系进行分析，更有助于赏析作品中的行为、心理、语言的表达。对于我们更好地赏析英美文学的作品和语言的表达具有重要的作用。用新的角度赏析，可以看出作者更深的功力，人物形象和内在含义更为地丰富与独特。

第四节　英美文学语言的审美性和艺术性

英美文学作为当今世界文学领域的重要组成部分，对于引领世界文学发展潮流、创新文学形式等方面有重要的帮助作用。英美文学语言作为文学的重要组成部分，对其进行语言特色、语言艺术与审美、语言背景等方面的研究是十分必要的。本节将重点从英美文学语言艺术的源头进行研究，把握英美文学语言的特点及艺术性体现，并分析其独特的社会渊源，进而准确地把握英美文学语言的内涵，加深对于英美文学的认识。

一、英美文学语言艺术的源头及发展情况

英美文学的产生及发展有着深刻的社会渊源，其漫长的历史可以追溯到《圣经》和古希腊罗马神话传说。纵观英美文学，他们最早就来源于古希伯来的基督文化和古希腊罗马的神话传说。《圣经》在阐述基本的教义之外，还广泛地渗透到文学作品中去，其中不仅仅有圣经故事的呈现，还有作者与圣经思想的融合，体现出较强的宗教性和文学性；而古希腊罗马神话传说作为西方文化的根基，融汇了文学、绘画等多种艺术形式，通过独特的语言表达技巧塑造了一个又一个传奇故事，这就为英美文学的发展提供了活灵活现的素材，为文学作品本身增添了较为丰富的内容，同时也加深了作品的思想性。可以说，它们就是英美文学的源头，对于以后英美文学的发展有重要的促进意义和参考价值。

（一）圣经教义在英美文学中的体现

《圣经》不仅仅是宗教读物，同时还融合了各方面的内容，对于文化、历史、艺术、哲学等多个方面都有涉及和体现。《圣经》从《约伯记》到《启示录》的完成，经历了1600年的时间，其中作者的数量达到四十人之多，势必会加大作品本身的丰富性。《圣经》是古希伯来各路文化的融合总汇，更是基督文化的精神支柱和文化结晶。在《圣经》完成之后，其中的内容被广泛地运用到文学作品中，加上它本身浓厚的宗教性，对于作家、诗人的思想和情感也有很大的影响。比如长诗《贝尔武夫》中提及了上帝，而且对妖怪格兰代尔的渊源也做了介绍，这都是直接取自于《旧约全书·创世纪》；约翰·班扬的《天路历程》，从始至终都渗透着基督教义，就连布满灰尘的客厅都有其特有的象征意义；浪漫诗人拜伦的《希伯来歌曲》利用《圣经》中的题材来诉说着自己的情怀。

《圣经》教义在文学作品中的渗透加深了语言的思想性和文学特色。

（二）古希腊罗马文化的渗透

古希腊罗马文化是欧洲历史发展过程中的一朵闪耀的奇葩。其丰富的内容、鲜明的人物特征、曲折离奇的故事情节，让其本身具有更强的可读性。斯芬克斯之谜、俄狄浦斯弑父娶母、伊阿宋盗取金羊毛、潘多拉打开魔盒等故事早已家喻户晓，成为流传千古的神话故事，其中涉及宗教、哲学、思想、科学等诸多内容。这些完整的故事情节被广泛地运用到文学作品的创作中去，给英美文学的发展提供了有效的支撑。古希腊三大著名悲剧作家埃斯库罗斯、索福克勒斯、欧里庇得斯的作品中都有古希腊神话的影子。古希腊罗马神话注重刻画人物的形象、个性，同时，并追求人物的完美，这在文学作品中都有体现，也正是这个相通之处，才造就了英美文学作品的主旨：追求自然和谐之美，强调个人英雄主义、追求自我的乐观主义精神。从当代的英美文学作品来看，作品本身的魔幻性和神话特色，其实都是继承了古希腊罗马神话的影子。

二、英美文学语言特点分析

（一）语言取向：语言凸显较强的社会性

研究英美文学语言的特点，可以从语言的取向上来进行把握和分析，可以看出语言背后较强的社会性。不管是语言的内容还是语言的风格，都与当时的社会背景有紧密的联系。就拿古希腊罗马文化来说，尽管这是被"神化"的传说，但是它也有广泛的社会根基，那就是崇尚个人英雄主义的社会心态的重要体现。此外，社会局势的安定与否，在很大程度上关系到文学作品语言基调的明朗性及情感表达的方式，总而言之，文学作为社会现实的产物，决定了语言的构建也具有很强的社会性。

（二）语言功能：强调艺术与实用并重

从英美文学的语言功能上来说，其强调艺术性与实用性相统一的原则，这是所有作品语言的共同体现。从个人心理来说，英美人们强调个人主义、完美主义，特别是在文学创作中更加强调个人情感和思想的表达，因此在语言的构造上更加注意个人风格的塑造以及语言技巧的使用，这体现为很强的艺术性。从社会心理角度来讲，英美文学作品都是对于社会现实的反映，具有较强的社会指向性，加上个人英雄主义情感的作用，作者更加关注社会现实，因此在语言的构造和使用上注重实用性和交际性。正是艺术性和实用性的共同体现，才使得英美文学语言更加具有魅力，打破了纯粹的语言形式，具有多方面的指向性——文学性、思想性、艺术性等，实现了语言本身的突破，这势必会进一步促进英美文学作品的发展和传承。

（三）语言美感：陌生化语言

陌生化的语言是英美文学表达中的重要体现，它打破了传统语言表达的固化特征，用一种新的构词方式和表达顺序来对语言本身进行整合，让语言表达更加具有效果。

可以拿《尤利西斯》作品中的一段话来展开分析：

Moans round with many voices.Come，my friends.

'T is not too late to seek a newer world.

Push off，and sitting well in order smite

The sounding furrows；for my purpose holds

To sail beyond the sunset，and the baths

这段话翻译成中文可以为："我的理想支撑着我，乘一叶小舟，迎着落日的余晖，沐浴着西方的星辰，前进，直至我生命终结。"这句话就是语言陌生化的重要体现，通过使用陌生化的语言打破了传统表述方式的陈旧性，让语言画面感凸显，情感更加具有可感性，同时增加了语言的跳跃性，让作品本身充满活力。这种语言表述方式是传统语言表达的创新，推进英美文学语言的进一步发展。

三、英美文学语言艺术特色及审美性分析

（一）源于现实而又高于现实

英美文学在语言的使用上，是源于现实又高于现实的，这几乎在所有的文学艺术作品中都有体现，对于英美文学来说也不例外。例如，《傲慢与偏见》借助于婚姻问题的讲述，以"法规与原则"、"人情与爱"等问题为基础，深刻揭示了18世纪末到19世纪初处于保守和闭塞状态下的英国乡镇生活和世态人情。从中可以看出，英美文学在创作的时候，具有较强的现实性，必须要以现实作为依托同时，毕竟作为一种艺术形式，通过合理的语言夸张和语言技巧的使用，让作品达到高于现实的效果，对于主题的表达有很强的促进作用。

（二）戏剧性独白，扩大想象空间

在文学作品中加入戏剧性独白也是英美文学的重要体现，极大地拓展了作品的现象空间。戏剧性独白最早出现于1857年，诗人索恩伯里在著作《骑士与圆颅党人之歌》中的部分诗歌被称作"戏剧性独白"。例如在罗伯特·彭斯的著作《威力神父的祷告》中，不光能听到主人公的声音，还可以隐约听到作者对主人公的评价，虽然评价不具备权威性，但给作品留下了想象空间。这种独特的语言表达形式，能够使人站在客观的角度上来审视作品，从而引人遐想，给人足够的空间来感悟作品。这种表述方式对于以后中国文学也产生了较大的影响，开创了文学新形式，对于文学艺术的推进和发展有着至关重要的作用。

（三）引经据典，实现作品内涵的传承性

透视英美文学作品，不难发现作品的另一个特点，那就是引经据典，通过借用传统神话、小说中的意象，来阐明道理和意义，增加了作品的内容的可读性，同时也让作品本身更加具有传承性。比如希腊英雄阿基里斯的"chile's heels"，表示"要害部位、

致命的弱点"的意思，这一俗语在以后的很多文学作品中都有显现。这样一来，在解析文学作品的时候，往往能够根据特定的内容来了解其背后更多的历史故事，这不仅仅是对作品内容的丰富，同时也加大了作品的思想内涵，实现文学作品内涵的传承。

（四）陌生化的语言造就美感

陌生化的语言是英美文学语言的重要特色，这在第二部分已经做出来举例说明。语言的陌生化是语言的创新，对于语言的发展和进步都有重要的促进作用。同时，从美学的角度出发，语言的陌生化通过措辞、语气方式、语言结构的改变，带给人较强的可感性，增强了画面感，彰显了语言的魅力，让读者能够沉浸到具体的文学情境中去，这对于实现语言的建构和传承有着重要的促进意义。特别是在文学后现代化发展过程中，语言的陌生化与碎片化的表述方式有相通的地方，这在很大程度上更新了语言表达形式，让语言与美学有机地结合在一起，提升了语言的表现力，对于文学语言的进一步发展有重要的指示意义。

（五）理性思维下的哲学精神

英文国家的文学作品传达给读者的不仅仅是情感，同时还有高度理性的哲学精神，这不仅仅与作者的思想深度有关系，同时也与社会现实达成了普遍的一致性。以贝娄作品《更多的人死于心碎》为例来说明，这篇小说中"对话"的哲学思想以及人物转换关系成为贯穿全文的重要思想基础，肯尼斯与舅舅之间的"我""你"关系、本诺与妻子的"我""他"关系等，不同的人称表述方式其实都是理性精神的作用，这在无形中表明了作者的情感立场，揭示了情感的亲近和疏远的关系，这是对工业社会被异化了的人的正面描写，具有很强的现实指控性，体现了文章背后的理性精神，显示出高度的哲学性。

四、英美文学语言审美性及艺术性的社会渊源

英美文学语言在审美性和艺术性上之所以能够表现出以上的特点，这与特有的文化意识形态有着不可分割的关系，语言表述方式是社会文化意识形态的必然产物。首先在英美文化体系中，强调自我的个人主义、英雄主义情感表达，这在很大程度上让文学作品更加具有独特性，这就实现了语言本身的灵活性，让语言本身更加有感染力，提升了表达效果。另外，崇尚自由与开放的社会现实在很大程度上为语言的表述奠定了感情基调，让语言不仅仅能作为艺术的表达工具，同时还更加有现实指向性，拓展了语言本身的维度，丰富了语言本身的意义。总而言之，英美文学作品的语言是作品得以传承和发展的重要因素，是提升文学作品内涵的重要组成部分，对于其他国家的文学表达也有着极为重要的借鉴意义，同时也是研究英美文学作品不可忽视的重要层面和唯一突破口。

在漫长的历史发展过程中，英美文学无论是从风格、内容、语言等方面都独树一帜，

展现出独特的魅力和艺术性。英美文学的语言特色与特定的社会文化背景、人们心理等有着紧密的联系，它强调艺术性和实用性的相互统一，此外还善于进行创新，让文学作品语言展现出陌生化特色。总的说来，英美文学语言不仅仅是一种语言形式，同时还是独特思维的展现，加上各种语言技巧的使用，强化语言本身的距离美。研究英美文学语言，对于研究语言的艺术性和审美性，准确把握语言的构成及发展等诸多方面都有着重要的意义。

第五节　语言学意象化的英美文学范式

语言学意象化是文学研究过程之中全新的一种方式，是文学研究过程之中不可缺少的重要组成部分。英美文学的意象化范式是研究世界文学的有效方式。本节对英美文学意象化范式的构建进行了分析，对英美文学意象化范式的解构以及升华两种方式进行诠释，为文学理论研究奠定坚实的基础。

文学方面的研究是语言学意象化和范式的提升，由于英美文学有着文化背景复杂的特点，语言学意象化为英美文学的研究提供了很好的参考意义。语言学意象化文学范式是研究英美文学的重要方法，同时也是英美文学发展的新方向。本节从英美文学意象化范式的构建进行研究，对其中的解构和升华进行了全面分析，为语言学意象化提供了很好的依据。

一、英美文学意象化范式的构建

（一）英美文学意象化范式的必然性

说到英美文学，一些英美文学的阅读者就会在自己脑海之中出现有关英美文学著作中的人物和场景，却不是一些比较抽象的语言符号，这些英美文学著作中的人物在阅读者的印象中有着不可磨灭的记忆。不管是语言学中的语义、语言以及语境，还是语言学范式和它的格式进行转变，这些是语言学意象化的必然结果。在库恩范式理论之中，英美文学中的意象好比是语言，是自然中必然发展的结果。即使是象征性的语言也需要意象的支持。事实上，更具象征性的语言需要更强大的意象支持，这就要求在语言的意象的协助下，它形成了符号语言的强大内部驱动力。所以，英美文学的意象化范式是对文学进行了发展和继承。

（二）英美文学意象化范式的出现

文学是从人类意象中发展出来的。文学是人类科学。这需要在意象角度建立有效的基础。这和同种事物是一样的，不论是在象形文字方面还是符号文学方面。只有在第一次阅读文本时，才会通过文本引导文学作品来探索意象。

（三）英美文学意象化范式的完成

英美文学的范式化起源于库恩范式理论，随后在英美工业化时代之中采用物质进行支撑，还有后现代主义的精神进行支持，最终出现了英美文学意象化范式的双重准备，从而建立了二元化基础。最早在二十世纪中期，美国学者马克·波斯特在自己作品《第二媒介时代》之中，首先将英美文学意象范式的意象化符号进行提出，可以发现意象化符号高于语言学自身和语言学符号，这是文本意象上的最高境界，这是根据马克思主义的文艺研究范式进行发展的。还对马克思主义文艺范式进行了超越。在英美文学意象化范式中抽象的语言学中建立一种专业的意识形态，从而让英美文学能够很好地发展，在后现代主义之中增加了一些后现代主义元素之后，建立了一种崭新的主体式意象化范式。

二、英美文学意象化范式的解构

（一）英美文学意象化范式的误解和错位

英美文学范式在发展过程之中经历了好几个过程，其中发生了转变、整合以及发展等几个过程，最终出现了语言学意象化上的出现，有着很强的文本意象化，逐渐转变为文学并以强势的形式出现。在阅读一些富有内涵的文章时，会被文章中主人公的遭遇以及情绪进行影响，这就是语言学意义上的错位。通过文章的整体阅读之后，读者进行反复的思想，就会发现主人公的情绪和遭遇是对普通安全生活以及社会的向往，从而和当时的社会背景有着很大的不同。英美文学意象化范式中出现的错位就会让文学作品在时间艺术上出现空间的限制，让读者在阅读之后出现一种思维上的错觉。文学作品的意象化范式还有误解的地方，主要是因为语言的缘故，这就是英美文学意象化范式中的误解和错位。

（二）英美文学意象化范式的同分和异构

在英美文学的语言学意象化和我国的文学有着很大的差异，在这些语言学意象化中出现了同分和异构的情况。同分异构体起源于物理，是物理中的一个名词，出现在英美文化语言学意象化之中，是因为其和英文中的同分、异构有着很大的相同之处。在英美文学作品之中，采用异构的形式将主人公的思想感情表达出来，这就是文学意象化的表现。有些英美文学作品表达的主人公的形象和现实生活中的形象相同，这就是英美文学意象化范式的同分。在英美文学作品之中，我们会发现很多文学作品在表达人物的时候往往会出现同分和异构的情况，这个时候就需要我们仔细思考文学意象化范式的基本结构，从而将其中的同分和异构进行有效的区分，达到文学意象化范式的整体要求。

（三）英美文学意象化范式的传播和发展

英美文学的意象化将语言学角度中的现象进行表达，这就有可能将文学作品中所要表达的现象进行错位和误解。英美文学是以语言学立法范式作为基础的，这样可以进行同分，还能进行异构，这样可以对文学的意象化进行很好的分析，从而将英美文学意象化范式进行很好的传播和发展。英美文学意象化范式将文学中的语境进行了提升，从而出现了强烈的文学语境。英美文学和其他国家的文学有着地区上的差异性。文学研究的角度比较广泛，语言学上的意象化只是文学中的一小部分，只有将英美文学意象化范式进行有效的传播和发展，这样才能将语言学意象化范式进行有效的展示。在英美的一些文学作品之中，主人公在面临困境的时候依旧不放弃对生活的美好热爱，在困境之中依旧乐观的特点，这就是英美文学意象化范式的传播和发展。

三、英美文学意象化范式的升变

（一）英美文学意象化范式的全景和梳理

英美文学和我国传统文学之间有着很大的区别和差异，这些区别和差异不但是文字方面，还有不同民族之间的文化有着很大的不同。这就表明，文字需要有一定的开放性，还要具有一定的范式形象，将表达的事物具有意象化，英美文化之中将海洋中的事物转化带到作品之中，这样将英美文化中特有的征服感进行充分的表达，还能将英美文学具有驾驭性的特征进行展示。

（二）英美文学意象化范式的语势和逻辑

英美文学的意象化范式大多数是将民族根源作为代表的，其象征语言中的"象征"特征也成为图像驱动的共同基因，其中英美文学有着强烈的语言趋势和逻辑。从汉语的使用可以看出，汉语中的动词引导句并不常用，但在英美文学中，动词主导的句子比比皆是，尤其是在谓语前加的助词或前助动词。这是一种将意象引入英美文学的动态态度。这种语言显然比其他象形语言强得多。与此同时，英美文学意象化有着很好的表现能力，它强有力的语言表达的实际上是英美国家的世界观和方法论的外化，起源于英美文化。英美文学的意象化范式在表现上有着很强的逻辑性，使得语言文学有着很强的严谨性。这种严谨性可以让文学具有很大程度的理性，还能给文学带来一定的意象，例如，反身代词和意象重复等。

（三）英美文学意象化范式的提升和统一

英美文学意象化翻译有着全景和梳理的特点，这是英美文学意象化范式的发展。英美文学意象化最早出现是民族根性，这样的符号语言能够对意象化符号进行引导。英美文学意象化范式将文学上所描绘的语境进行有效的提升，从而出现了比较强势的文学语言势力。与此同时，英美文学在文化上有着很大的差异。很多国家和地区中的文化存在着差别，英美文学和其他地区国家的文化有着非比寻常的差别。我们可以从其中发现，文学研究有着范围广阔的特点，语言学意象化范式只是文学研究的冰山一角，只有在英美文学影响和作用之下，才能将现阶段的意象化范式进行有效的提升，从而提升到文学领域。这是英美文学进步的表现。英美文学有着一定的优点，能够将意象转化为意境，将意境转化为语势，语势又能够成为一个领域，在这个领域之中形成范式。英美文学中包含着语言文学中的意象化，由于自身的符号比较平淡，没有特别的地方，但是文学意象化却能够让文学具有一定的优势，这就是英美文学意象化范式的提升和统一。

英美文学是语言学意象化范式的基础，已经超越了马克思主义文学理论范式，是后现代文学中的一种新型产物，是后现代文学结合的主要表现。英美文学的主体式的自我研究和完善，正在向抽象的复合文章进行意象化范式的方向完善。英美文学中的语言符号经过长时间的发展，已经逐渐地发展成为意象化符号，这是英美文学意象化发展的必然方向。在英美文学发展过程之中，要对语境和地域进行充分的考虑，这些都是意象化范式前进不可缺少的组成部分。

第五章　当代英美生态文学

第一节　英美生态文学中的回归主题

一、英美生态文学强调"回归本性"

英美文学中提到的回归本性，也是作家喜爱宣扬的。英国写实主义代表作家杰克·伦敦在其创作的畅销小说《野性的呼唤》中描写了一只名字叫巴克的狗的变化。巴克是官宦家庭中的一只狗，生活非常惬意，后来接受了文明的教化。然而，随着当时阿拉斯加地区盛行的淘金热，完全改变了这只狗的命运，它被偷盗者卖掉，成为北方地区的一只雪橇狗。在这种恶劣的条件下，巴克逐渐学会了适应，懂得了生存，学会了战斗，唤醒了体内的野性，并加入了狼犬，成为它们中的领头者。作者认为，狗的野性是本性的使然，应回归到真实的生活场景中，这样才能获得最终的价值和意义。如果巴克没有经历那次改变，也不会唤回内在的本性，本性的回归也无从谈起，这就是作者创作的巧妙之处。

二、英美生态文学重视"回归自然"

回归自然是指感受自然的美好，享受自然赐予的生命，这也是生态文学所提倡的，英国浪漫主义诗人华兹华斯，就是这样一位自然派的诗人，对山川河流和鸟语花香等自然景物的描写有自己的独到之处，将儿童和农民的生活场景真实地再现出来，将一幅美妙的自然画卷呈现在读者面前。他曾经描写了这样一种场景"我好似一朵孤独的云朵，飘荡在山谷间，然后我看到了大片金色的花朵开满了山野，和湖畔相依，与树木为伴，随风飘扬"。当读者读到这里，感受到的是水仙花的美好，如同进入了一个诗情画意般的境界，令人流连忘返，不禁感慨道，这是一种怎样惬意的生活呀！美国冒险主义代表诗人艾默生在自己所著的《论自然》中将自己对自然的热爱推向了更高的境界。在其眼中，世间万物都是灵魂和自然构成的。他有一句经典的独白："当我在空旷的原野里，享受着和暖阳光的照射，呼吸着新鲜的空气，仰望无边的天际，感觉自己是如此渺小。我变成了一个晶莹剔透的眼球，事实上，这也是不存在的，仿佛我看到世界万物，感受到上帝的存在。在这里不仅欣赏到自然的美好，同时也让我看到生命的本源，它是一种和大自然的融合，在它的怀抱中，我仿佛顿悟了佛的真谛。"

另外，当代美国小说家在创作的《白噪音》体现了浓厚的现实主义色彩，主要是这部小说倡导对自然的回归。小说中的主人翁杰克和妻子害怕死亡，希望自己能长久地活下去，为了实现这个目的，妻子宁愿出卖自己的肉体，也要换取正在开发阶段的长生不老药，杰克因为报复奸夫，在开枪的那一霎良心发现，并最终将其送往医院。这种延年益寿的药富有戏剧性色彩，向读者展现了三个层面的人性回归，首先，是回归人体正常的生命规律，为了延长寿命，而不惜使用任何手段，这就缩短了生命的宽度，这是一种毫无意义的交换。其次是人性善良的回归，帮助他人，能够充实自己，远离功利，重新找回内心的充实和安宁，小说中提到的杰克夫妇的死是因为受到波的辐射，这种毒雾带来的污染，正是人类一手造成的结果。最后就是回归价值判断标准，为了不效仿别人，找寻自己，小说的题目巧妙地运用了隐喻，是指各种传播媒体，这种噪声充斥着人们的生活，让人们在无意识中接受这种思想，从而失去判断的能力，如同行尸走肉一般。作者将现代危机呈现给读者，产生这些问题的原因就是要提醒人类尊重自然，顺应自然本性，这样地球上的各种生物才能和谐共处，人类也应如此。

三、生态文学的近况

1949 年年初，徐迟翻译的《瓦尔登湖》出版，梭罗的生态思想植入中国文坛的土壤。这是关乎中国生态文学影响深远的重要事件。20 世纪 70 年代，世界生态文学里程碑一般的杰作《寂静的春天》中文译本问世，震撼了并一直震撼着一些中国作家的心。80 年代，罗马俱乐部的思想被译介引入，为刚刚兴起的我国生态文学提供了另一重要的思想资源。21 世纪初，欧美生态文学、生态哲学的成就被系统介绍进来，为我国生态文学走向深入提供了重要参照。从 20 世纪 80 年代至今，中国生态文学的成就主要表现在感悟自然、展现危机和反思根源几个方面。但中国生态文学远未成熟，在生态问题日益引起各界的重视下，文学对生态还显得较为冷漠。

第二节　英美文学中的生态批评认识

生态批评是随着人类文明程度逐步增高、社会逐渐发展导致生态环境遭到破坏，从而引发学者重视而产生的文学批评。生态批评的主要目的是讨论人类与大自然的关系，人类与动物的关系，重点关注当代人类社会高速发展对于生态环境的影响。生态批评是一种文学批评形式，其有着独特的属性与价值，研究文学创作是如何影响人类对于生态文明的态度以及行为方式。生态批评可以说是一场具有建设意义的潮流或是运动。

一、生态批评发展的背景、发展与现状

生态批评始于 20 世纪六七十年代的欧美文学批评，在短短几十年的时间里迅速发展起来，并慢慢成为具有影响力的文学批评潮流。近几年来生态问题不断演变、发展，以其严重性被称为"生态危机"。曾经全国性爆发的"非典"引发国内恐慌，前几年的禽流感以及前段时间在全球范围内扩散的"H1N1 流感"病毒，这些不断爆发的生态问题让人类对于当前环境的演变越来越担忧。

生态批评理论作为一种文学理论的分支，在不断发展的文学领域，从另一个角度变换传统思维研究文学的创作，探讨人类自身的生存方式以及对待生态环境的态度。与各种各样的生态主义批评思想相比较而言，文学上的生态批评的发展要晚很多。生态批评理论的建构不断趋于完善，应用面越来越广，逐渐应用到了文学批评理论的实践，为文学批评注入了新的血液。生态文学代表人物、美国哈佛大学的劳伦斯·布依尔在《生态批评暴动》一文中说，融入了自然环境的文学作品创作成为一场大规模运动的发展时间很短，而在此之前，发达国家对于生态环境的批评性阅读已经持续很久。对于人与生态环境的关系的研究，文学创作者对其的关注度越来越高，逐步将其应用到作品之中。有一些生态学者在作品中阐述：生态问题是唯一值得我们奋斗的事情，没有了地球，就没有我们人类的一切。对环境的不断透支、不断索取，迟早会报复人类自己。美国后现代理论家大卫·格里芬指出："现代性的危机持续危及我们星球上的每一个幸存者。人类对世界观与现代社会中存在的军国主义、核主义和生态灾难的关系认识的加深，极大地推动人们去查看后现代世界观的依据，去想象人与同类、人与自然甚至整个宇宙之间关系的后现代仿真。"

二、生态批评在文学中的表现

（一）自然环境

国内生态学者王先需在运用以及构建生态批评理论时指出：生态学所关注的不只是人与生态环境的关系，还要关注人与人的关系、人与动物的关系，重要的是人的物质生活与精神世界的关系。人类对待生活环境的行为，也同样能代表人类如何对待同类以及自身。杰克·伦敦是美国文学史上公认的具有重要地位的作家，其动物小说《野性的呼唤》是广受好评的作品。在文学创作的领域，对于《野性的呼唤》这一动物作品的理解与分析也更加积极。一篇动物小说可以受到如此重视，在文学史上实属罕见。小说主要讲一条名为巴克的狗由于各种原因逐步从人类文明社会回归狼群、重归自然的故事。杰克·伦敦当时所处的年代是资本主义对于生态环境大肆破坏，对动物疯狂捕杀、不计后果的年代。杰克·伦敦控诉文明的罪恶，也诉说着人类的残暴。人类的发展不应凌驾于自然之上，而是应该尊重动物，尊重自然，让人类与自然和谐发展。

（二）精神内蕴

西方著名思想家欧文·拉兹洛曾说："人类的最大局限不在外部，而在内部。不是地球的有限，而是人类意志和悟性的局限，阻碍着我们向更好的未来进化。"在精神方面的生态意识不仅存在于人自己的大脑中，还在人与自然，甚至与宇宙的关系之中，并对生态系统产生干预。例如在小说《雪虎》中，残忍的斗狗场面让参与者与看客们都撕下了伪善的面具，把血腥的厮杀与搏斗看作是日常的消遣，他们冷眼旁观，不停地笑着。这些人的价值观已然扭曲，也暗示当时美国社会的冷漠、暴力、残忍血腥的画面。

（三）社会层面

社会生态学家默里·布克钦曾在《什么是社会生态学》一书中指出："几乎所有的当代生态问题都有着更深层次的社会问题根源。如果不能彻底解决社会问题，生态问题就不能被正确认识，更不能被妥善解决。"这也体现了文学家们对于生态理想社会的希冀：拥抱自然，回归人类的自然本性。可是，人类文明已经走远，人类真的能放弃现代的生活回归自然吗？社会文明程度越来越高，我们应该对一场地震、一场海啸表现出重视的态度，否则等到高楼大厦轰然倒塌，车辆无限制地排放尾气，地表温度逐渐升高，北极冰雪不断融化，海平面不断升高，大自然可能会让人类的一切归于平静了。

三、文学生态意识的发展方向

生态批评是一种全新的文学批评理论，随着人类社会面临的环境恶化、物种灭绝、全球变暖等问题的凸显，以研究自然关系与文学为己任的生态批评会更加瞩目和被大家接受，从而有更多话语权。在美国，已经有很多大学为学生开设有关于生态批评的课程，这将在更大程度上改变人们对于大自然的态度，及时为我们敲响警钟。生态批评是有可挖掘性的文学批评理论，从生态批评的角度下重新审读文学创作者的作品，在理论与实践中都有重要意义。

第三节　英美文学课程生态课堂建设

在外语专业教学中，英美文学课程经常出现生态失衡情况。现如今我国正处于微时代，要想有效解决英美文学课程生态失衡的问题，就必须要将课堂看成一个具有互动性和完整性的生态环境。建构互联网教辅模式并转变模式化教学方式，能够为生态课程的构建和实现提供帮助。本节分析了生态课堂的特性，并对英美文学课程生态失衡从课程因子、师生因子以及教学设施因子三部分来进行分析，最后对英美文学生态课堂的建设提供建议措施，希望具有借鉴意义。

目前，外语专业教学取得了较快的发展，人们对其中具有较高实用价值的课程加强了重视。然而英美文学课程在课堂教学中容易出现较多的问题，例如学生学习激情不足、师生缺少互动、课堂娱乐性太强以及多媒体教辅系统功能不够多样性等。这些问题的出现究其原因主要是由于课程、教学设施以及师生三部分因子存在失衡，三者在绿色生态课程的构建中发挥着重要的作用。本节立足于生态课程特性分析，对互联网环境下如何构建英美文学课程的生态课堂提出建议措施。

一、生态课堂的特性

所谓教育生态学，指的是对教育生态系统中的三个重要组成部分即教育双方（师生）、教育环境以及教育活动三者之间的关系的研究，将生态学和教育学结合起来能够让课堂教学研究提升一个高度。如果从教育生态学视觉方面来看，过去的课堂教学只是对课堂的教学内容、课堂教学活动以及教学方法加以重视，从而让教学行为连贯性不足，由于其指标包含了教与学的单一关系，难以形成一个具有互动性和完整性的生态环境。其实实际上，课堂还需要涵盖学生与教师在课前和课后的教学活动，并关注对教学效果产生影响的相关因素。从广义上来看，课堂应该是一个完整的系统，教学主体即师生之间应该是互相平等的关系，此外课堂应该和课前、课后充分联系起来。从该层面上来看，课堂就形成了一个具有特殊性的生态系统，其充分遵循一定的生态学规律。课堂是对教育生态系统的微观反映，课堂教学是一种生态过程，需要教师、学生以及课堂环境等元素的互相交互。那么生态课堂就必须遵循某些生态规律。

第一，生态环境是否良性发展，与超过生物耐受限度或者是低于临界线的限制因子有着重要的关系，如果从生态层面来看教育环境，那么每一个生态因子都有成为限制因子的可能性。所以要想保证课堂教学的效果和质量，就必须对在生态课堂中的每一个限制因子加以分析，明确这些限制因子中的主导部分，继而保证课堂教学能够实现良性发展。

第二，生态课堂必须要贯彻适度原则。也就是说生物在生长中会有自身的耐度，如果超过这个耐度值的话，那么生物的性质就有可能改变，如果情况严重还可能出现生物灭绝情况。因此，课堂教学生态环境中必须要严格控制各生态因子量的大小，让他们能够充分适应学生接受水平，从而让课堂教学产生最理想的效果。

第三，在相同的生态群体中，众多子群体相互间存在着相辅相成的关系。如果其中一个物种发生变化，生态网络关系也会发生变化，从而让其他的物种也发生变化。生态课堂必须要遵循这个规律，师生之间必须要加强沟通和交流，学生之间在学习上必须要互相帮助，从而保证课堂教学产生一个理想的效果和质量。课堂生态系统由教学设施、学生以及教师三个因子共同组成，课堂环境中的所有因子应该形成对话机制、互动机制以及平等机制，从而保证课堂生态系统能够持续稳定发展。

二、英美文学课程生态失衡分析

首先，从课堂因子上来说。课程因子是在英美文学课程教学中最能体现优质教育质量的因素。它在对课堂生态现状进行反映的过程中发挥着关键作用。课程因子主要包括课时、设置以及评价等相关内容。如果课时安排过少，相关教学内容的开展会很困难。英美文学课程能够帮助学生对文学发展史进行梳理，选修课程能够帮助学生对英美文学各时期的代表作家加以了解，如果在设立英美文学课程的同时没有设置选修课程，教学效果难以达到理想状态。

其次，从师生因子上来说。师生因子指的是教师与学生两者之间的角色关系，两者之间的关系融洽度决定着教学效果的好坏。其中教师教学方法最为关键，如果教师采用了过去的填鸭式方式，学生只能被动地接受知识，难以达到理想的课堂教学效果。就英美文学课堂教学上来看，很多教师一味根据时代背景、作者生平的顺序来进行授课，授课模式过于死板，课堂氛围死气沉沉，学生的学习兴趣深受影响。

最后，从教育设施因子上来说。目前我国计算机网络技术得到了极大的发展，就英美文学课程而言，其教学环境、学习模式以及教学方式都得到了极大转变。但我国目前很多教师对多媒体设备的应用只是处在初级阶段，大多教师没有经过计算机培训，在剪辑音频和视频中常常出现问题。

三、构建英美文学生态课堂的建议策略

要想对英美文学课程建设生态课堂的方法进行研究，就必须要对该课程的教学目标进行明确。我国大学英语专业的教学大纲就明确指出：开展文学课程的目的就是为了提高学生阅读英文作品的能力，培养他们欣赏和理解英语文学的技能，让他们掌握文学批评的相关知识，通过对英美文学作品进行阅读分析，从而提升学生的人文素质以及语言基本功底，促进学生了解西方文化和文学。英美文学课程包括以下子课程：文学批评、美国文学概况、英国文学概况以及文学导论等，该教学大纲对合理应用教辅设备并增强师生之间的配合进行了强调，需要规避传统课堂教学的不足，才能有效建立起生态课程。

第一，建构出微博等互联网教辅模式。在英美文学课程课堂教学中广泛存在着课堂教学和课后学习脱节的情况。师生互动不足，学生在课堂上主要是记笔记。在课后也难以与教师沟通，不能针对某问题与教师深入讨论，从而影响了教学效果。教师应该充分将社交媒体作为教学辅助工具应用于课堂教学的外延部分以解决课堂教学因子失衡问题，例如 QQ 群、博客等。现代工具因为操作简单、交流时效且传播迅速，不会被时空限制所影响，是课堂外延阶段的有效教辅模式，能充分改善过去课程因子与师生因子失衡情况。教师应利用其发图、分享音视频等多样性的功能对课程设计加以完善，学生从不同角度掌握所学内容。另外，教师可以应用链接和转发等功能帮助学

生有趣味性地获取知识。这些网络社交工具为师生提供便捷的交流平台，学生在课外可不受时空限制通过留言、发问就学习疑难问题与师生展开讨论，教师也能通过便捷回答问题并参与学生讨论，从而改善师生因子，拉近师生距离。在该生态系统中，师生皆处在主体地位，教与学的模式更加丰富。例如教师建立 qq 群，将学生拉入群里，将作家生平和时代背景内容用于课前预习，课堂赏析作品，在群里布置思考问题，上传代表作品供学生下载，在群里定期组织学生读书讨论。学生也可以借助私聊功能与教师探讨重难点问题。该网络教辅模式能调动学生视觉听觉等器官，教学形式与内容更加丰富。

第二，模式化课堂教学方法的转变。过去的英美文学课堂中，教师按照时代背景、作者生平以及创作生涯顺序展开教学，学生偏向于知识点的识记，教师将自身观点强加给学生，无法实现对文本的鉴赏。课堂环境中师生丧失了对话、互动机制，不符合生态课堂的相关原则。课堂生态环境的塑造需要转变过去模式化的教学方法，实现"读文 - 网络交流 - 心得体验"的新模式。读文部分要求教师通过网络教辅手段把文学史纳入课前预习中，课堂中重点赏析作品，教师引导学生完成作品阅读，指导学生分析文章主题和情节并品析人物形象，鼓励学生间相互分享阅读体验，转变传统的知识灌输模式。知识学习过程的平衡需要做到知识输入环节与输出环节之间的平衡。在英美文学课程中，知识的输入输出环节分别是读文和心得，学生在课堂讨论之后将自己的思想写下来，深化自身对文学作品的理解，不仅如此，学生在阅读之后进行写作，语言应用能力也得到提升。此外，将阅读和写作相联系的训练方法，能防止死记硬背这种只重视输入的问题发生，对知识的输入输出有效平衡，学生能够养成良好学习习惯，对课堂绿色生态环境的建设大有裨益。

在英美文学课程教学中充分贯彻教育生态学理论，为知识型课程转变教学理论以及改革教学手段和方法提供理论基础。充分探索生态课堂建设方式能够充分锻炼学生的实践能力和创新精神并实现教师价值，课堂生态系统整体效应能够极大发挥，课程、师生和设施三因子失衡问题得以解决，英美文学课程的教学目标能够充分实现。

第四节　跨文化视域下英美文学教育生态模式

近年来，我国对教育体系的要求也是越来越高，这也是我国对高素质综合型人才需求的体现，因此，高校教育就需要转变教学的观念和模式。在新时期环境下，跨文化的交际已经成为时代发展的趋势，在高校英语专业教学中，就可以跨文化的特点，将其有效地引入到英美文学教育中，下面，本节就针对跨文化视域下英语专业中的英美文学教育生态模式构建进行研究，希望对英语专业教育提供一定的帮助。

前言：随着国际交流的逐渐增加，国家间的文化交汇也是愈加频繁，英美文化在我国环境中的传播也更加便捷，这也形成了国际文化的跨地区发展。在跨文化视域下，为英语专业中的英美文学教育也提供了良好的条件，英语专业学生能够更好地实现对英美文化的掌握，促进其跨文化交际能力的提升，因此，高校就需要在跨文化视域下进行英语专业中英美文学教育生态模式的构建，这对英语专业学生文化素养的提高以及长远的发展都有着重要的意义。

一、跨文化和英美文学教育的关系

在英语专业中的英美文学教育中，主要是进行学生跨文化的交际能力培养，通过对不同文化内涵的认识而提高学生综合交际能力，在跨文化的英美文学教育中，能够有效地培养学生跨文化交际意识、跨文化的情感能力以及跨文化的交际技能等。跨文化的交际意识也就是促进学生对文化差异的认知，跨文化的情感能力就是对文化差异进行了解和掌握，跨文化的交际技能就是在跨文化环境中提高交际行为的能力。在英美文学的教育中，需要鼓励学生从多元化文化角度进行学习，培养学生多元文化的意识，而跨文化教育就体现了这一教学理念，但跨文化的英美文学教育并不是单一地让学生进行文化知识学习，还需要基于文化基础上，进行学生自主文化学习和理解能力的培养。

在英美文学中，鲜明反映出英美不同时期社会发展的变迁以及文化内涵的沉淀，是一种对人类自身文化和思想的描述，同时学习英美文学也促进学生的跨文化思想意识培养。在新时期环境下，高校专业英语教育需要突破其传统授课理念和模式的限制，培养学生跨文化的学习和交际意识，才能够促进英美文学教育效果的提升，将文化教学和英美文学教育进行有效的融合，可以帮助学生多角度地进行文化知识获取，进而深入对英美文化进行了解，通过将英美文化引入到英美文学的教学中，也就实现了其教学朝着高级文化教学的方向发展，能够有效拓宽学生文化视野，培养他们跨文化的意识以及交际行为能力。

二、英语专业中的英美文学教育存在的问题

（一）跨文化间缺乏相应的交流和对比

语言是文化的一种表现形式，同时语言能够有效地进行文化的描述，同时通过对文化的了解也能够促进语言更好的应用，因此，英美文学教育就需要注重对英美文化的了解。在高校英语专业英美文学教育中，不仅需要重视学生对英语语言技能的学习和掌握，更重要的是为学生提供文化交流平台，促进他们跨文化意识的培养，通过中西文化差异的对比与交流，能够有效地促进学生综合交流能力的培养，但是在实际的英语专业英美文学教学中，还普遍存在对英美文化教育的不重视，其教学的内容以及教学的模式对英美文化内涵并没有进行过多地体现，还是比较注重对语言知识和技能的教学，对文化建设方面比较忽视，面对这种情况，学生就不能有效地提高跨文化语

言交流的能力。

（二）语言训练与文化内涵存在不协调

在新时期环境下，高校英语专业需要重视语言训练和文化内涵的协调教育，这也是时代发展对英语教育提出的新要求。在实际的高校英语专业英美文学教育中，还存在一定应试教育影响，还没有进行教育理念以及教学模式的及时有效转变，比较注重课文编排以及学生的语言技能培养，课程中对英美文化内容教学比较少，英美文学教育中过于注重语言技巧教学，即使学生掌握了一定的语言技巧，但并没有充分掌握其在不同的文化环境中的应用，这也就影响英语语言应用的效果。在一些高校也一定程度地认识到了文化教育的重要性，逐渐将英美文化引入到英美文学教育中，但还没有形成规范的英语文化训练方法和模式，这也导致英美文化不能和语言教学活动实现有效的结合，无法发挥其对学生语言综合素养的提升。

（三）英语英美文学教学系统性不足

文化教育对语言学习具有积极的作用，尽管文化教育对语言教学影响很大，但在高校英语专业英美文学教学中，其教学大纲并没有将英美文化当作教学的任务，其教学的任务主要还是英语词汇、语法以及语言结构技巧等内容，比较重视英语语言的技能掌握，对英美文化相关内容并没有进行详细规定，一般采取强调的方式进行英美文化融入教学，这种强调是没有严格的考核的，这就比较缺乏长久融入的效果，导致实际英美文学教育中，对学生的文化综合素质并没有持续进行培养，另外，在一些高校跨文化课程教育中，对于跨文化的理论内容十分注重，也是提倡文化教育，但是在实际的教学中比较缺乏实践性，导致并没有切实实现对学生跨文化语言应用能力的培养。

三、跨文化视域下英语专业中的英美文学教育生态模式构建

（一）强调学生跨文化意识

跨文化意识在英美文学教育中具有重要的意义，想要在英美文学教育中有效地培养学生的跨文化交际能力，首先就需要在教学中注重对学生跨文化意识的培养。对于跨文化的意识来说，主要是学生具有良好的文化知识储备以及文化适应的能力，当他们在面对不同地域文化的现象、特征、模式等，能够对其文化内涵进行有效的理解，并对本地域文化之间具有的差异以及文化冲突等具有充分的认识，这能够促进他们对语言更加深入的学习和准确的应用。教师在英美文学教育中，就需要对这种跨文化的意识进行强调，不断将跨文化意识和教学内容进行融合，从而让学生了解到英美文化对语言表达和交际的作用，促进他们跨文化意识的形成，这为其后期的学习以及跨文化的交际具有积极的意义。

（二）引导学生进行英美文化内涵学习

文学是语言发展到一定程度的体现，同时文学又是文化的体现，则语言、文学和

文化具有密切的关系，不同民族和地域具有不同的文化内涵，因此，想要有效地提高语言学习和应用的能力，文化教育发挥着重要的作用。在高校英语专业英美文学教育中，教师就需要采取有效的方法引导学生进行英美文化内涵的学习，比如，在进行《傲慢与偏见》英美文学的教学中，教师不仅注重引导学生进行语言表达特点以及结构方式的赏析和学习，同时还要将作品作者的创作背景、内容主题的思想以及人物的分析等，进行有效的讲解和传授，还可以有效穿插一些对英国本土继承法相关规定的介绍，让学生了解当时继承法对其国家女性婚姻具有的影响，这对引导学生进行文学语言以及文化内涵的挖掘具有重要的意义。英美文学作品不仅是一种语言教材的体现，还实现了对其语言文化内涵的深入挖掘，有效拓宽学生文化视野，促进他们跨文化的交际能力培养。

（三）利用多媒体设备深入文化教育

随着信息科技技术的快速发展，越来越多的信息科技设备也逐渐地投入到了教育中，这也为高校英语专业英美文学教育提高了良好的条件，多媒体设备就有效地丰富了教育的手段和形式。多媒体设备具有直观化和形象化的特点，既能够将文化知识的抽象化向具体化转变，还能够实现教学过程的交互性，将课堂内容与师生进行有机地结合，促进学生更好地进行文化知识的理解和感受。比如，在进行《简·爱》英美文学的教学中，关于《简·爱》所改编的影视作品也有很多，教师就可以将这些影视材料当作教学的辅助手段，来促进学生进行英美文学作品的学习，通过这种直观化的呈现方式能够给予学生一种直观情境的感受，从而促进他们更好地理解文学作品中的文化内涵，另外在进行文学作品的教学前，还可以收集一些关于作品文化背景的视频资源，来引导学生体会作品中的文化氛围，从而促进他们更好地理解文学作品。

（四）丰富学生的跨文化实践活动

在高校英语专业英美文学教学中，教学的主要任务是促进学生对跨文化知识与技能的学习，目的是实现英语交际能力的提升，因此，这就需要学生对英语学以致用，在不断地学习中进行应用实践，来提高跨文化的交际能力。在英美文学教育中，教师可以丰富教学的方式，来促进学生跨文化的实践，比如，在进行《哈姆雷特》英美文学的教学中，教师就可以通过组织学生进行文学角色扮演，来让他们参与到实践表演中体会文学作品中的文化内涵，还能够在实践中提高他们的语言交际能力，另外，教师还要鼓励学生参加一些跨文化的交际活动，组织学生和英美国家留学生定期进行文学的交流，还可建立一些英美文学的论坛和讨论组等方式，来加强学生对英美文化的交流，同时还可举办跨文化的交际比赛，来促进学生对跨文化相关知识的积极学习和掌握，通过这些实践就能够形成良好的文化学习氛围，学生会逐渐进行跨文化知识的积累，这对学生的跨文化交际能力锻炼和培养具有积极的影响。

综上所述，文化教育对英语专业英美文学教育具有重要的作用，在跨文化视域下，高校就需要重视英美文化内涵和英美文学教学的结合，并进行英美文学教育生态模式的合理构建，这对培养高素质英语专业人才具有重要的社会意义。

第五节　教育生态学的高校英美文学教学模式

高校英美文学教学对于提高学生的英语口语能力和鉴赏能力具有重要意义。英美文学涉猎内容较为广泛，包括哲学、心理学等学科知识，提高英美文学教学水平能够帮助学生提高语言综合素质。然而目前，英美文学逐渐被边缘化，如何走出危机，在教育生态学的基础上创新英美文学的教学模式是英美文学教学面临的重要课题。本节指出了教育生态学理念下英美文学教学的依据，对英美文学教育现状及其问题进行了剖析，针对创新高校英美文学教学模式提出了几点有效的措施，旨在为英美文学教学开辟崭新的路径。

目前高校英语专业教学中英美文学课程呈边缘化的趋势，面对这种形势，高校必须转变观念，以教育生态学为出发点，完善英美文学教学体制，结合英美文学的教学实践，对存在的问题进行分析和研究，明确教学目标、加强对课程的调整、改革教学模式，为英美文学教学找到科学的道路。英美文学教学对于提高学生的英语素养和西方开放式思维有着至关重要的作用，尽管目前，英美文学教学存在诸多问题，通过高校教育工作者的努力，加大教学改革力度，创新教学手段，逐渐摸索出教育新途径。

一、教育生态学指导英美文学教学的理论依据

教育生态学是一门运用生态学原理去研究和推动教育的科学，通过教育生态学的运用，能够为其他学科的教学过程增添助力。教育生态学是当下很流行的教育研究方法，为教育科研提供崭新视角。国外学者将教育生态学分为微观生态学、宏观生态学和教育生态因子生态学。微观生态学主要针对学校本身而言，研究学校思维环境、课堂环境对教学和学生的影响；宏观生态学是把教育作为一个生态系统进行研究，重点研究它的构成、特点、原理等；因子生态学主要针对教育生态系统进行研究。

近些年教育生态学理念备受关注，构建生态化课堂也是高校追求的教育成果，教育生态学主张构建生态课堂，将教师、学生、课堂环境三者间进行有机结合，形成微观环境，再将教学目标、内容、方法、课堂氛围构成课堂的物理环境。在微观生态课堂中，三个因素相互独立又相互联系，沟通构成一个不可分割的整体，任何一个因素出现问题，就会破坏课堂的生态系统，影响教学质量和效果。

二、英美文学教学的现状

英美文学自 20 世纪初期在高校教育中占有一席之地，已经有 100 余年的历史。但由于种种原因，近些年英美文学教学的现状不容乐观，高校英美文学课程设置不合理，

课时安排较少，课程内容不够科学，教学方法落后单一。高校英语专业虽然纷纷开设英美文学课程，但其重点放在语言学习和翻译上，忽视了对于西方文学的教育，忽视了学生能力的培养，如何定位英美文学课程，如何让英美文学教学适应高校英语专业学生能力提升的要求，是目前英语教育工作者面临的一大难题。

提升英美文学教学质量有助于提高学生的人文素质，有利于提高学生的修养，因为文学作品是人类智慧的结晶，一部好的文学作品除了反映出作者的思想和心境之外，更需要深刻地反映当时社会的发展状态和政治文化的成分，也体现了当时的艺术水平，学生通过学习和鉴赏英美文学作品，可以逐步提高自己的审美能力。其次，文学是历史和政治的产物，从文学作品中我们可以看到一个国家的历史发展轨迹，可以看到人民的生活情况，高校学生通过对西方文学作品的感知，了解当时别国的社会生活场景，了解作者国家的历史沿革。最后才是提高学生英语水平，学生通过文学作品的积累，逐渐扩大词汇量，掌握语言修辞的使用，逐渐提高自己的英语口语表达能力和写作能力。

三、高校英美文学教学中存在的非生态问题

（一）课程内容设置不够生态化

我国部分高校重视专业教学，对于英美文学教育不够重视，现在很多高校都有《英美文学史》和《英美文学选读》两门课程，但教学内容单一，大多数院校只是将《英美文学选读》作为选修课对学生进行讲解。首先一些院校将《英美文学史》作为专业课程，但课时安排较少，课程内容安排也不够科学，教学深度不够，浅尝辄止，学生英美文学的意识没有被提升起来。其次，社会对英语专业毕业生的专业需求导致部分院校功利化，对提高学生的文学素养不够重视，高校较重视实用英语的教学，注重英语语言知识掌握和翻译技能的训练，忽视对学生人文素养的培养，导致英美文学课程教学边缘化，教学设置非生态化。

（二）英美文学教学的非生态化

英美文学教学课堂就是一个完整的生态系统，其中的生态主体是教师和学生，教师在课堂中充当教育的实施者，学生是教学针对的对象，发挥着重要的主体作用，英美文学教育必须要以生态学为基础，但目前，存在这样一个问题，教学课堂生态系统失衡，主体作用不明显，导致英美文学课程边缘化。传统填鸭式的教学方法相对滞后，已经不适应当代的教育发展，落后的教学模式使学生处于十分被动的状态，课堂气氛枯燥，学生的积极性大打折扣，学生的创新能力难以提高。

（三）教学评价与考核的非生态化

部分高校缺乏完善的英美文学教学的考核和评价机制，针对课程的考核只重视学生的成绩，过于强调语言方面的基础知识，没有将课堂表现和教学活动参与表现以及

人文素养水平纳入考核体系中，学生为了提高成绩，死记硬背，创造性思维被严重打压，学生的学习热情难以被调动起来，英美文学教学发展受到一定的限制。

四、基于教育生态学创新英美文学教育的措施

（一）改善英美文学教学的自然环境

生态环境中最基础的就是自然环境，我们也可以称之为物理环境，指的是教学所需的硬件，包括教室布置、设备设施、光线、噪音等，这些都是构成课堂自然环境的因素。英美文学是充满艺术气息的课程，对于提高学生的审美能力有着重要的意义，首先高校要加大投入完善教学条件，保障学生学习的环境，例如在教室挂上油画等等，提升教师整体的美感，也为学生营造良好的学习氛围，陶冶学生的情操。

（二）按照生态学的理念调整座位

横平竖直的桌椅布局是学校一般的教室布置形态，但这种布局过于拘谨和单一，几十年如一日，教师处于较高的位置，居高临下，学生有一种压迫感，不利于师生互动的实现，弱化了学生的主体作用。因此，教师在进行英美文学教学时可以要求学生变换位置，重新摆放桌椅，例如，将桌椅摆成圆形，教师在中间讲课，可以留出文学作品角色扮演的表演场地，为学生提供展示的舞台。这种相对的这种位置安排可以拉近教师与学生的距离，有助于加强师生之间、学生之间的交流和沟通，对于建立和谐师生关系，强化教学效果有着重要的作用。

（三）运用现代教学手段，营造审美意境

英美文学课上，教师可以利用多媒体为学生形象地展示文学作品，包括介绍作者时，将作者的图片展示给学生，将当时的社会形态用图片、音频、视频的形式播放出来，学生可以深入了解文学作品诞生的社会背景，对加强教学效果很有帮助。教师还可以充分运用网络技术，搜索相关知识，在课堂上扩充知识面，使学生打开视野，了解更多的英美文学知识。其次，教师可以搭建网络互动平台，在平台上师生交流更方便，还可以在上面布置学习任务，可以让学生找到文学作品的电影版，在业余时间观看，深入理解作者的思想情感和主张。

（四）建立生态和谐的教学评估体系

以往英美文学教育水平难以提高的一个重要原因就是缺乏完善的教学评价体系，高校管理者和教师必须要建立一套规范的、系统的英美文学教学评估体系，将教学课程安排，学生成绩、日常表现、文学素养的提升、教学活动的参与情况统统纳入评价体系当中，按照生态和谐的要求，实现全面的评估，对教师、对学生都要加强评估，进而提升英美文学教学的质量，提高英语专业的教学水平。

（五）建立良好的师生关系，注重人文教育和情感

任何学科的教学都是通过教师完成的，教师在教学中起主导作用，而学生是学习的主体，是教师教育的对象，师生关系是否和谐直接关系到教学的质量，因此，英语教师必须与学生建立良好的关系，进而提升英美文学的教学质量。其次，文学作品在全世界而言是共通的，文学是一种艺术形态，是人们真情实感地流露，有的主题在于对社会阴暗面的批判、有的是对勤劳人民的歌颂、有的是对美丽景色的感叹等等，英美文学就是这样一门课程，不但可以提高学生英语知识的掌握，更有利于提高学生的审美素养和人文素养，提高学生的综合素质。

结语：综上所述，高校英美文学教学存在一些亟待改进的问题，将教育生态学的理论引入英美文学教育当中有利于教学模式的创新，有利于提高教学整体的效果，生态教育理念是时下流行的先进教育理念，在经济全球化对教育带来巨大冲击的今天，改变传统的英美文学教学方式是时代发展的必然结果。

第六节　生态语言学视域下英美文学教育

英美文学教育是高校语言专业课程体系的重要组成部分，对于学生文学鉴赏能力、文学素养的提高有很大的帮助。当前国内高校英美文学教育存在着诸多问题，对生态语言学概念的起源及发展以及国内英美文学教学现状进行了剖析，并提出生态语言学视域下构建英美文学教育体系的新思路，旨在提高英美文学的教学质量及教学水平。

随着科学技术的发展以及人类社会的进步，自然资源被不合理地开发和利用，世界人口的急剧膨胀导致能源的过度消耗，人类赖以生存的环境遭受到了前所未有的破坏和污染，这些成为导致全球生态系统不平衡的主要人为因素。同时，一系列的生态危机问题也越来越多地引起人类对生态环境、生态文明的重视，由此，研究生态发展规律及其调节机制的生态学学科应运而生。生态文明的建设深切地呼唤着各个领域的深层次变革，各领域的专家及学者们逐渐开始关注自身学科的生态平衡与发展问题，将生态学中的一些研究原理及方法，广泛地用于相关领域。语言学的教育专家们也开始从生态学的角度来探讨语言教学模式的创新，逐步形成了建立在生态学理论基础之上的生态语言学教育理念。英美文学是人类语言学与国际文化的重要组成部分，其生态语言环境呈现出多样性与多元性，为进一步推动英美文学在我国高校的教学，从生态语言学视角转变英美文学教育形式，建立生态语言学教育理论体系，进一步推动英美文学在我国高校的教学发展。

一、"生态语言学"概念的起源与发展

《语言与逻辑词典》中，将"生态语言学"定义为在人种语言学、人类语言学和社会语言学这些领域中对语言和环境之间相互作用的研究。1966年，德国著名哲学家黑

格尔在达尔文进化论的基础上,在其有关哲学与生物学的著作中,首次提到了 Ecology 这个词,并将生态学定义为:自然界中作为生存竞争条件的所有有机物之间,以及它们与自然环境之间的复杂关系所进行的研究。此后,各领域的科学家及学者们分别从不同的学科角度出发,对"生态学"进行了全新的研究与诠释。1959 年,英国剑桥大学学者特里姆在《语言与言语》杂志上发表了题为《历史的、描述的与能动的语言学》的文章,首次从生态学的角度阐述了语言学发展的历史与变化。1971 年,美国斯坦福大学著名语言学家豪根将生态学与语言学联系在一起,提出并使用了"语言生态"这一概念,为"生态语言学"的研究与发展奠定了基础。到了 20 世纪 80 年代,德国比勒费尔德大学的学者们将生态学的原理和方法进一步应用于语言学研究,同时涌现了很多以"生态语言学"为主题的论著,逐渐确立了"生态语言学"这一学科理论框架。

纵观"生态语言学"的发展进程,所有研究者都将研究对象比喻成生态系统,从生态学的角度揭示语言学与生态学之间互变互动的过程,强调自然、社会、价值、人文等方面在语言学中的影响及作用,运用生态系统、生态平衡的原理与机制,研究各种语言教学现象,包括构成教学生态系统的要素之间的关系,揭示了语言教学发展的生态趋势,对语言学产生了深远的影响。将生态语言学引入高等教育,是社会可持续发展及生态文明建设对高等教育的必然要求,它不仅批判了传统教育观念存在的弊端,而且为高等教育展现了更广阔的视野,为现代语言教学理念提供了全新的研究视角和教学思路。

二、高校英美文学教育中的非生态现状

无论从文学还是从语言学的角度来讲,英美文学教育所体现出来的都是一种语言教学与西方文化的深度融合。我们将英美文学教育看成是一个微观的生态系统,其核心要素主要包括教学主体、教学活动及教学环境,各个要素之间相互依赖、相互影响,当某个或多个要素发生改变时,均会对生态系统的平衡造成严重影响。英美文学教育是高校语言学专业课程的一个重要内容,目前,我国高校英美文学教学过程中尚存在着一些非生态现象,主要有以下几点:

(一)重视程度不够,逐渐被边缘化

当前国内高校对英美文学课程体系的设置大致雷同,主要有两门课程:《英美文学选读》及《英美文学史》,课程设置过于单一,教学内容更新缓慢,并且大多数高校将《英美文学选读》作为选修课,对其重视程度可见一斑。学生们也普遍认为对此类课程浅尝辄止即可,不求甚解,对文学作品内涵的理解和把握不够透彻。

(二)教学观念陈旧,教学模式单一

传统的英美文学教学目标的定位及内涵过于单一,大多是通过教师课堂讲授和学生课后大量阅读,使学生掌握鉴赏及表达的语言技能,增强他们对西方文学及文化的

理解；英美文学教学多数授课教师仍以传统的填鸭式、满堂灌式的教学方式为主，教学方法多为对文学作品枯燥的长篇大论的讲述，课堂气氛不够活跃，学生不能够很好地参与到课堂教学中，注意力不集中，学习兴趣不高，缺乏主观能动性，学习效果不明显；考核方式多以传统的"一锤定音"的终结性闭卷考试为主，只注重对学习结果的考核，忽略了对学习过程的评价，考核成绩不能够真正反映学生的学习状态，考核的可信度与有效度较低。

（三）教学环境有待改善，资源配置不合理

从生态学角度对教学环境的理解，除了自然环境还包括教学资源、学习氛围等。自然环境主要是指教学活动场地的设施装饰、光线、噪音、舒适指数等是否符合生态学的标准；据统计，目前多数高校的英美文学教育均采用合班授课方式，学生人数过多，导致教学资源配置不合理，人均占有率下降，教学场地及空间有限，学生学习环境的舒适程度大打折扣。

三、高校英美文学教育的语言生态化体系的构建

生态文明建设呼唤高等教育的深刻变革，英美文学教育是我国宏观生态教育系统中一个微小的生态体系，如同自然界中生态系统的存在方式一样，高校英美文学教育生态系统同样具有关联性、整体性、动态性及平衡性等特征，积极创造并构建适合高校自身发展特点的英美文学教学体系，做到具体问题具体分析，使英美文学教学工作变得生机盎然，是我们教学工作者应该关注及探讨的热点问题。在生态语言学视域下，我们对英美文学课程教学模式以及生态语言环境进行细致的深入研究，力求探索提高英美文学教学质量及教学水平的有效途径。

（一）提高重视程度

英美文学教育是学生对英美文化进行认知和了解的重要载体，高校在大力倡导素质教育的过程中，英美文学教育受到的重视程度也应不断提高，英美文学课程作为高校英语专业的主干课程，在课程体系中应占有重要的地位，它不只是单纯的语言专业基础课，更不是一门专业技术课，而是一门锻炼学生语言技能和文学修养，塑造健康的人格和品格，增强文学鉴赏能力，提高审美情趣，培养跨文化交际意识的综合性课程。从学校的角度，可采取以下措施来全面提高对英美文学课程的重视程度，例如将考查课改为考试课，合理安排授课时间，合理分配授课班级，取消合班授课形式，改为自然班授课；在教学资源建设方面，加大经费投入力度，同时加大对语言实验室的建设，为学生搭建优越的语言实践平台；加大师资引进及培养力度，鼓励教师外出交流学习，多种渠道支持教师进行课程教学方面的探索及研究。

（二）构建生态化教学模式

1. 教学理念生态化

生态化的教学理念，实际上是将生态学理论作用于教学过程，它强调教学运行过程的整体性、系统性、和谐性。该理念是把教学过程看成教师引导学生自主学习的一个过程，强调以学生为主体、教师为主导的教学模式，在课堂教学中，教师把主动权交给学生，突出学生的中心地位，教师运用现代化教学手段，帮助、培养、锻炼学生自主学习的能力，教师成为学生学习活动的引导者和帮助者，把握学生的学习方向和主题，引导、启发、点拨学生掌握知识要点，引领学生学会独立思考和自主学习。

2. 教学目标生态化

教学目标是教学过程所要达到的预期效果，是教学工作全过程的"指挥棒"。教学目标生态化就是指教学目标应该呈现出生态系统所具有的多元化特征，要求教学过程不仅包括基础知识、基本技能的讲授，还应包含对学生创新精神以及人文素质的培养。高校英美文学课程是一门语言教育、人文教育和素质教育相结合的综合性课程，学生通过学习，不仅要能够掌握阅读、理解英文文学作品的能力，促进语言基本功的提高，还应该通过对文学作品的欣赏，开阔学生视野，增强学生对西方文学及文化的了解，从而提高学生的文化修养和人文素质。

3. 教学内容生态化

她从头到尾见证了他们被屠杀的过程。人的残忍真是没有极限，没有止境。天下是没有公理的，否则一群人怎么跑到别人的国家如此撒野？把别人国家的人如此欺负？她哭还因为自己国家的人就这样软弱，从来都是受人欺负。书娟哭得那个痛啊，把冲天冤屈都要哭出来。

4. 教学方式生态化

生态化教学方式是构建生态化教学体系的需要，它主张尊重学生的内心需求，遵循生态学的发展规律，顺其自然，因势利导地开展教学活动，注重教学设计从单一的传递到多元的互动，将传统的以教为中心转变为以学为中心。我们用生态学的角度去审视英美文学教育，不难发现，其课堂教学实质上是教师与学生的互动、学生之间的互动、学生与语言文学作品间的互动等多种关系共同交流、沟通、碰撞的过程。同样的教学内容，以不同的教学方式呈现，其教学效果是不一样的。我们所提及的教学方式生态化，是指教师围绕学生的兴趣爱好和理解能力，合理把握教学进程，采用互动式、启发式、情景式等多种教学方法，通过角色扮演、电影赏析等形式，增加课堂教学环节中的趣味性，开展个性化教学，活跃课堂氛围，吸引学生注意力，维持课堂旺盛的生命力，使学生充分感受到丰富的文学世界给他们带来的乐趣，提高学生对文学作品的见解和思考，提升学生对文学作品的鉴赏能力及兴趣。

5. 考试维度生态化

考试在整个教学环节中发挥着极其重要的作用，是对教师教学效果及学生学习成果的检验，高等教育课程的考试，多以终结性结业考试为主，考试成绩对学生未来的发展有着至关重要的影响，因此，合理地制定考试政策，多维度地进行考试改革，也是高等教育生态化建设的重要内容之一。考试是一个多维度的生态工程，基于生态学的理论，生态化的考试维度应具有多样性的特征，英美文学教育的生态化考试改革，可以从以下三个维度谈起：第一个维度是改革考试命题，坚持语言的发展观，树立生态命题观，从考试命题出发，积极倡导语言学习生态化，不断加强学生对语言知识的掌握和文学鉴赏能力的提高。第二个维度是改革考试内容，考试内容应涵盖从语言技能到文学素养的综合考察，注重工具性与人文性的统一。此外，还要增加有利于促进语言文化生态平衡的考试内容，增强学生的跨文化认同感。第三个维度是改革考试方式，语言学习是一个日积月累的过程，语言学专业的考试也一样，既要重结果，更要重过程，应积极完善考试制度和多元化评价体系，改变单一的终结性考核方式，采取形成性考核与终结性考核相结合的方式，采用课堂测试、课堂提问、课后作业等形式，注重对学生平时学习效果考核的积累。

（三）营造良好的生态语言环境

教学环境是教学运行的保护伞，优美的教学环境、浓厚的学习氛围，能够让整个微观的教学生态系统得到健康、快速地发展，教学效果事半功倍。因此，我们要积极探索，营造和谐教学生态语言环境的有效途径，努力打造符合英美文学课程特色的教学环境，可以从以下几方面入手：

1. 创造良好的自然环境

良好的自然环境，可以使人心情愉快，精力充沛，思维活跃，灵感闪现。例如，教室光线的明亮程度会影响学生的视觉感受，室内外的噪音会影响学生的阅读效率，因此教室的光照、温度、噪音等自然条件均对学生的学习行为及心理活动有着重要的影响。在绿色生态的自然环境下学习，学生的身心均处于最佳状态，更加乐于接受新事物，学习新思想。英美文学课程是集文学作品鉴赏与审美能力培养为一体的文艺理论课，文学作品美感的体验以及情感的共鸣都需要课堂自然环境的配合，室内的布置以及教学资源的分配也影响着教学活动的开展。例如，采取小班授课的方式，学生人数相对较少，教学场地较为宽松，教学器材及教学资源的人均占有率便会大大提高，为教学运行的顺利开展提供了很好的物质方面的保障。

2. 营造良好的语言氛围

从生态学的角度来讲，生命体的生存离不开特定的生存环境，英美文学教育是一门语言学与文学交叉的综合性课程，因此我们对学生进行文学素养培养的同时，同样要注重语言学习环境的设立和改善，特别要重视跨文化语境下的文学作品的理解。比如在英美文学作品的讲授课堂，就可以结合生态语言学的基本理念，在教学过程中，采用情景式教学、朗读式教学等，运用现代教育技术等方法培养语感、创设语境，引导学生代入角色，让学生充分地领略到作品中描述的意境，领悟到主人公的真实情感，从而对作品有更深层次的理解，进而提高学生对语言的接受能力、理解能力以及口头表达能力。

3. 搭建语言学习兴趣平台

教学过程是师生共同体现生命价值的载体，兴趣是最好的导师，是学生学习知识的主要原动力所在。英美文学教育工作者在教学内容的选择方面，应尽量筛选和甄别一些学生感兴趣的文学作品，避免学生因为教学内容枯燥乏味而产生厌学情绪。同时教师在知识的讲授中，也应注重对文学作品内涵的挖掘，帮助学生更好地感知学习的乐趣，将讲堂变为学堂，让学生兴趣盎然地参与到学习活动中，引导学生自主查阅资料，增加学生间的交流互动，广泛地调动学生学习的热情和积极性，激发学习兴趣和求知欲望，使整个课堂教学富有生机与活力，增强课堂教学的感召力和凝聚力。

当前我国各高校的英美文学教育在某些方面还存在着一定程度的不足，大多数高校依然沿用较为传统的教学模式，课堂气氛沉闷，学生的学习热情不高。因此就需要构建一个生态的英美文学教学体系，在这个体系中，以生态语言教学观为指导，从教学理念、教学目标、教学内容、教学方式、考核形式五个方面构建英美文学教学的生态化教学模式，使课堂教学处于一个和谐统一的生态系统中，以保持其旺盛的生命力，从而促进英美文学课堂教学生态系统的良性循环和可持续发展，同时为语言文学专业教育教学的改革提供新方法和新思路。

第六章　当代英美文学作品的理论研究

第一节　英美文学作品中的模糊语言

本节略谈英美文学作品中的模糊语言，首先对文学作品中模糊语言的价值做出阐述，而后分析了英美文学作品中模糊语言的特色，且以《老人与海》文字作出举例。本人教学有年，一纸管窥，执笔仓促，若有益于同仁点滴，则我至为深幸。

一、文学作品中的模糊语言

文学就是人学，就是一门特殊的语言艺术。语言文字是人类最伟大的文明之一，也是文学最重要的属性，是文学的灵魂。模糊语言是一种颇有魅力的艺术，它是一种弹性的语言，从表面上来看，模糊语言没有特意的指定性，它的外延不确定，其高超在于具有广泛的概括性；其表现力强，根据读者的不同而产生出不同的理解与意境。模糊语言的灵活性，远非精确语言所能相比，有关人员对模糊语言进行具体分析，认为它是语言学兴起的分支。古今中外很多学者都高度宣扬模糊语言的艺术性，不仅仅在文学方面，在其他领域，模糊语言也得到了大量的应用，它客观地广泛存在于人类生活的方方面面，曾几何时，模糊语言成为一门新兴的学科，引发了更多的人对它进入深层次的研究。著名学者刘再复认为，科学和文学是不同的，科学表达的是对自然界客观规律的认识，凭借的是数字和抽象概念，而文学是凭借文字艺术来表现思维以及画面，使得后者在读者脑海中浮现与演绎。通过艺术语言的描述，我们不仅仅能够了解到作者的字面用意，更是通过我们自己的思考联想，深刻地理解到作者的内心深处所要表达的意图；模糊语言运用得当，巧妙而独特，简洁而智慧，精湛而灵动，让读者掩卷深思；模糊语言往往超越于文字之外，让自己的思维在想象的空间自由翱翔。模糊语言在很大程度上拓展了读者的想象空间，由于模糊语言的存在，文学作品增加了朦胧美，让审美价值加大，表现了作者特殊的语言文字的驾驭能力，更加耐人寻味。

二、英美文学作品中模糊语言的特色

（一）模糊语言的表现形式

模糊语言的表现形式很多，一般有模糊词语，模糊语句、模糊段落与模糊修辞等几种方式。在我们的生活中，我们不想把语言说得那么绝对，以免自己没有回旋的余地，或者自己不能准确地表达事实数据，于是就使用了一个大概的词语、数字或者语句，免得和事实有相当大的距离而显得不负责任；在外交语言中，模糊语言运用得更为广泛，正确使用一定程度的变动语和范围变动语，让语言变得含蓄委婉，避免言辞武断；模糊语言让言辞恰当、不失礼节，得以实现顺利的交际目的；用在文学当中，表达效果得以增强，提升了文字的表现力，让文学形象更加丰满生动，使得寓意更为深刻丰富。

（二）翻译的难度

作家要表达自己的思想，他的思维书面化之后，就形成了文学作品，但是作者的思维是形象思维，他的构思与创作，也是形象思维的演绎与表述，这个表现过程与读者的阅读过程，不可能完全相同，表现结果与阅读结果更有可能是大相径庭，因此在文学作品的翻译当中，如果理解出现偏差，我们可能扭曲作者的思想，因此，翻译模糊语言文学作品，需要注重传情达意才能正确理解作者的意愿。

（三）接受与重塑

阅读作品是一种接受过程，同时也是对作家模糊思维的重塑。也就是在阅读的时候，加上了自己的思考与理解，这就是文学语言的模糊性阅读效果。每一位读者的理解是不同的，这一遍的阅读和下一遍的阅读也可能不同，每一次的阅读可能都有一次新的微妙变化，都有一次不同的情感体验，在英美文学中，模糊语言被广泛使用，例如《老人与海》这本小说中，海明威在运用形容词时，很技巧地使用了一些模糊词语，从而使这部作品的描绘意境增强了很大的感染力，我们看下边的描写：

"The clouds over the land now rose like mountains and the coast was only a long green line with the gray blue hills behind it.The water was a dark blue now，so dark that it was almost purple." 这段简单的描述，只是几笔勾勒，却给读者呈现出一幅丰富多彩的画面，几个简单的词汇"green line"，"gray blue hills"，"dark blue""purple"，表述清晰，但是整体来看，由于是联系具体景色去体会，那些颜色深浅和明暗的程度又是不能肯定的，每一个读者都有自己的想象，都有自己的确认，也正是因为这种不确定的描写，才产生了每一个读者都有不同的审美经验，呈现在他们面前的是不同的画面，每一个读者感受到的是不同的美。在翻译作品过程中，翻译者常常运用意识流的语句，模糊语句就大量出现在这些语句当中。在一些小说当中，一些人物的自言自语也会出现大量的意识流语句，人物对外界做出的反应是即时的，表现了人物内心中错综复杂心态，缺乏严谨的组织与构思，不讲究构词与修饰，如："The line went out，out，out，but it was slowing now and he was making the fish earn each inch of it." "钓索朝外溜着，溜着，溜着，不过这时越来越慢了，他正在让鱼每拖走一英寸都得付出代价"；三个"out"，会让读者产生惊魂动魄的感觉，好像一幅精彩的画面展现在自己的面前，鱼线在被"嗖、嗖、嗖"地快速拖动，体重一千五百磅的大马林鱼雄壮有力，拽得渔线左右摇摆嗖嗖作响，这可以说是一场生死搏斗，老人志在必得，不遗余力；大马林鱼为了逃命也表现出全力以赴势不可挡，三个"out"的连用让我们打开了想象的空间，犹如身临其境，感受到两个生命的生死搏斗、命悬一线，作者用词并不是十分的准确，但正因为如此而表现出更是扣人心弦，给我们别样的感受。

（四）模糊语句有超强的表现力

假如在很多应该使用模糊语句的描述当中，作者使用了十分精确的语言，反而成了作品的瑕疵，模糊的语句对于文学作品来说，是精彩之笔，就像老人的自说自话，对往事的回忆以及在梦境中的混沌状态，包括他和鱼较量以外等一系列的心理活动，都是老人知觉过程的对外地传达与表现，向我们展现了一个为了生活而顽强的老人。他是一个普通的小人物，可是又是一个不屈不挠的英雄，它揭示了一个"可以被毁灭，但不能被打败与征服；可以死亡，但是不能低头和畏惧"的主题，"After that he began to dream of the long yellow beach and he saw the first of the lions come down onto it in the early dark and then the other lions came and he rested his chin on the wood of the bows where the ship lay anchored with the evening off-shore breeze and he waited to see if there would be more lions and he was happy"。（自此他梦中看见那道很长的黄色海滩，亲眼看见头狮在黄昏到达，尔后其他狮子也尾随而至，于是他船头的木板支着下巴，船抛下了锚停留，晚风徐徐，海波荡漾，他等着，看有没有更多的狮子来到，他深感欣慰。）在这段对梦境的描写当中，狮子象征着勇敢坚强和活力，它给了老人信心和愉悦。这段描述一气呵成，中间没有停顿和标点，按照正规的描写是不合乎语法规律的，让人乍看上去有一些颠三倒四、语无伦次，这种意识流小说的特点，恰恰展现了主人公当时的情景状态：老人对生命的追求，对美好生活的期盼，老人对"无畏、顽强、果敢"精神渴望，他希望在梦境当中的狮子身上吸取勇气，把狮子的力量转化为自己的力量，从而能够去挑战极限，忍受创伤，战胜疲劳和痛苦，击败大马林鱼。

综上所述，模糊语言的存在不仅使文学作品平添了一种特色美，还使作品的内涵和深意延伸，使得作品具有了朦胧感，提升了作品的审美价值；模糊语言是对文学作品的美化，是画龙点睛之笔，更是作家升华作品的主要手段。

第二节　英美文学作品中的比喻修辞艺术

改革开放后，随着我国经济社会的不断发展，我国的文化事业和文化产业也取得了巨大的进步，英美文学作品也越来越受到人们的欢迎，成为当前学术界研究的热点问题。笔者通过介绍英美文学作品中常用的比喻及其相关比喻形式，阐述当前在英美文学作品中的相关修辞艺术，指出英美文学作品中的相关修辞效果能凸显人物性格，塑造人物形象，能够有效表达作品作者的情感，在文章中能够体现出独具特色的价值理念及观点。

在漫长的世界发展史中，东西方文化都取得了巨大的成就，在西方文化中，英美文学独具特色，成为西方文化的代表，创造了许许多多具有世界鉴赏价值的先进文化。在英美文学作品中，比喻修辞是较为常用的，而对英美文学作品中的比喻修辞艺术进行分析，有利于更好地学习英美文学作品，能够加深对英美文学作品的理解，进一步提高学生的学习能力，激发学生的学习兴趣。

一、英美文学作品中比喻修辞的分类

在英美文学作品中，比喻修辞使得作品更加精彩，语言更加有趣，相关学生在学习过程中既感到有趣，但又因为中西方文化底蕴的不同，学生在理解中错误的应用汉语中的比喻方式，这给他们的学习带来了很大的困难。而在英美文学作品中，比喻修辞可以分为四类，分别是明喻 (simile)、暗喻 (metaphor)、提喻 (synecdoche) 以及换喻 (metonymy)。

（一）明喻 (simile)

明喻，在英美文学作品中的比喻修辞中就是打比方，指的是通过借鉴一件事来说明表达另一件事，明喻主要由三个部分组成：喻体 (referenceorvehicle)，指的是被用来比作的事物或东西；本体 (Subjeetortenor)，指的是被比作的东西或者事物；比喻词 (indieatorofresemblanee)，这部分指的是修饰部分，在英美文学作品比喻的实际应用过程中，喻体和本体在某种程度上必须存在一定的共同点和相似点，在英美文学作品中，最常用的是 like 和 as。

但是需要注意的是，并不是所有含有 like 和 as 的句子都是比喻句，例如：Mary is beautiful as her sister. 这个句子就不是一个比喻句，在英美文学中，这个句子称为比较句，因为这个句子中本体和喻体属于同一类事物，sister 和 Mary 并不属于两类事物，本质上是一致的。如果在实际中，把这个句子中的 sister 替换为 angel，则这个句子在英美文学中可以称为比喻句。通过采取明喻这一比喻修辞方法，能够最大程度地体现人物或者相关事物的形象，更加鲜明生动。使读者如闻其声，如临其境，如见其人。

从明喻在英美文学中的相关意义来看，在明喻中有正面设喻，从正面对相关事物进行描述刻画。而在英美文学作品中也有一部分从反面进行设喻，从反面去描述事物。在实际作品的应用中我们常常发现用来对某个对象进行讥讽，这种典型的反面设喻，有时能够使得作品更加风趣、幽默。在实际的鉴赏过程中，作为读者我们不能从字面上对这种反喻进行理解，还要认准相关读者的确切喻义，避免因理解而导致的误解。例如在英美文学作品中 be like chalk and cheese。在实际理解过程中不能理解成某物和某物的相似，而应该理解成某物之间的毫不相像。

英美文学和中国传统文学由于根植于不同的文化土壤，修辞作为相关的语言现象还存在一定的区别，通过分析得出，这种区别主要体现在文化内涵、语言形式和作者的心理机制等诸多方面，从英美文学作品中的明喻结构中观察我们可以发现在句子中，喻体不仅仅指的是明确的事物或具体的对象，在实际应用中采用 anything、everything 等相关词语或者使用 as......as can be 这一结构，在英美文学中这是一种特殊的语气，能够有效强调程度、增强语气。

（二）暗喻 (metaphor)

在英美文学作品中，较为常用的比喻修辞方式还有暗喻，这是在诸多文学作品中频繁出现的一种比喻模式，在某种程度上可以认为是一种明喻的紧缩版本。暗喻在实际应用过程中，较明喻更加高级，特别是在形式上，在暗喻中没有 like 或者 as 等词汇。

例如 Necessity is the mother of invention. 在实际的应用过程中，英语中的多种词汇都能构成暗喻，在某些时候，在英美文学作品中为了更加详尽地说明和描述一件事物或者一个东西相关的作品作者会先陈述基本暗喻，在陈述完成后用几个暗喻，把基本暗喻进行扩展、延伸，每一个新的暗喻都从另外一个角度和方面对这个基本暗喻赋予新的意义，通过对其进行详细的阐述，使得更加生动形象，丰富作品的内涵。

（三）换喻 (metonymy)

换喻，在英美文学作品中相较于明喻和暗喻应用得较少，在实际应用过程中，指的是通过进行名称的变换，来完成对事物的形象说明。在英美文学的应用过程中，其特点为用一事物的名称在文中代替另一事物，转指另一事物。换喻的相关结构和上文中本体和喻体的结构几乎是一样的，在换喻中，本体和喻体两者之间的相似点极为重合点，但是在换喻中，两者之间并不存在相似点，但是一定存在着某些较为密切的联系。

（四）提喻 (synecdoche)

提喻，又叫举偶法，也是用一事物的名称来代替另一事物，主要是采用部分代替全体、全体代替部分、类概念代替种概念或种概念代替类概念。提喻不但强调两事物相关，而且侧重整体和部分，类概念和种概念的互代。eg.He discovered a bread-and-butter field in the agricultural weeklies and trade journals.bread and butter 原意为"涂黄油的面包"，句中则表示的是生计、生活资料、生活来源、赖以生存的东西。

二、在英美文学中比喻的修辞效果

每个词汇都有定义，词典编纂者试图用最准确严密的文字给词语释义。考虑到词的涵盖范围，许多词被赋予很长的定义，但即使用很长的句子也很难给一些词严密的解释。通过了解英美文学的发展历史，我们发现奥斯卡·王尔德、莎士比亚、欧·亨利、萧伯纳、马克·吐温、乔治·卡林等诸多世界知名的作家喜欢在自己作品中使用比喻的修辞格，能够有效地表达作者的情感，进一步增强作品的气氛，打造幽默、诙谐、讽刺、深沉、攻击等诸多具有自身特色的语言效果，以此来引发读者的联想。

例如在莎士比亚《威尼斯商人》中，鲍西亚第一次见到摩洛哥王子说了这样一句话，"Yourself, ren owned Prince, then stood as fair.As any comer I have look donyet.For my affection." fair 本身有白皙的意思，而摩洛哥王子的皮肤黝黑，鲍西亚用 fair 形容摩洛哥王子是否有心戏弄呢？其实不然，fair 还有 pleasing，乃至 honest 的意思。摩洛哥王子听了这番话，心中十分高兴。

在英美文学中某些作家在进行创作过程中就常常将个人价值理念、观点思想融进作者的观点中。在中国人的创作过程中，在作品中喜欢用托物言表、寄情言志，但是西方人受文化价值观的影响喜欢直接表达自己的想法和看法。

随着时代的不断进步与发展，人们的鉴赏水平也不断提高，这对英美文学的教育也提出了更高的要求。相关教育工作者只有不断严格要求自己，加强自身专业素质和个人修养的积淀与培养，才能将更多更好的作品赏析展示给阅读者，提高英美文学的市场竞争力。

随着我国经济社会的不断发展，人民群众对于精神文化的需求不断增加，特别是对英美文学作品的理解，提出了更高的要求。笔者试图通过对当前英美文学作品中的比喻修辞形式进行分析，以期增强相关阅读人员对英美文学的理解，提高相关读者的阅读兴趣，增强英美文学在当前文化市场中的竞争力。

第三节　英美文学作品与电影之间的关系

随着社会的不断进步，经济的持续发展，人们在精神生活上的追求也在不断地提升，电影便是现代社会人们愉悦身心，放松自己的良好手段。伴随着人们精神需求的不断提升，电影行业也得到了前所未有的发展。而在英文电影市场中，对英美文学作品的改编与加工变得越来越普遍。本节就对英美文学作品与电影之间的关系进行论述，对国外的电影行业与文学作品的发展进行深入的剖析，从而为我国的电影行业的发展提供借鉴。

电影行业是一种结合了视觉与听觉的艺术形式，最早的一部电影的雏形作品出现在 19 世纪的美国，后来逐渐地发展成为以娱乐为主的艺术形式。尤其在国外，文艺复兴以来涌现了诸多的优秀文学作品，而这些作品为电影提供了优秀的蓝本。并且在欧美的电影市场中所涉及的文学作品越来越多，极其有利于电影行业的发展。本节就针对英美的文学作品与电影之间的共性与差异进行分析，然后用三部英美文学作品改编的电影作品进行实例分析，以求对国外的电影行业与文学作品的发展进行深入的剖析，从而为我国的电影行业的发展提供借鉴。

一、对英美的文学作品与电影之间的共性与差异

（一）英美的文学作品与电影之间的共性

文学作品与电影作品属于两种不同的艺术形式，但是，并不是说两者之间是完全独立，互不影响的，它们之间也有共性的存在。首先，电影作品与文学作品都是蕴含了作者的情感在其中的，而情感的表达则都需要人物的语言与动作行为来展现。它们两者必定都含有各自的核心理念与宗旨，如何利用人物将这种情感充分地表达出来则是这两种艺术创造者都需要考虑的问题。电影艺术与文学作品都离不开时间，地点，人物这三大要素，这三要素的有机结合是作者表达内心情感，反映时代背景的重中之重。对于改编的英美文学作品与电影来说，都是采用叙述的方式对一段或几段事情进行表达，在剧情推进中反映出人物的情感矛盾和精神理念，而这种剧情的来源往往是作者依据自身生活或他人生活的实际遭遇作为蓝本，进行艺术的再加工，再创作。

（二）英美的文学作品与电影之间的差异

英美的文学作品与电影之间不仅仅只存在着共性，它们之间也存在着诸多的差异。在文学作品当中，所有的情感表达与人物描写都需要依靠文字进行艺术加工，可以说，文学作品仅仅是依靠视觉来进行赏析的。而电影作品则不同，除了视觉对于场景的布置，人物信息的采集之外，听觉是极其重要的一个方面。影视中人物对于台词的叙述，其中情感的蕴含以及背景音乐的情感传递，都是需要听觉进行接收的。举一个很简单的例子，电影角色在进行台词的叙述时，自己会进行艺术加工，以求将剧中人物的情感蕴含在语句中表达出来，这时，为了更有利于情感的渲染与传递，则会选用与所要表达情感相近的背景音乐进行气氛渲染，这样，整部电影就会显得更加饱满，人物形象更加立体，而这些都是需要听觉接受来完成的。但在文学作品当中，所有的情感都需要作者利用文字来进行表述，哪怕是人物的动作，人物的心理以及周围环境的变化都需要依靠文字来进行描绘。

（三）英美文学作品与电影的综合分析

英文文学作品与电影之间的共性是文学作品改编成为电影作品的基础所在。正是因为文学作品与电影之间存在核心理念与宗旨的艺术传递，人物情感的有效表达，时间，地点，人物这三大要素以及其艺术蓝本来源于生活又高于生活的境界，才使得文学作品改编成为电影作品成为可能。但是，它们之间的差异所在又决定了在改编的过程中不可一味地遵循原著。毕竟在电影作品中的艺术表达与文学作品中的艺术表达方式存在差异，且艺术欣赏者的感官接收层次也不同，这使得在进行文学作品的改变与再创作的过程中要格外注意。

二、英美文学作品与电影之间的关系的实例分析

（一）以《威尼斯商人》为例分析英美文学作品与电影之间的关系

《威尼斯商人》是由杰出戏剧家，文豪莎士比亚所著的一部文学艺术作品，其主要内容是主人公为了帮助无法按时偿还欠款的好友，与残酷的犹太人进行智慧的搏斗，最终使坏人得到应有惩罚。其主人公安东尼奥被莎翁塑造成为一个智勇双全，重情重义，敢于斗争的正面形象。而莎士比亚在进行安东尼奥这个人物的塑造时，主要通过其人物对白与行为动作进行正面描绘，因此，在这部作品改编成电影作品的时候，主人公的塑造者通过语言上的表达，以及肢体动作和行为举止来将安东尼奥这种机智，勇敢，敢于斗争，重情重义的优秀品质表现出来，使得人物更加鲜活，剧情更加丰满。

（二）以《简．爱》为例分析英美文学作品与电影之间的关系

《简．爱》是由勃朗特三姐妹当中的夏洛蒂·勃朗特创作的文学作品，主人公简．爱是一个相貌平凡，家室低微的女子，然而，她却在成长的过程中不断地追寻身心的自由与自我尊严，摆脱了世俗的偏见，是一个具有反抗精神的女性。作者在进行人物塑造的时候，则着重于对其进行对白描绘与心理描写，这种与人物对白的描绘有效地将主人公那种追寻自由，追寻自尊的高尚人格体现出来。因此，在进行电影艺术创作时，主人公的扮演者在对白上下了极大的工夫，利用对白中的情感波动将简．爱的人物形象立体而丰满地展现了出来。可以说，《简．爱》的电影改编是文学改编史上成功的一笔。

（三）以《呼啸山庄》为例分析英美文学作品与电影之间的关系

《呼啸山庄》是由勃朗特三姐妹当中的艾米莉·勃朗特创作的文学作品，同时也是19世纪最出色的文学作品之一。主人公希刺克厉夫是一个被收养的流浪儿，被家族中的其他人所瞧不起，他所深爱的女性虽然也爱他，却因为他身份低微选择与另一位贵族结婚，通过之后的复仇，希刺克厉夫发现了自己的错误并得到了人性的升华。可以说，这个主人公是极其难以塑造的，这种心理的矛盾与人物前后巨大的心理反差对于演员来说是不小的挑战，这就需要演员在人物的心理上多加揣摩。因此，在电影中的扮演者采用表情与肢体表达完成了对这个角色的塑造。

英美文学作品的改编对于其电影市场来说有着深远的影响，本节对于它们之间的共性与差异进行分析，并举出实例进行探究，以求发现欧美电影市场蓬勃的原因，以促进我国电影事业的发展。

参考文献

[1] 管英杰 . 探究英语文学中的语言艺术 [J]. 郧阳师范高等专科学校学报，2016，36（04）：61-63.

[2] 周茜 . 语言艺术在英语文学中的应用研究 [J]. 科教导刊 - 电子版（中旬），2014（09）：73-73.

[3] 刘岩，张一凡 . 英语文学中的语言艺术研究 [J]. 才智，2016（08）：124-124.

[4] 金文宁 . 英语文学阅读教学中的导向原则 [J]. 文学教育（上），2014（06）：70-73.

[5] 陈安定 . 英汉比较与翻译 [M]. 北京：中国对外翻译出版公司，1998：30-40.

[6] 马丽群 . 浅析英语文学中文化翻译差异处理的技巧 [J]. 作家，2013（18）：165-166.

[7] 于文杰 . 文化学视阈下英语文学作品的翻译技巧 [J]. 芒种，2012（16）：163-164.

[8] 胡文仲 . 跨文化交际与英语学习 [M]. 上海：上海译文出版社，1988：66-75.

[9] 陈安定 . 英汉比较与翻译 [M]. 北京：中国对外翻译出版公司，1998.

[10] 于文杰 . 文化学视阈下英语文学作品的翻译技巧 [J]. 芒种，2012（8）.

[11] 马丽群 . 浅析英语文学中文化翻译差异处理的技巧 [J]. 作家，2013（18）.

[12] 胡文仲 . 跨文化交际与英语学习 [M]. 上海：上海译文出版社，1988.

[13] 杜功乐 . 写作借鉴辞典 [M]. 上海辞书出版社，1989.

[14] 冯翠华 . 英语修辞大全 [M]. 北京：外语教学与研究出版社，1995.

[15] 侯毅凌 . 英语学习 [M]. 北京：外语教学与研究出版社，2004.

[16] 卢炳群 . 英汉辞格比较与唐诗英译散论 [M]. 青岛出版社，2003.

[17] 刘相东 . 中国英语教学 [M]. 北京：外语教学与研究出版社，2004.

[18] 张伯香 . 英美文学选读 [M]. 北京：外语教学与研究出版社，1998.

[19] 张汉熙 . 高级英语（第一册第二课）[M]. 北京：外语教学与研究出版社，1997.

[20] 路清明，强琛 . 英语文学作品中比喻修辞格欣赏 [J]. 石家庄职业技术学院学报，2005,（5）.

[21] 邓李肇 . 英语文学作品中幽默修辞的欣赏及其功能分析 [J]. 双语学习，2007,（10）.

[22] 李冀宏 . 英语常用修辞入门 [M]. 世界图书出版公司，2000.